Diogenes Taschenbuch 22709

de
te
be

Guy Cullingford

Prügelknaben

Roman

Aus dem Englischen von
Stefanie Neumann

Diogenes

Titel der 1958 bei Hammond, London,
erschienenen Originalausgabe:
›The Whipping Boys‹

Die deutsche Erstausgabe erschien 1960
im Kurt Desch Verlag, München, Wien, Basel
Die Übersetzung wurde für die
vorliegende Ausgabe überarbeitet
Umschlagzeichnung von
Tomi Ungerer

80/94/43/1
ISBN 3 257 22709 4

I

Nun«, sagte Miß Maggs, »da Sie jetzt zu Hause sind, kann ich ja nun gehen.«

»Ach Gott, ich fürchte, es ist *schrecklich* spät geworden«, sagte die junge Mrs. Seymour, jedes fünfte Wort in gewohnter Weise überbetonend. »Aber es war eine so *gelungene* Party und die Leute waren *so* reizvoll!«

Sie hatte noch die kurze Pelzjacke über dem Cocktailkleid an. Ihre Augen glänzten vor Vergnügen, und die kleinen Ohren, an denen phantastische Ohrgehänge baumelten, waren noch ganz rosig von den vielen Komplimenten, die sie sich angehört hatte.

»Aber ich hatte Ihretwegen ein *furchtbar* schlechtes Gewissen, Maggsy. Die ganze Zeit hier so allein zu sitzen und keine Menschenseele zur Unterhaltung.«

»Allerdings nicht«, sagte Miß Maggs.

»War alles in *Ordnung?* War die Kleine brav? Ist sie aufgewacht?«

»Schlief wie ein Murmeltierchen«, sagte Miß Maggs lächelnd. »Das tut sie immer. Ich weiß gar nicht, wofür Sie mich bezahlen.«

»Wie könnten wir jemals ausgehen, wenn wir Sie nicht hätten, Sie gütiger Engel? Wo bleibt nur Geoffrey? Er braucht lange, um den Wagen einzustellen!«

»Der Kessel steht auf dem Herd, das Wasser wird gleich kochen. Ich habe das Tablett für den Tee gerichtet.«

»Ah, wunderbar! Ich *vergehe* vor Durst. Und der gute Geoff braucht dringend eine Tasse Tee –, Sie wissen ja, Maggsy, er verträgt Alkohol nicht halb so gut wie ich.«

»Ihr ganzer abscheulicher Alkohol kann mir gestohlen bleiben!« sagte Miß Maggs streng. »Eine gute Tasse Tee, und ich bin restlos zufrieden.«

»Nun, hoffentlich haben Sie sich nach *Herzenslust* Tee gemacht. Gab's etwas Hübsches im Fernsehen?«

»Eine Weile habe ich zugesehen, aber es war eins von diesen Schauerstücken, stockdunkel dazu, bei denen man nicht daraus schlau wird, was eigentlich passiert«, sagte Miß Maggs.

»Ach, so ein Pech! Sie hätten an den Knöpfen drehen sollen, bis die Helligkeit stimmt.«

»Das hätte nichts genützt. Der Ansager sagte zu Beginn, sie hielten es mit Absicht so dunkel, das gehörte zu dem Stück.«

»Na, so etwas! Sie Ärmste ... Ah, da kommt Geoff. Bringt nicht einmal mehr den Schlüssel ins Schloß. Geoff – du Untier! Schau auf die Uhr. Fast eins! Und unsere arme, alte Maggsy muß jetzt zu nachtschlafender Zeit mutterseelenallein nach Hause wandern. Soll er Sie nicht im Wagen nach Hause bringen, Maggsy?«

»Das hättest du dir früher ausdenken können, meine Liebe, bevor ich das verfluchte Auto in die verfluchte Garage gebracht habe«, sagte Mr. Geoffrey Seymour mürrisch. Wenn beide Ehegatten einen sitzen hatten, war – wie Miß Maggs bereits bei früheren Gelegenheiten festgestellt hatte – der Unterschied der, daß die eine einem die ganze Welt geschenkt hätte, während der andere bereit stand, sie einem wieder aus der Hand zu reißen.

»Nein, nein, davon will ich nichts hören«, wandte sie eilig ein.

»Die meint wohl, ich fahr sie in den Fluß«, sagte Mr. Seymour verdrießlich. »Na ja, kann schon sein. Die Hälfte vom Lack hängt sowieso schon an der Gartentür. Warum hast du nicht auf mich gewartet, mein Schatz, und mir hereingeholfen?«

»Das wolltest du ja nicht – wenn du dich zu erinnern geruhst! Nun, wenn du Maggsy nicht nach Hause bringen willst, so begleite sie wenigstens die finstere Strecke.«

»Dann müßte sie mich wieder zurückbegleiten. Das könnten wir die ganze Nacht so weiterspielen.«

»Weißt du, was mit dir los ist, Geliebter? Du bist besoffen? Blau, stinkend blau!«

Ihre entzückende Stimme nahm den harten Ausdrücken jede Feindseligkeit – ihre Feststellungen klangen fast bewundernd.

Aber ihr Mann ließ sich nicht beschwichtigen. »Da muß ich energisch protestieren, Darling. Übrigens – deine Dings lassen mich ganz kalt – deine Ansp ... deine Anspiel ...« Er gab's auf.

Er sah so mißmutig und streitsüchtig aus, daß Miß Maggs sich schnell verabschiedete. »Ja, also ich gehe jetzt«, sagte sie. »Ich finde allein hinaus. Bitte, bemühen Sie sich nicht, Mrs. Seymour, ich bin alt genug, um auf mich aufzupassen.«

»Meine Rede!« bemerkte Mr. Seymour. »Wer würde die schon belästigen?«

»Geoff! Hören Sie nicht auf ihn, Maggsy. Und macht es Ihnen wirklich nichts aus, allein zu gehen? Hat Sie das Stück im Fernsehen auch nicht aufgeregt?«

»Ach was! Solche Dinge passieren im wirklichen Leben nicht.«

»Aber es ist stockdunkel draußen.«

»Ich habe meine Taschenlampe mit. Sie lassen mich wissen, wenn Sie mich wieder brauchen?«

»Ganz *bestimmt!* Aber hören Sie, wir haben den heutigen Abend ja noch gar nicht bezahlt. Geoffrey, Maggsy hat ihr Geld noch nicht bekommen.«

»Soll warten!« sagte ihr Mann, der, wenn er nicht gerade betrunken war, auf weiter Flur die besten Manieren hatte.

»Machen Sie sich keine Gedanken«, sagte Miß Maggs, die das Geld dringend gebraucht hätte. »Sie laufen mir ja nicht davon – ich bekomme es dann das nächste Mal.«

»Sie sind für uns ein wahrer Segen!«

»Vergessen Sie den Tee nicht«, warnte Miß Maggs im Fortgehen. »Passen Sie auf, daß das Wasser im Kessel nicht verkocht. Wiedersehen!«

Was für eine Stromverschwendung, dachte Miß Maggs, als sie aus der Haustür und in die Zufahrt trat, die im Licht erstrahlte wie am hellen Mittag. Bei dem Zustand, in dem sie jetzt waren, würden sie es wahrscheinlich die ganze Nacht brennen lassen. Nun ja, das spielte für sie keine Rolle. Sie fühlten sich heutzutage vielleicht der Kinder- und Stubenmädchen beraubt, auf die sie noch vor zwanzig Jahren ein verbrieftes Recht besaßen, aber noch waren sie nicht soweit, daß sie sich wegen der Bezahlung einer Stromrechnung graue Haare wachsen zu lassen brauchten. Wie hoch mochte sie sein? Zwanzig, dreißig Pfund im Vierteljahr? Da würden die nicht mit der Wimper zucken! Wogegen ich – wenn meine Rechnung bloß fünf Pfund ausmachte – einen Nervenschock bekäme und mit einer Kerze zu Bett ginge. Die Seymours konnten einfach nicht begreifen, daß es Leute gibt, die sich zweimal überlegen, ob sie sich eine neue Batterie für ihre Taschenlampe kaufen können, dachte sie traurig. Ich muß meine für Notfälle sparen, denn sie ist beinahe ausgebrannt.

Der Kies knirschte unter ihren Füßen, und sie sah die krause Spur, die Mr. Geoffreys Reifen beim Einparken hinterlassen hatten. Ein Anblick, der sie ihrem Schöpfer danken ließ, daß er sie nicht nach Hause gefahren hatte. – So komme ich wenigstens heil heim, dachte sie.

Heim, ja, nach ihrem Heim sehnte sie sich. Das Feuer würde natürlich längst ausgegangen sein, obwohl sie sorgfältig vorgebaut hatte, aber im Wohnzimmer würde es doch noch schön warm sein. Sie wollte sich einen Tee nach ihrer Art kochen, der schmeckte besser als die vornehme Sorte der Seymours und hatte auch eine schönere Farbe. Und dann dasitzen und an ihrer Tasse nippen und an hundert kleine Dinge denken, die außer für Gertie Maggs für keinen Menschen auch nur von geringstem Interesse sein konnten.

Das weiße Tor der Seymours fiel zurück, und das Schloß schnappte ein. Sie wandte sich nach rechts und ließ das theatralisch glänzende Grün des lichtüberfluteten Gartens hinter sich, wie eine verlassene Bühne. Unmittelbar vor ihr erstreckte sich die breite Straße des Villenviertels; jetzt geheimnisvoll und entlegen, doppelt so breit wie bei Tag und so fern jeder Vorstellung von sie durchfahrenden Milch- und Lieferwagen wie eine Piste durch die Sahara.

Miß Maggs blickte erleichtert auf eine der neuen Natriumdampflampen, die die Gemeinde erst vor kurzer Zeit aufgestellt hatte. Sehen wie ein Bündel Spargel mit zerlassener Butter auf dem Kopf aus, dachte sie respektlos. Kein Wunder, daß die Bewohner so ein Geschrei erhoben. Die altmodischen Beleuchtungskörper mit dem stämmigen Fuß und der hochsitzenden Laterne hatten etwas Freundliches und Anheimelndes, das sogar Hunde zu schätzen wußten. Aber bei diesen abscheulichen Dingern war nicht einmal das Licht, wie es sein sollte: Es war zu glänzend und entfernt und so vulgär wie Ringelblumen.

Merkwürdig, wie sich alles verändert hatte, seit sie um sechs Uhr zu den Seymours gegangen war! Da mußte es auch schon dunkel gewesen sein und die Lichter mußten gebrannt haben, aber es fiel einem nicht auf, weil die Straße noch belebt war. Breite, lautlose Autos, mit breiten, lautlosen, vom Geldmachen erschöpften Männern bogen in ihre Einfahrten ein; kleine, lärmende Autos voll lebenslustiger Jugendlicher, die darauf brannten, unter Aufbietung aller Kräfte das Geld loszuwerden, rasten stadteinwärts. Die flackernden Lichter von Radfahrern auf ihrem Heimweg aus der Stadt flitzten an ihr vorbei. Auf dem Gehsteig gab es lachende und plaudernde Liebespaare.

Die Straße war niemals, was man stark belebt nennen könnte, aber sie hatte ihre Stammgäste. Jetzt war sie splitternackt – eben nur eine Straße und sonst nichts. Miß Maggs befiel die merkwürdige Vorstellung, daß die großen Häuser auf beiden Seiten auseinandergerückt waren, wodurch sie selbst weiter entfernt und der Raum zwischen ihnen größer aussahen. Sie suchte vergeblich nach einem Fenster mit Zeichen menschlicher Anwesenheit: der Leselampe eines schlechten Schläfers, dem tröstlichen kleinen Lichtfleck der Nachtlampe im Kinderzimmer oder auch nur dem raschen An- und Abdrehen beim Besuch des stillen Örtchens. Da war nichts, überhaupt nichts. Plötzlich tauchte hinter einer Hecke eine große Tafel auf und suggerierte ihr einen Augenblick die beängstigende Vorstellung, ein Riese starre hinter dem Gebüsch zu ihr herüber. Da gab es also wieder einen weniger. Die St. Clairs hatten nun doch ausziehen müssen. Als der alte Herr aus dem Golfklub austrat und seine Frau ihre verschiedenen Jahresbeiträge schuldig blieb, wußte jeder, daß die beiden nicht mehr lange durchhalten würden. Miß Maggs tat es leid – so weit sie zurückdachte, waren die beiden hier gewesen. Nun ja, bei all den Steuern, und seit man nicht mehr so wie früher von seinen Wertpapieren leben konnte, war das Dasein für die alte Garde auch nicht mehr so wie einst. Auf der Oberfläche mochte es noch ganz schön aussehen, aber die Oberfläche war dünn wie Haut auf gekochter Milch. Und welche Hoffnung verblieb bescheideneren Leuten, die in der gleichen Tradition aufgewachsen waren, fragte sich Miß Maggs, durch Zeit, Ort und ihren hungrigen Magen zu derlei entmutigenden Erkenntnissen gedrängt. Worauf darfst du dir etwas einbilden, Gertie Maggs? Es war schon richtig, in einem

Wohlfahrtsstaat konnte man nicht verhungern, aber diesem Zustand gefährlich nahe kommen. Der Spargroschen, den ihr ihre Mutter hinterlassen hatte, war langsam aber sicher zusammengeschmolzen, so daß er jetzt kaum noch der Rede wert war. Das kleine Haus gehörte ihr, doch bedeutete das die Verpflichtung, es instand zu halten. Die Winterstürme hatten eine Schieferplatte vom Dach gerissen, die Haustür hing locker, und das Ganze mußte dringend frisch gestrichen werden. Kohle war so kostbar wie Diamanten und beinahe ebenso teuer. Gottlob brauchte sie nicht viele Kleider; aber wie sehr man sie auch schonte – die Sachen wurden eines Tages fadenscheinig, und einiges mußte ersetzt werden.

Nun, irgendwie gab es doch immer wieder eine Lösung, dachte sie wacker. Zum Beispiel jetzt diese Arbeit als *Babysitter.* Wenn Elsie Brent, die gute, liebe Elsie, die einen Polizisten geheiratet hatte und somit den Traum, den die beiden als Schulmädchen gehegt hatten, zerstörte – sie wollten glücklich als alte Jungfern miteinander leben –, wenn besagte Elsie nicht die junge Mrs. Seymour in der Stadt getroffen und ihr gesagt hätte: »Ich habe für Sie genau die Frau, die Sie suchen«, nun dann würde sie, Gertie Maggs, nicht jetzt, um ein Uhr nachts, auf dieser verlassenen Straße wandern. War es nicht ein Glück, daß sie Mrs. Seymour zusagte – wo sie doch, wie sie selbst wußte, nicht jedem zu Gesicht stand; man fand sie ein wenig zimperlich vor lauter Anstand und Förmlichkeit. »Maggsy« nennt sie mich, dachte Miß Maggs und wußte nicht recht, ob sie das freute oder verletzte. Nun, wahrscheinlich ist es ein Zeichen, daß sie mich gern mag. Sie ist zwar leichtsinnig, aber doch von Geburt eine Dame, und ich würde auch noch einen längeren Weg nicht scheuen, um ihr auszuhelfen. Wenn ich nicht das schwache Knie hätte, wäre der Spaziergang vielleicht sogar ganz nett. Andererseits könnte ich ja, wenn ich keinen Gelenkrheumatismus hätte, eine lukrativere Beschäftigung finden, als nachts auf kleine Kinder aufzupassen.

Was habe ich für einen schweren Schritt, dachte sie. Oder kommt mir das nur in der Stille so vor? Das klingt ja, wie wenn Sam Brent daherstapfte. Ist er auch jetzt bei der Geheimpolizei, im CID, so hat er doch noch immer den gleichen Gang wie ehemals auf seiner Runde. Armer Sam! Ob ihm wohl heute die Ohren klingen? Hier wohnen die Larches, denen vor zwei Wochen jemand das ganze Silber weggetragen hat.

»Es sind ja nur Lausbuben«, hatte Sam Brent gesagt, als sie ihm damals vorwarf, daß er sich nicht bemühte, den Schuldigen zu finden. »Bloß eine Bande von nichtsnutzigen Radaubrüdern, die abwechselnd die Speisekammern plünderten.«

»Ach was, wir sind hier nicht in London!«

»Meine liebe Gert, das Problem stellt sich nicht nur in gewissen Orten. Das gibt es auf der ganzen Welt.«

»Warum tust du dann nichts dagegen?«

»Ich werde etwas tun, falls sie zu übermütig werden. Ich weiß, wo ich sie erwischen kann. Deinen reichen Freunden können sie nicht viel antun«, sagte er noch. Der auf sie und ihre altmodische Verehrung der Aristokratie abgezielte kleine Seitenhieb entging ihr nicht. »Sie erleichtern sie höchstens um ein paar Sachen.«

»Und das nennst du ›nicht viel antun‹?«

»Nun, heutzutage ist der Besitz nicht mehr etwas gar so Heiliges.«

»Du würdest anders sprechen, wenn es deine Gabeln und Löffel wären.«

»Mag sein. Aber Tatsache ist, Gert, daß ich keine Männer übrig habe, die vor den Häusern der Aristokraten Wache stehen an Stelle der Dienerschaft, die die nicht mehr haben.«

»Aber so eine Frechheit! Am hellichten Tag! Woher wissen sie übrigens, daß niemand zu Hause ist?«

»Hast du noch nie was von einem Telefon gehört? Eine verdammte Erfindung – den Komplizen der Einbrecher nenne ich es.«

»Ich würde mich schämen, mich von einem Jungen unterkriegen zu lassen!«

»Wahrscheinlich werde ich schon bequem. Zeit in den Ruhestand zu treten – das wird's sein, Gert.«

»Das soll ich dir glauben?«

»Ach was, mit den Jahren werden die auch älter und vernünftiger.«

Nun ja, es war wohl ganz schön, es auf die leichte Schulter zu nehmen. Was aber, wenn einer dieser Klaubrüder sich erdreistet hatte, über die Gartenmauer zu klettern, und einem schnurstracks vor die Füße fiel? Schon war er nicht mehr dreist, sondern wurde weiß wie ein Bettuch, und seine glotzenden Augen traten ihm fast aus den Höhlen. Sie kannte ihn, und er kannte sie, und sie starrten einander einen Augenblick an, bis er ihre Hand, die nach ihm gegriffen hatte, abschüttelte und davonraste – während sie mit vor Furcht klopfender Kehle ihm nachrief: »Was hast du angestellt, du Gauner?« Dann war sie nach Hause gegangen und hatte eine kurze, scharfe Zeile an Brent geschrieben; mochte es bei ihm anders sein – *sie* kannte ihre Pflicht! Aber den Brief hatte sie nicht abgeschickt. Wie sagte ihre Mutter immer? »Wenn du aufgeregt bist, schreib deinen Brief, aber gib ihn nicht auf!« Und während sie heute allein bei den Seymours saß, hatte sie beschlossen, es dabei bewenden zu lassen.

Vielleicht war es unklug von ihr, aber es zeigte sich, daß sie da mit Sam Brent übereinstimmte. Zwar war sie durch Anlage und Erziehung von so strikter Ehrlichkeit, daß Achtung vor fremdem Besitz ihr geradezu im Blut saß, trotzdem fühlte sie mit ganzem Herzen, daß ein Mensch mehr galt als Hab und Gut. Was würde geschehen, wenn sie den Jungen anzeigte? Er käme vor Gericht, würde wahrscheinlich, weil es sein erstes Verbrechen war, freigesprochen und mit einer Bewährungsfrist entlassen werden. Das war, wie mancher denken mochte, nicht so schlimm. Aber er würde seinen Posten verlieren, seinen guten Ruf verlieren und möglicherweise fürs ganze Leben auf die schiefe Bahn geraten. Nun, vielleicht handelte sie damit falsch und unmoralisch – aber das konnte sie einfach nicht tun. Übrigens würde wahrscheinlich der ausgestandene Schrecken genügen, um ihn auf den richtigen Weg zurückzuführen, besonders, wenn er bloß einer Bande von albernen, verwirrten Jungen angehörte, die einander zu allerhand Unfug anstifteten. Leben und leben lassen, dachte sie ein wenig töricht. Aber Mama hätte das nicht gebilligt. Ach nein, bestimmt nicht.

In der Ferne erklang ein einziger Glockenschlag; der Ton kam sehr klar und rein, wie über eine Wasserfläche, zu ihr herüber.

Das Straßenlicht erlosch.

Und Miß Maggs Herz sank bis in die Sohlen ihres vernünftigen und unmodischen Schuhwerks.

Einen Moment stand sie reglos, bevor sie anfing, mit hastigen Fingern nach ihrer Taschenlampe zu suchen.

Als sie sie dann zwischen behandschuhtem Daumen und Zeigefinger hielt, stellte sie fest, daß die Welt, die gerade noch pechschwarz gewesen war, sich ihr nun in Schwarz und Grau darbot. Das erinnerte sie sofort an den Bildschirm des Fernsehers, wo die Dinge bloß im Halbdunkel zu erscheinen brauchten, um unheimlich zu wirken. Es war verrückt, daran zu denken, daß der Teich neben ihr plötzlich voller Kriechtiere sei und von Schlangen und Kröten wimmelte. Gerade daran aber dachte sie.

Sie riß sich mit großer Mühe zusammen. Ihr Zeigefinger lag auf dem Knopf der Lampe, aber sie knipste sie noch nicht an. Statt dessen suchte sie Trost durch einen Blick auf die Stadt, die infolge der umliegenden Finsternis zu einem weißglühenden Knoten geworden war. Unten beim Fluß schimmerte es gleichmäßig, denn die Lichter waren nur in den äußeren Bezirken gelöscht worden. Eigentlich sollte man sich freuen, daß jemand darauf achtete, die Kommunalkosten zu verringern.

Hier ist nichts in der Dunkelheit, das nicht schon bei Licht da war, hielt sie sich entschlossen vor.

Und es war nur mehr ein kurzer Abstand, ja, wirklich nur ein ganz kurzer, von ihr bis zum Fluß.

Zum ersten Mal seit Verlassen der Seymourschen Zentralheizung wurde sie sich der Kälte bewußt. Aber was sollte man denn anderes erwarten, im Vorfrühling, um ein Uhr nachts? Waren nicht zu dieser Gespensterstunde die Lebensgeister am schwächsten? War das nicht die Zeit, da die alten Menschen sanft und ohne aufzuwachen vom Leben in den Tod glitten? Um zwei Uhr würde sie in ihrem eigenen behaglichen Bett liegen, mit einer Wärmflasche am Fußende und, wer weiß, vielleicht gar noch einer am Kopfende. Wen ging es etwas an, wenn sie heute das Verlangen hatte, sich ein wenig zu verwöhnen?

Sie ging weiter, jetzt aber beträchtlich langsamer. Der Weg, der ihr erst weich und glatt wie Butter vorgekom men war, entpuppte sich nun als beschwerlich und voller Unebenheiten. Neben ihr ragte die Hecke wie ein Felsen in die Höhe. Denk nur an die Stadt, ermahnte sie sich selbst. Wie zusammengedrängt sie aussieht! Wie ein Modell – ein faszinierendes, hellbeleuchtetes Modell. Hier die Kirchen: *St. Edmund* mit dem niederen, gedrungenen Turm, *All Saints* mit der zarten Spitze. Hier das Stadthaus, da die Gedächtnishalle. Sie sieht aus wie eine Schuhschachtel, ja, tatsächlich ... Was war das? Ach nichts, ein kleiner Zweig, auf den ich getreten sein muß. Ich höre schon Geisterstimmen. Die Nacht ist voller Geräusche für den, der lauscht ... Du wirst ja noch ganz poetisch, meine Liebe, schade, daß das kein Geld einträgt. Wenn es nur schon die Festwoche wäre, dann gäbe es mehr Leute auf den Straßen. Weniger könnte es allerdings nicht geben, da niemand da ist. Gar niemand. Um so besser. Vor »niemand« hast du doch wohl keine Angst, Gertie Maggs? Das wäre ja närrisch.

Sie war so nervös, daß sich ihre Gedanken zu verwirren begannen. Jetzt flogen sie dahin und dorthin, wie verschreckte Kobolde, bis sie schließlich, um sich zu beruhigen, ihre Taschenlampe anknipsen mußte. Der Lichtstrahl bohrte ein kleines, rundes Loch in den Pfad vor ihr; es nützte nichts – im Gegenteil; und so löschte sie das Licht wieder aus.

Aber aus der Handlung selbst hatte sie Kraft geschöpft, und sie begann, die praktische Seite ihrer Abendarbeit zu erörtern. Eine halbe Krone pro Stunde – wie viele Stunden waren es wohl heute? Sagen wir sechs – dann wären das fünfzehn Shillinge, eine ganz brauchbare Summe. Genug für wenigstens eine Rechnung im Lebensmittelgeschäft. Wenn man das Geld aber nicht ausgab, sondern aufbewahrte – was eröffneten sich da für Aussichten! Fünfzehn Shillinge wöchentlich mal drei Monate, das wäre ja genug, um das Haus anstreichen zu lassen, oder für einen kurzen Urlaub ... Und dann könnte ich vielleicht einen Gast für die Festspielwoche aufnehmen. Warum nicht? Das tut jetzt jeder. Sie könnte Mutters Zimmer haben – »sie« –, denn es käme natürlich nur eine unverheiratete Dame wie sie selbst in Frage. Die wäre nicht schwer zu bekommen, die meisten Festspielbesucher waren Frauen. Man könnte dadurch eine nette Freundin gewinnen – nun, sagen wir, beinahe eine Freundin. Und die käme jedes Jahr wieder, wie das so viele tun, und zum Schluß würde sie sterben und ihr ganzes Geld ihrer Wohltäterin Gertie Maggs vererben, für ihre sorgsame Betreuung, und damit sie nicht zu so später Nachtstunde, besser gesagt, früher Morgenstunde auf der Straße zu wandern hätte.

Na also, da wäre man wieder bei der alten Geschichte angelangt. Was soll ich tun, wenn das Essen noch teurer wird? Oder wenn sich mein Fußleiden verschlimmert? Oder wenn der Rheumatismus sich weiter ausbreitet? Die Zukunft lag so schwarz vor ihr wie – so schwarz wie – die Mündung der Woodlands Avenue unseligen Angedenkens, an der sie gleich vorbei mußte. Jetzt wollte sie wirklich vorankommen. Die Seitenstraße klaffte offen wie eine Unterweltshöhle; da hockte eine noch viel schwärzere Dunkelheit als auf ihrem Weg. Das Überqueren kam ihr endlos vor; ihr war, als könnte sie die Hand ausstrecken und sich auf die Dunkelheit stützen, so fest und massig sah sie aus. Ihre Füße waren vor Kälte unempfindlich geworden; sie wunderte sich, daß sie noch immer dasselbe Geräusch machten. Klapp, klapp, klapp.

Jetzt war sie drüben angelangt und ging rascher.

Klapp, klapp, klapp.

Schasch, schasch, schasch.

Seltsam – das war das erste Mal, daß sie den Widerhall bemerkte.

Klapp, klapp, klapp, klapp.

Schasch, schasch, schasch ...

Sie griff sich ans Herz – da war ein Schritt, der kein Echo hatte! Nein, sie mußte sich geirrt haben. Ihr Herz klopfte zu laut, nun konnte sie nicht mehr unterscheiden, welches Geräusch ihr Herz machte und welches das Echo war. Nur ruhig Blut jetzt, nur ruhig.

Klapp, klapp, klapp, klapp.

Sie zögerte.

Schasch, schasch.

Dann nichts mehr.

Sie wagte nicht, sich umzudrehen. Und hätte sie es auch gewollt, es wäre ihr unmöglich gewesen, denn der Körper gehorchte ihrem Willen nicht mehr.

Jetzt war sie sicher, daß ihr jemand folgte. Alles, was sie tun konnte, war im gleichen Tempo weiterzugehen und einen Mut vorzutäuschen, den sie nicht in sich fühlte. Es war jemand aus der Seitenstraße, aus dem Dunkel der Woodlands Avenue, aufgetaucht, und er folgte ihr.

Es gibt Zeiten, da der Instinkt unwiderlegbar ist – und so war es in diesem Augenblick; Zeiten, da die Gefahr keiner Gestalt bedarf, um fühlbar zu werden, da das Blut die Katastrophe ahnt und seine Kenntnis durch jede Nervenfaser weitergibt, so daß der ganze Organismus Bescheid weiß.

Gertie Maggs Zeigefinger zuckte, und die Taschenlampe brannte. Wieder erschien der runde Fleck wie ein Hohnlachen, wie ein Irrlicht.

Jetzt durstete sie geradezu nach Licht. Ihre Kehle war rauh und ausgetrocknet. Wenn ich nur den Fluß erreichen kann, dachte sie. Ihre Vorstellung klammerte sich an die Lichter wie an eine Rettung, als könnte, wo es ein Licht gäbe, keine finstere Tat begangen werden. Nicht einen Augenblick dachte sie ernstlich, daß da kein Grund zur Furcht sei, daß etwa ein anderer verspäteter Wanderer, vielleicht auch nach einer Nachtwache, auf der leeren Straße ihre Gesellschaft ersehnte. Als weibliches und jungfräuliches Wesen nahm sie an, daß der Verfolger ein Mann sein müßte, aber die Verfolgung selbst beraubte sie ihres logischen Denkens. Kurze, abgehackte Sätze flitzten durch ihren Kopf wie Titelzeilen auf einer Filmleinwand.

Was will er?

Meine Börse?

Vergewaltigung?

Warum wartet er noch?

Warum schlägt er nicht zu?

Merkt er nicht, daß ich alt bin?

Auf einmal durchflutete sie ein befreiender Gedanke: Ist es der Junge? Vor ihm fürchtete sie sich überhaupt nicht. Sie wäre stehengeblieben, um ihn herankommen zu lassen. Dann löschte ihre panische Angst alles andere aus – da war nur mehr der Drang, den Schritten, die einen wahnsinnig machten, zu entfliehen, und das leidenschaftliche Verlangen, den Fluß zu erreichen. Sie fühlte die Biegung der Straße nach rechts, und ihre Hoffnung flammte neu auf. Eine kleine, unwahrscheinliche Vision von einem Teekessel auf der Gasflamme schwebte vor ihren Augen; ein Dampfstrahl, der sich in luftige Fäden auflöste, trieb sie an, das Unmögliche zu tun. Sie begann zu rennen.

Miß Maggs war seit ihrer Kindheit nicht mehr gerannt. In ihrer Jugend war es nicht sittsam, und als es dann nicht mehr eine Frage passenden oder unpassenden Benehmens war, war sie bereits zu alt. Mit ihren vom Rheumatismus steifen Gelenken bewegte sie sich wie ein Hampelmann, es war wie die Parodie einer Flucht. Die Qual, die die Anstrengung bedeutete, wurde ihr gar nicht bewußt, oder sie verschmolz mit der alles beherrschenden Angst.

Hinter ihr aber hatte sich das unerbittliche Echo auch zu einem Rennen umgewandelt. Jetzt kam wieder eine Straßenbiegung, die ihr die Sicht auf die ermutigenden Flußlampen versperrte. Doch bedeutete das zugleich, daß sie dem selbstgesteckten Ziel näher war. Sie lief blind, aber sicher. Die alles beherrschende Not hatte allem Umhertappen ein Ende gesetzt und die triebhafte Erinnerung an den Weg wiederhergestellt. Noch eine Biegung; dabei kam sie so nahe an die Ziegelmauer heran, daß die rauhe Fläche ihren Lederhandschuh zerriß. Mit der anderen Hand hielt sie noch immer krampfhaft die nutzlose Taschenlampe fest.

Sie sah die erste Lampe winken, und die Schritte hinter ihr drangen wie Trommelschläge an ihr Ohr. Das konnte bedeuten, daß noch ein Paar Füße bei der Jagd mitmachte, oder auch nur, daß der Verfolger jetzt schon viel näher war. Sie war nicht mehr fähig, das zu unterscheiden. Ihr Herz schlug toll, ihr Atem ging schwer.

Sie war am Ziel – nur mehr einen Arm weit bis zur Straßenlaterne. Da fühlte sie eine ungeheure Last auf dem Rücken, als ob sich ein Raubtier auf sie gestürzt hätte. Sie stolperte und wurde gnadenlos zu Boden gedrückt. Sie wand und drehte sich. Jetzt, in diesem Augenblick, empfand sie den brennenden Wunsch, ihren Angreifer zu sehen. Stellen sollte er sich, seine Taten dem vollen Licht aussetzen.

Aber ihre Augen waren von der erschöpfenden Anstrengung so benebelt, daß sie nur mehr verwischte Züge sah. Zwei steife Bänder aus Fleisch und Blut hielten ihre Arme an ihren Seiten fest. Ihr Kopf wurde nach hinten bis an das Pflaster gezwungen, ihr Hals schmerzte unerträglich. Sie hatte den seltsamen, flüchtigen Eindruck, als blickten zwei riesige, glänzende, kummervolle Augen auf sie – Augen, die es in ihrer Erfahrungswelt nicht gab.

Sie bekam keine Luft und öffnete den Mund – es war wie die possenhafte Nachahmung eines Schreis –, und eine Hand im Handschuh senkte sich darauf, schwer und endgültig.

Ihr Geist entfloh um vieles schneller, als der armselige Körper es vermocht hätte.

Das tat auch er, der Angreifer. Aber seinen Rückzug in die Nacht hörte sie nicht mehr. Er rannte, rannte, rannte.

2

Kitty hörte ihn heimkommen. Das Haus hatte zwar die Häßlichkeit der edwardianischen Baukunst, offenbar aber nicht deren Solidität: es ließ alle Geräusche genau so leicht wie Zugluft hinein.

Jeder Klang – wie er den Schlüssel im Schloß der Hintertür drehte, über die Stufen aus der Spül- in die Vorderküche ging, den Regenmantel auf eine Stuhllehne warf – gab ihr ein so genaues Bild seiner Bewegungen, als hätte sie sie mit den eigenen Augen verfolgt. Sie vermittelten ihr sogar seine Stimmung, und die war um nichts besser als vor seinem Weggehen.

Nicht nur sie allein war wach. Über ihrem Kopf knarrte das Bett ihrer Wirtin; dann hörte sie das Scharren von Hausschuhen, da die alte Frau in ihrem Zimmer umherging. Das Durcheinander von kleinen, einzelnen Klirrlauten war vertraut genug, daß man Mrs. Fitchs Vorbereitungen für ihren Mitternachtsschmaus erkennen konnte: Kakaobüchse, Emailtöpfchen, Tasse, Untertasse – sie sammelte ihre Gerätschaften. Jetzt öffnete sie die Keksdose.

Da war noch jemand durstig. Die Schritte gingen zurück zur Spülküche, und dann zeigte ein Brummen und Rasseln an, daß der Wasserhahn aufgedreht wurde, um den Kessel zu füllen. Das nächste war ein metallisches Anschlagen: Der Kessel wurde auf den Gaskocher gestellt.

Kitty fuhr sich neidisch mit der Zunge über die trockenen Lippen. Sie hob mißmutig den Kopf vom Kissen und blickte auf den kleinen, billigen Wecker mit dem dünnbestrichenen Leuchtzifferblatt. Zwanzig Minuten nach eins. Sie lechzte nach dem Tee, der, wie sie sich denken konnte, gekocht wurde, war aber weise genug, nicht laut danach zu verlangen.

Dem kleinen Ekel, dem Baby, Gelegenheit geben, wieder aufzuwachen? Ach nein, das hatte sie jetzt satt! Sie stützte sich auf den Ellbogen und warf einen ängstlichen Blick in die Tiefe der neben ihr stehenden Wiege. Aber es war zu finster – man sah nicht mehr als einen undeutlichen Umriß. Vielleicht hatte sich Miß Baby umgedreht, lag auf dem Gesicht und erstickte. Na schön, das hätte das Elendsgeschöpf verdient.

Würde Nick hereinkommen? Sollte sie leise hinausschlüpfen, zu ihm in die Küche gehen und versuchen, sich mit ihm zu versöhnen?

Nein, das wollte sie nicht. Wenn Nick seine Launen hatte, war nichts mit ihm anzufangen. Außerdem würde der Streit nur wieder von neuem beginnen. Für ihn war das alles kein Problem, aber an sie dachte er überhaupt nicht. War es nicht schlimm genug, das Kind bekommen zu haben? Sollte es gleich einen Bruder oder eine Schwester geben? Nick hatte kein Einsehen. Ganz sicher konnte man nie sein, und Vorsicht war die Mutter der Porzellankiste.

Wer hätte je gedacht, daß aus einem bißchen Spaß soviel Jammer entstehen konnte? Gewiß, Nick hatte sich anständig benommen. Nicht gerade mit Begeisterung, aber ihre Eltern waren hinter ihm her. Die hätten ja die Schande fast nicht überlebt. Nur daran dachten sie. Es bekamen doch so viele Mädchen Kinder, ohne verheiratet zu sein, und ließen sie adoptieren oder halfen sich da irgendwie heraus. Sie blieben ein paar Wochen fort, dann kamen sie zurück zu ihrer Arbeit und ihren Freunden.

Aber das hätte Mama nicht gepaßt. Die mußte ganze Eimer voll geweint haben – man hätte meinen können, es wäre ihr passiert.

Und schließlich hatte die Ehe auch gute Seiten. Zuerst einmal der Hochzeitstag; man trug ein weißes Kleid, und alle kümmerten sich um einen und wurden rührselig, als wüßten sie nicht ganz genau, daß es eben hatte sein müssen. Und der Urlaub in Brighton, und daß man nicht aufzupassen brauchte, weil es ohnehin schon geschehen war. Damals war Nick lustig und übermütig, faßte es als Ulk auf und spielte das Familienoberhaupt. Aber jetzt war der Spaß vorbei. Das Loch von einer Wohnung und die alte Fitch, die halb verrückt war, und kein Geld für die eigenen Ausgaben, weil man doch nicht zur Arbeit gehen konnte.

Und das Allerschlimmste: Miß Baby. Kein Mensch hatte ihr jemals gesagt, wie es mit kleinen Kindern ist. Warum hatte sie niemand gewarnt? Man sah sie, wenn sie im Wagen spazierengeführt wurden, und stellte sich nichts vor. Gut, man war ja nicht ganz dumm, man wußte, daß sie gefüttert und sauber gehalten werden mußten. Aber du gütiger Himmel, die waren ja schlimmer als ein Schoßhund! Und man kann sagen, was man will, es ist auch kein Vergnügen, ein schäbiges altes Kleid zu tragen, das vorne aufgeht, und dieses Wurm an sich saugen zu lassen. Nun, das eine wenigstens hatte sie sich nicht lange angetan: Miß Baby bekam Fürsorgenahrung – und magst du's nicht, so läßt du's eben stehen!

Und die Windel – pfui! Es war alles ekelhaft. Wenn Reenie, Ed und sie selbst nicht ungefähr gleich alt wären, hätte sie ja vielleicht mehr von Kindern verstanden, aber so hatte sie keine Ahnung. Sie wußte nicht einmal, daß man sie in der Früh, bevor man selbst aufstand, füttern mußte. Eine Zumutung! Aber da verstand sie sich zu helfen; jetzt füllte sie das eklige Zeug abends in eine Thermosflasche und goß es dann um, ohne aus dem Bett zu steigen.

Nun war Nick mit seinem Tee fertig. Sie hörte, wie er das Geschirr auf dem Tablett zusammenstellte. Wenn er nicht aufpaßte, würde er sie wecken – dann wär der Teufel los!

Jetzt würde er hereinkommen, dachte sie, und sich nach seinem Pyjama umsehen.

Kitty fiel mit angehaltenem Atem in die Kissen zurück. Sie beschloß, sich schlafend zu stellen. Wenn sie schlief, konnten sie doch wohl keinen neuen Krach miteinander bekommen.

Der billige Wecker tickte, Minuten vergingen, er kam nicht. Er bewegte sich in der Küche, wahrscheinlich zog er sich aus. Zuletzt hörte sie das Knipsen des Schalters, und der Lichtstreifen unter der Verbindungstür erlosch. Schließlich knarrte das Sofa. Schön, das war also geregelt. Er kam überhaupt nicht herein. Er wollte an Ort und Stelle und in der Unterwäsche schlafen. Nun, wohl bekomm's! Sie fragte sich, was er wohl als Bettwäsche verwendete.

Plötzlich war sie entsetzlich müde. Es fiel ihr ein, daß der kleine Teufel, der aus ihrem eigenen Körper entsprungen war, um sie mit seinen Zudringlichkeiten zu quälen, sehr bald für einen neuen Tag gerüstet wäre. Sie gähnte, und bevor das Gähnen ganz vollendet war, war sie tief und fest eingeschlafen.

Aus der Küche drang noch dann und wann das Kreischen der Diwanfedern, und einmal fiel die Asche auf den Kaminrost.

Oben hing Mrs. Fitch murmelnd ihren Kakaoträumen nach.

Alles andere war still.

Oaaa, oaaa, oaaa! Oaaa, oaaa, oaaa! Oaaa, oaaa, oaoo!

Wozu brauchte man einen Wecker, wenn man Miß Baby hatte? Kitty lehnte sich noch halb verschlafen aus dem Bett, griff nach der Thermosflasche und dem Milchfläschchen und beförderte nur mit Hilfe ihres Tastsinns den Inhalt der einen Flasche in die andere. Ihre nervösen Finger stülpten den Gummisauger auf und tappten am Kopfende der Wiege herum. Endlich heftete sich ein Blutegel an den Gummi. Einen Augenblick fühlte sie die Berührung von warmem, feuchtem Fleisch. Sie stützte den Boden der Flasche zwischen den Decken auf und setzte den unterbrochenen Schlummer fort.

Zwei Stunden später schreckte sie mit schlechtem Gewissen aus dem Schlaf: Nick sollte doch um halb neun in der Werkstatt sein! Sie ließ die nackten Füße auf die Matte gleiten – ein Inselchen in einem Meer von Linoleum – und erhob sich, die Arme an den frierenden Körper gedrückt. Sie tappte im Finstern rund um das Bett und zog behutsam die an altmodischen Ringen hängende Serge-Gardine zurück, die den Raum luftdicht verschlossen hatte. Im Nu enthüllte sich im kalten, schonungslosen Morgenlicht ein unzulänglich zu einem Schlafraum umgeändertes ehemaliges Eßzimmer. Die lederbraune Färbung der bis zu halber Höhe reichenden Holzverkleidung und das gewundene Muster der feuchten und fleckigen Tapete ließen den Gedanken an längst verzehrte, scheußliche Mahlzeiten aufkommen, wodurch der Waschtisch mit Marmorplatte und der Schrank aus Mahagoni Lügen gestraft wurden.

Die Erbin all dieser verfallenen Herrlichkeit, Baby, lag mit verklebten Wangen und durch ihre Flasche verstopft in der Wiege. Ihre Mutter wagte nicht, ihr den persönlichen Besitz streitig zu machen. Sie griff nach Kleid und Wäsche, die unordentlich auf einem der Stühle der ursprünglichen Garnitur lagen – Polstersitze und Lehnen mit durchbrochener Schnitzarbeit –, und zog sich hastig an; ihre eiskalten Finger hantierten mit Haken und Reißverschlüssen. Dann tauchte sie einen Waschlappen in das schon am Vorabend benützte Wasser und strich damit über Gesicht und Hände, bevor sie mit einem Kamm durch ihr Flachshaar fuhr.

Sie schlich in die Küche und ließ die Tür angelehnt. Im schwachen Licht, das ihr folgte, blieb sie stehen und betrachtete den auf dem Sofa liegenden Nick. Seine Knie waren unter dem Regenmantel hochgezogen, darunter ragten zwei Füße in Socken hervor. Mit der einen breiten

Hand hielt er einen abgleitenden Kaminteppich auf seiner Brust fest, während der bis an die Ränder des Kissens ausgebreitete Schal sich wie eine Schlinge zwischen Kinn und Hals abzeichnete.

Seine Lage sah unbehaglich genug aus, um sogar seine Frau zu befriedigen. Aber in dieser ungewöhnlichen Lage waren seine Züge von einer seltsamen Schönheit. Irgendwie kühn und gewaltig und ausdruckslos, wie bei einem altgriechischen Steinkopf.

Ha! Marlon Brando, dachte Kitty. Sie durchquerte den Raum und ließ durch einen heftigen Riß an der Eichel der Schnur die Jalousie emporschnellen.

Vom Licht geblendet, setzte er sich augenblicklich auf.

»He! Was zum Teufel ... Wo, verdammt noch mal ...?«

»Es ist spät«, sagte Kitty barsch. »Du mußt schnell aufstehen, sonst kommst du wieder zu spät zur Arbeit.«

Er ließ den Vorleger fallen und stellte die Füße auf den Boden. Er war in Hemd und Hose. Seine nunmehr halboffenen Augen faßten die ganze Umgebung mit einem Blick, und jeder einzelne Gegenstand war ihm verhaßt.

Seine Mundwinkel senkten sich – er war eingeschnappt. Er kratzte sich unter den Achseln.

Jetzt öffnete er die Augen weiter und betrachtete lieblos seine Frau; zwei scharfe Falten verbanden die Augenbrauen miteinander.

»Dann mach das Frühstück«, sagte er kurz. »Was ich tue, werden wir später sehen.«

»Was willst du essen?«

»Was hast du zu Hause?«

Kitty zuckte die Schultern. »Haferflocken!«

Er fluchte. »Bei meiner Mutter gab's immer Eier mit Speck, und wenn's keine Eier gab, dann wenigstens geröstetes Brot.«

»Erzähl mir nur nichts von deiner Mutter! Was die für eine ist, das weiß jeder!«

»Sakra!« Er starrte sie wütend an. »Und was gibt's bei euch zu Hause Schönes?«

Sie geruhte, nicht zu antworten, sondern ging in die Spülküche, füllte den Kessel und stellte ihn aufs Feuer. Dann holte sie die Teekanne, warf die gestrigen Blätter fort und tat zwei Löffel voll frischen Tee hinein.

In der Ecke neben dem Gasherd stand eine ziemlich breite, niedere, mit einer grauen Militärdecke verhangene ehemalige Obstkiste. Während Kitty hin und her ging, begann die Decke, sich unheimlich zu bewegen, bis sie schließlich von der Schnauze einer Whippethündin beiseitegeschoben wurde. Das schlanke, sandhafte Tier stellte sich auf, beugte die Beine nach der langen Einsperrung und schritt zierlich über den gekachelten Fußboden. Es wartete zuversichtlich, bis Kitty ihm die Tür in den Hof öffnete, und verschwand dann.

Kitty steckte den Kopf in die Speisekammer.

Als sie in die Küche zurückkam, saß ihr Mann da, sein Gesicht in beide Hände vergraben; seine Haltung verriet völlige Mutlosigkeit.

»Ich habe doch noch ein Ei gefunden. Wenn du willst, koche ich es dir.«

Er blickte auf, und sogar sie, die kein Übermaß an Feinfühligkeit besaß, erschrak über seinen Gesichtsausdruck.

»Ich kann nichts essen, schon gar nicht ein Ei. Gerade habe ich mich an etwas erinnert.«

»An was? Was ist denn los?«

Er warf einen langen, harten Blick auf sie, als sähe er sie zum ersten Mal, öffnete den Mund, um es ihr zu sagen, ließ es aber dann doch sein.

»Geht dich nichts an«, antwortete er bloß schroff. »Mein Gott, bin ich steif! Das Zeug da ist voller Klumpen.«

»Du hättest eben nicht so dumm sein sollen, darauf zu schlafen.«

»Du wolltest mich ja nicht in deinem Bett haben – oder?«

»Zum Schlafen schon. Das ist etwas anderes.«

»Früher hast du es nicht so genau genommen.«

»Fang nicht wieder damit an! Zum Streiten hast du jetzt keine Zeit. Sie werden dich hinausschmeißen, wenn du dich nicht zusammenreißt.«

»Mach dir keine Sorgen, ich geh heute nicht hin. – Ist das Gesöff noch nicht fertig?«

»Nick!«

»Ni-ieck!« äffte er sie nach.

»Du kannst doch deinen Posten nicht einfach hinschmeißen! Wir brauchen das Geld!«

»Es gibt noch genug andere Werkstätten. Jedenfalls noch zwei. Und ich bin nicht scharf drauf, für immer unter dem Wagen anderer Leute zu liegen! Ich hab das Ganze satt.«

»Aber was willst du tun?« jammerte sie. »Du kannst ja nichts anderes.«

»Du würdest staunen, was ich alles kann«, sagte er grimmig. »Staunen würdest du.«

»Was hast du in der Nacht angestellt?« fragte sie. Vor Mißtrauen wurde sie zänkisch wie ein altes Weib.

»Das Wasser kocht. Gieß den Tee auf!«

Sie beschuldigte ihn: »Du warst hinter einem Mädchen her.«

»Halt den Mund«, sagte er grob. »Misch dich nicht ein – du würdest es bereuen. Na schön«, sagte er dann in versöhnlicherem Ton. »Ich habe Fly ausgeführt. Sie brannte darauf, sie hat ja zuwenig Bewegung. Nachts kann man sie wenigstens von der Leine lassen. Da ist sie, vor der Tür. Laß sie herein, sei so gut; ich habe noch keine Schuhe an.«

Tatsächlich wurde eindringlich an der Tür gekratzt. Kitty ging brummend hinaus, öffnete, und der Hund fuhr blitzschnell an ihr vorbei und zu seinem Herrn. Als sie mit der Teekanne in der Hand eintrat, umschwänzelte dieser Köter ihn und wollte sein Gesicht lecken, während er abwehrte, mit einer fröhlichen Gutmütigkeit, die in seltsamem Gegensatz stand zu seinem Benehmen seiner Frau gegenüber. Ebenso merkwürdig war die Mischung aus Eifersucht und halb kindischem Verständnis, mit der sie den Possen der beiden zusah.

»Fly ist dir lieber als Baby«, sagte sie vorwurfsvoll.

»Klar! Sie hat haufenweise mehr Verstand, außerdem riecht sie besser. Ja, mein Liebling, du bist ein schönes Tier, nicht wahr, ja? Hör mal, nimm die Schnauze aus meinem Ohr!«

»So was ist unnatürlich.«

»Und sie heult auch nicht die ganze Nacht. Ich kann das ewige Quäken nicht mehr aushalten. Denk dir doch was aus, damit das aufhört.«

»Du bist schuld, du weckst sie immer. Bei deinem Krawall müßten die Toten aufwachen.«

Seine verbesserte Laune schwand so schnell, wie sie gekommen war.

»Los!« sagte er, »gib mir meinen Tee, beeil dich!«

Sie schenkte ihm den Tee ein, und er rührte genug Zucker in die Tasse, um daraus Sirup zu machen. Jetzt saß er mißmutig da; abwechselnd blies er in das Getränk und nippte daran.

Sie war nicht klug genug, ihn in Ruhe zu lassen.

»Ich brauche Geld, Nick«, sagte sie. »Ich muß Tee und Fleisch kaufen und Zwieback für Baby.«

»Immer wieder Geld! Was hast du mit den letzten Scheinen gemacht?«

»In Luxus geschwelgt! Hast du's nicht bemerkt?« fragte sie sarkastisch.

Er griff in die Tasche und holte eine Handvoll Kleingeld heraus. »Da hast du. Mach damit, was du willst. Mehr gibt's nicht vor dem Zahltag.«

»Es wird keine Zahltage mehr geben, wenn du die Arbeit hinschmeißt.«

»Sorg dich erst, wenn es soweit ist. Da ist auch noch die Arbeitslosenunterstützung.«

»Und die Miete? Die ist am Freitag fällig.«

»Die alte Fitch kann warten.«

»Dann sprich du mit ihr. Ich kann dir sagen, die macht mir langsam Angst. Sie kommt immer herein, wenn du nicht da bist. Es ist kein Spaß, mit einer, die halb übergeschnappt ist, im selben Haus zu wohnen.«

»In der Not frißt der Teufel Fliegen. Es war ein Glück, überhaupt irgendwo unterzukommen, mit unserer Kreischerin da im Nebenzimmer.«

Er stellte die leere Tasse hin, stand auf und zwängte die Schultern in sein zerknittertes Sportsakko. »Reich mir meine Schuhe herüber, ja?«

Sie bückte sich danach, und als sie sie ihm gab, strömten ihr die Tränen über die Wangen.

»Was ist jetzt los?« fragte er wild. »Du hast mich doch eingefangen, oder etwa nicht? Wir sind verheiratet. Du bist eine anständige, vermählte Frau, wie es deine Mutter wollte. Ich gehöre zur Familie. Manchen Leuten kann man es wirklich nicht recht machen!«

Sie stampfte auf. »Es war ebenso deine Schuld wie meine.« Ihre Augen funkelten in dem blassen Gesicht. »Glaubst du, ich hab ein sehr lustiges Leben, mit dem Fratz, der mir am Hals hängt? Seit Wochen war ich auf keinem Ball. Nicht einmal ins Kino kann ich gehen. Und die Heulerei den ganzen Tag – die Nerven gehen einem kaputt!«

Während er seine Schuhe schnürte, schien er einen Gedanken im Kopf zu wälzen. Nach einer längeren Pause sagte er in einem veränderten Ton, aus dem die Bitterkeit verschwunden war:

»Hör mal, Kit, laß es gut sein, das Streiten bringt uns nicht weiter. Wir müssen mit der Sache fertig werden. Jetzt haben wir das da« – er wies verächtlich mit dem Daumen nach dem Schlafzimmer – »auf dem Hals. Ob wir wollen oder nicht, wir sind nun einmal dafür verantwortlich. Du mußt besser auf sie aufpassen, und ich muß lernen, wie ich euch beide versorgen kann. Vielleicht läßt es sich schaffen. Jedenfalls muß man's probieren.«

»Und daraufhin schmeißt du deinen Posten hin«, sagte sie, indem sie die Tränen auf ihren Wangen verschmierte.

»Solche gibt's mehr. Ich muß etwas finden, das mehr Knete einbringt, etwas Aussichtsreiches. Ich muß mich umsehen.«

»Dann wasch dir erst mal das Gesicht, bevor du ausgehst, Großverdiener! Du hast verklebte Augen.«

»Okay, werd nicht bissig! Ich werde mich in der Spülküche waschen und am Rollhandtuch abtrocknen, damit ich *sie* nicht aufwecke. Nein, Fly, heute nehme ich dich nicht mit. Ich muß nachdenken. Mir alles zurechtlegen. Ihr habt mich in eine feine Lage gebracht, meine Liebe, du und deine gottverdammte Familie!«

»Meine Familie laß aus dem Spiel!«

»Ich? Du bist witzig! Hör mal, Kit – jetzt im Ernst: Ich bin in der Patsche.« Er faßte sie beim Handgelenk. »Du mußt zu mir halten, sonst lehn ich alle Verantwortung ab.«

»Ich weiß nicht, was du zusammenquatschst!« schrie sie ärgerlich, während sie sich losriß. »Ich habe zu tun. Ich muß ins Vorhaus gehen und den Kinderwagen herrichten. Und dann muß ich wohl Baby anziehen und die Windeln einweichen.«

»Bring das stinkige Zeug nicht herein, bevor ich weg bin«, sagte Nick, der mit dem von der Rolle abgenommenen Handtuch wieder auftauchte. »Ich mache jetzt einen langen Spaziergang.«

»Was machst du?«

»Einen langen Spaziergang, sage ich. Ins Grüne. Es bedrückt mich etwas.«

»Es soll dir nur nicht den Appetit verderben!«

Sein Gesicht war abgetrocknet, aber das Reiben hatte offensichtlich nicht genügt, um ihm eine frische Farbe zu geben. Seine Haut war auch sonst bläßlich, aber an diesem Morgen sah er aus wie nach einer Gallenkolik.

Er fragte: »Heute siehst du wohl keine von denen, was?«

»Welche ›denen‹?«

»Deine Mutter. Oder Reenie.«

»Ich glaube nicht. Warum?«

»Kit, es war deine Schuld, daß ich gestern ausging – das mußt du doch zugeben.«

»Und wenn auch, dann weißt du ja, warum.«

»Ich wollte, ich wäre nicht gegangen. Kit, tue mir den einen Gefallen – halt den Mund darüber. Es ist in deinem Interesse, das kann ich dir sagen.«

Sie meinte, er wollte verhindern, daß sie ihn bei ihrer Mutter anschwärzte. »Na schön«, sagte sie widerwillig. »Dann mußt du aber auch in Zukunft zu mir so sein, wie ich es will.«

»Schwör's mir.«

»Gut. Aber du auch.«

»Ich schwör's: Nicht wieder, bevor es dir recht ist.« Und da der Hund katzenartig die Schnauze an seinem Hosenbein rieb: »Kusch, Fly, ich will dich nicht mithaben!« Er warf das Handtuch auf den Tisch.

Aus dem Schlafzimmer drang ein langgezogener Jammerlaut.

Er schnitt eine Grimasse. »Ich gehe. Und ich komme erst spät nach Hause. Ich bin heute mit den Jungs zusammen.«

Schon war er wie ein abgeschossener Pfeil draußen und gab auf ihr verzweifeltes »Nick!« keine Antwort mehr.

Sie blieb zurück – zerrissen zwischen zwei verhaßten Pflichten, dem Haushalt und Miß Baby. Sie ergab sich der einen, die mit Lungen ausgestattet war.

3

Kitty war im Schlafzimmer und beendete Miß Babys Toilette, als sie durch die kurzen Netzvorhänge die Gestalt von Mrs. Fitch erblickte, die sich zu ihrer – wie sie sich gern ausdrückte – »Privattür« begab. Die durfte von ihren Mietern nicht benützt werden; die einzige Ausnahme war das Ein- und Ausfahren des Kinderwagens, der nicht durch die Hintertür paßte.

Die bloße Spitze einer Sicherheitsnadel fuhr um ein Haar an Miß Babys Nabel vorbei.

Mit ihrer Tochter auf dem Schoß saß Kitty nun reglos wie ein Stück Eis und horchte nach dem Auf- und Zugehen der Türe hin. Vielleicht würde die Alte annehmen, daß sie ausgegangen war ... Ach! Kein Glück! Der reparaturbedürftige Kinderwagen stand noch immer in seiner Ecke unter der Treppe und verriet ihre Anwesenheit eindeutig.

An der Tür zwischen Flur und Küche hing ein kleiner, mit Figuren geschmückter Klopfer, wie man sie mitunter auf den Regalen der kleinen Bücherbuden vor den Kathedralen sieht. An dem wurde nun heftig gerüttelt; das war eines der Manöver, durch die Mrs. Fitch sich Aufmerksamkeit zu erzwingen verstand. Es war an sich nur ein kleines Geräusch, aber hinreichend irritierend, wenn man es lange genug fortsetzte, um eine Antwort hervorzurufen. So geschah es auch diesmal. Kitty packte Miß Baby unter ihren linken Arm und folgte unwillig der Aufforderung.

Es kam wie immer. Die arme Kitty mochte die Tür noch so wenig und abweisend öffnen. Mrs. Fitch flitzte an ihr vorbei und stand auch schon beim Küchentisch, als hätte sie dazu ein gutes Recht. Ihr genügte ja der kleinste Spalt, so dünn war sie schon. Doch hatten sie die Jahre – ebenso wie des Fleisches – auch aller Menschlichkeit beraubt. Nichts war übriggeblieben außer eine Art gnomenhafte Bosheit. Der unglaublich alte Herzmotor, der sie am Leben erhielt, widmete alle Kraft diesem einzigen Zweck.

Mrs. Fitch warf ein großes Einkaufsnetz, das nichts enthielt als eine weitere Dose Kakao, auf den Tisch und lockerte den Chiffonfetzen, den sie zum Schutz der Stränge trug, welche bei ihr den Nußknackerkiefer mit dem Halsansatz verbanden.

»Hoffentlich störe ich nicht«, sagte sie. »Ich mußte mich mit eigenen Augen überzeugen, daß Sie und das liebe Kindchen noch am Leben sind. Es ist gemordet worden.«

Ihre verblaßten blauen, ein wenig irren Augen traten vor Aufregung fast aus den Höhlen.

»Was Sie nicht sagen!« antwortete Kitty teilnahmslos. Sie hatte schon heraus, daß Mrs. Fitch in Katastrophen ebenso schwelgte wie bei ihrem Kakao.

»Doch, ich sage es. Und Sie können Ihrem Stern danken, daß ich daran gedacht hatte, die Kette vor die Tür zu legen, sonst wären wir vielleicht alle in unseren Betten umgebracht worden.«

»Wer war es denn?« fragte Kitty gleichgültig.

»Das weiß niemand. Man muß es eben herausfinden.«

»Ich frage ja nicht, wer es getan hat. Ich meine: wer wurde getötet?«

»Es war diese Gertie Maggs – Sie kennen Gertie Maggs. In der Stadt schwirrt es vor Aufregung – wirklich, es schwirrt! – Ach, meine armen, alten Beine! Sie erlauben, daß ich mich setze, ja?« Kittys Schweigen faßte sie als Zustimmung auf und verschaffte sich einen freien Sitz durch das einfache Verfahren, alles, was darauf lag, auf den Boden zu fegen. »Was ich früher konnte, kann ich heute nicht mehr. Altwerden ist kein Vergnügen – das werden Sie auch herausbekommen, wenn Sie erst mal an der Reihe sind.«

Ihre Augen glitten über Kittys Gestalt, wobei sich deren jugendliche Formen in der Vorstellung beider Frauen zu einem ähnlich zusammengeschrumpften Gerippe wie dem von Mrs. Fitch wandelten. Kitty schauderte, dann raffte sie sich zu einem erneuten Blick auf ihren Gast auf.

Ach was, die gibt's fast gar nicht mehr, dachte sie wohl zum hundertsten Mal, um sich zu beruhigen. Sogar wenn sie plötzlich fuchtig würde – mit einer Hand krieg ich die unter. Wer wird sich denn vor dem alten Besenstiel fürchten!

»Wie ich sehe, sind Sie noch gar nicht zum Aufräumen gekommen«, bemerkte Mrs. Fitch und ließ ihren blauen Blick über das Chaos auf dem Küchentisch gleiten. »Nun ja, wenn alles gut geht, haben Sie ja noch den ganzen Morgen vor sich. Das hat sich wahrscheinlich auch die arme Seele gedacht – nur daß sie die Zeit vielleicht noch zur Nacht zählte.«

»Wann wurde sie ermordet?« fragte Kitty mit jählings erwachtem Interesse.

»Gegen eins, schätzt man. Sie kam von den Seymours; sie hatte auf das Kind aufgepaßt, während die Eltern bei einem Gelage waren. Ich hätte ihr mehr Stolz zugetraut, als daß sie so eine Arbeit übernimmt. Ihre Eltern waren ordentliche, gottesfürchtige Menschen, die nie etwas Stärkeres tranken als Limonade.«

Miß Baby, die sich bis dahin für ihren Ausblick auf den Fußboden interessiert hatte, kam offenbar jetzt zur Erkenntnis, daß ihre Körperlage unrichtig sei, und stieß einen Klagelaut aus. Ihre Mutter drehte sie um und wankte dann, da sie fand, daß es der ganzen Geschichte mehr Bedeutung verlieh, mit ihr bis zu einem Stuhl und setzte sich, den Säugling auf ihrem Schoß, Mrs. Fitch gegenüber. Baby hörte auf zu schreien und starrte ohne ein Blinzeln auf den neuen Gegenstand.

»Hu!« bemerkte sie schließlich. Es war ein recht zutreffender Kommentar.

»Wie geht es Ihnen, Miß Baby?« erkundigte sich Mrs. Fitch höflich; dann begann sie nachdenklich an der Spitze ihres im Handschuh steckenden Zeigefingers zu nagen. Sie war es, die das Kind als erste auf diese Weise angesprochen hatte, und der Spitzname war ihm – ohne triftigen Grund, wie das bei den meisten Spitznamen vorkommt – geblieben.

Der Geschmack ihres Handschuhs schien der alten Frau neue Kraft einzuflößen und auch die Richtung ihrer Gedanken, die häufig etwas unstet war, zu verändern.

»Sie lassen das Kind zuviel Lärm machen«, sagte sie

mürrisch. »War das gestern wieder ein Gebrüll und eine Katzenmusik! Ich habe kein Auge zugekriegt. Sie muß schon etwas ruhiger gehalten werden, sonst beklagen sich die Nachbarn, und dann heißt es, hinaus mit euch.«

Aber Kitty gingen andere Dinge im Kopf herum.

»Wer könnte etwas gegen so eine trübselige alte Mamsell wie Gertie Maggs haben?« fragte sie mit einem leicht verächtlichen Unterton.

»Das frag ich mich auch. Aber wenn einer zum Morden aufgelegt ist, fackelt der ja nicht lange. Ihre Eltern werden sich schön aufgeregt haben! Ach nein, die müssen ja schon tot sein – hab sie schon eine Weile nicht gesehen. Aber es gefällt mir gar nicht, es hätten ja auch Sie oder ich sein können. Es war gar nicht so weit weg.«

»Wo eigentlich?« fragte Kitty scharf.

»Beim Fluß. Bei der ersten Straßenlaterne, wenn man von der Oldmeadow Road kommt. Ich wollte es mir ansehen, aber man hat schon alles fortgeschafft, ganz umsonst habe ich mir die Füße abgelaufen. Von hinten ist sie überfallen worden, hab ich gehört. Sie lag auf dem Bauch.«

»Aber warum? Hat man sie ausgeraubt?«

»Ihre Börse hatte sie angeblich noch in der Tasche. Nichts drinnen – nur ein paar Münzen und ihr Hausschlüssel.«

»Dann . . .« Kitty verschluckte den Rest ihres Satzes. Wenn es da noch mehr scheußliche Einzelheiten gab, wollte sie sie nicht von Mrs. Fitch erfahren. Schon beschlich sie die Vorahnung einer vagen Unruhe, nichts Faßbares, eher wie die gesteigerte Empfindlichkeit vor einem Übelkeitsanfall.

Die Hündin, für die die Sonne erlosch, wenn Nick aus dem Haus ging, und die bisher geduldig in ihrer Kiste gesessen hatte, kam jetzt auf der Suche nach Gesellschaft oder von ihrem hungrigen Magen getrieben, in die Küche spaziert.

Mrs. Fitch zuckte zusammen.

»Du böses Hündchen«, rügte sie streng. »Warum hast du nicht gebellt, so daß wir gewußt hätten, was der armen Miß Maggs zustieß?«

»Sie hätten sich schön beklagt, wenn sie das getan hätte», sagte Kitty. Sie sprach das wahre Wort nicht ohne Bitterkeit.

»Nun ja, es war nicht ausgemacht, daß ich mir einen Hund ins Haus nehme«, sagte Mrs. Fitch. »Widerliche, stinkende Geschöpfe, die an Möbelstücken ihr Bein heben.«

»Das tut sie nicht!« sagte Kitty; der ungerechte Vorwurf reizte sie, das Tier in Schutz zu nehmen, das sie sonst selbst gern beschimpfte.

»Vielleicht war sie zu dem Zeitpunkt gar nicht hier«, deutete Mrs. Fitch verschlagen an.

Kittys Kehle schnürte sich merkwürdig zusammen. Plötzlich entdeckte sie, daß sie Babys Mitte fest umklammert hielt. Sie lockerte ihren Griff und hob mit einer Hand ein feuchtes Pfötchen empor, das ihrer Tochter gehörte.

Jetzt richtete sie über den unaufgeräumten Tisch hinweg einen harten, starren Blick auf ihre Wirtin. Aber Mrs. Fitchs Gesicht war trotz aller Falten und Runzeln merkwürdig ausdruckslos, und ihre verblaßten blauen Augen schienen ins Leere zu schauen.

»Natürlich war Fly hier«, sagte Kitty. »Warum denn nicht?«

»Ich dachte nur, daß sie vielleicht mit Ihrem Mann ausgegangen war.«

Hier sandte Kittys Gedächtnis ihrem Gehirn ein Warnsignal. Was hatte Nick gesagt? »Halt den Mund!« Nun, gemeint war doch gewiß nur Mutter und Reenie gegenüber. Aber es war auch nicht so sehr, was er sagte, als wie er dabei ausgesehen hatte. Sie hatte den angespannten und wilden Ausdruck auf seinem Gesicht noch genau in Erinnerung. Vielleicht hatte er Mrs. Fitch nur darum nicht erwähnt, weil er einfach nicht an sie gedacht hatte.

Kitty fuhr sich mit der Zunge über die Lippen. Manchmal kann eine Reaktion sehr schnell erfolgen. Es war kaum eine Pause im Gespräch entstanden, als sie schon erwiderte: »Er war auch hier. Er ist gar nicht unterwegs gewesen.«

Sogar ihr selbst kam ihre Stimme seltsam verändert vor.

»Komisch. Ich habe ihn doch zur Hintertür hereinkommen gehört. Es muß kurz nach eins gewesen sein, gerade hatte ich die lästige Rathausglocke gehört. Ich bin aufgestanden, habe mir eine Tasse Kakao gekocht und einen Happen gegessen. Warum soll man nicht etwas essen, wenn man schon nicht schlafen kann?«

»Was Sie gehört haben, war wahrscheinlich Fly in der Spülküche. Nick saß hier bei mir.«

»Da muß ich mich aber wundern. Ich bin ja schon an die verschiedenen Geräusche gewöhnt, die Master Nick macht, wenn er nach Hause kommt. Ein richtiger Nachtschwärmer! Ich kann mir nicht vorstellen, was er in unserem Städtchen überhaupt in der Nacht unternehmen kann.«

»Er geht mit den Jungs in seinen Klub. Er rennt nicht auf der Straße herum, wenn Sie das vielleicht meinen. Aber gestern war eben kein Klubabend.«

»Deswegen kam es mir ja so komisch vor, als ich ihn so spät heimkommen hörte.«

»Ich sage Ihnen – Sie haben ihn nicht gehört. Er war hier bei mir. Ich weiß schon: Sie haben ihn abschließen gehört; das klingt genauso, wie wenn man hereinkommt.«

»Na schön, dann freut es mich, daß wir einen Mann im Haus hatten. Bei den abscheulichen Sachen, die da vorgehen! Dabei müssen Sie wissen, bin ich nicht wehrlos. Ich habe eine Eisenstange unter meinem Bett für derlei Kundschaft.«

Die Vorstellung, wie Mrs. Fitch eine Eisenstange schwang, war so lächerlich, daß Kitty kichern mußte.

»Passen Sie mal auf Ihr Benehmen auf, meine Gute, ja?« sagte die Alte, die plötzlich bissig wurde. »Da gibt es nichts zu lachen. Sie werden noch an meine Worte denken. Die Sache mit der armen Gertie Maggs ist noch nicht zu Ende. Noch lange nicht. Dafür wird schon Sam Brent sorgen.«

»Was hat er damit zu tun?«

»Er ist doch Detektiv, nicht? Zivilpolizist. Seine Frau und Gertie Maggs waren Schubkolleginnen. Ja, Schubkolleginnen.« Sie hatte die Angewohnheit, einfache Silben zu verwechseln, was oft zu seltsamen Ergebnissen führte.

»Sie werden schon sehen. Elsie Brent läßt nicht locker. Die wird ihm keine Ruhe lassen, bis er alles herausfindet.

Bald wird er hier sein und jedes Wie-und-was ausforschen.«

Kitty gab keine Antwort; ihre Unterlippe hing schlaff.

Die scheinbar ausdruckslosen Augen Mrs. Fitchs streiften rasch über den ganzen Krimskrams, der kunterbunt verstreut auf dem Küchentisch lag. Sie sagte wie von ungefähr: »Ach! Ist das nicht ärgerlich? Jetzt habe ich vergessen, mir Zucker zu kaufen. Ihr Paket da erinnert mich daran.«

Kittys Blick folgte gebannt dem ihren, bis sich beide auf dem bereits angebrochenen Zweipfundkarton vereinten.

»Nehmen Sie den hier mit«, sagte Kitty nach kurzem Zögern.

»Das ist aber wirklich reizend von Ihnen! Dann brauche ich nicht nochmals einkaufen zu gehen.«

Eine klauenartige Hand ergriff die Schachtel, klappte flink den Deckel zurück und schob sie in die Netztasche.

Jetzt schoß Mrs. Fitch einen zweiten Blick über den Tisch ab. In Kittys Haushalt wanderten die Lebensmittel immer direkt aus ihrem Behälter zum Verbraucher. Eine Milchflasche stand offen auf dem Tablett; der Deckel lag noch daneben, und es fehlte nur soviel Milch, wie für die zwei Tassen Frühstückstee gebraucht worden waren.

»Die Milch ist mir auch ausgegangen«, sagte Mrs. Fitch mit einiger Hoffnung.

»Nehmen Sie – nehmen Sie sie«, sagte Kitty mit vor Erbitterung und Furcht schriller Stimme. Mit Miß Baby auf dem Arm stand sie auf und schob der Alten die Milch zu. Die erhob sich etwas ängstlich, aber doch entschlossen von ihrem Sitz und setzte mit zitternden Fingern den Deckel auf die Milchflasche.

»Und jetzt gehen Sie!« schrie Kitty. »Gehen Sie schon!«

»Ich will gewiß niemals zudringlich sein«, sagte Mrs. Fitch. Mit der Milchflasche in der einen Hand und dem Griff ihres Einkaufsnetzes in der anderen verließ sie den Raum; ihr Kopf wackelte nach rechts und links, wie bei einer aufgeschreckten Schildkröte.

In der Halle bei den Seymours klingelte das Telefon. Brrr, brr ... brrr, brr.

Die junge Mrs. Seymour lief hin, um es noch vor der Putzfrau zu ergattern, die nichts lieber tat, als als erste den Hörer abzuheben, staunend zu horchen und ihn dann schleunigst wieder hinzulegen, ohne auch nur das geringste vom Gehörten verstanden zu haben.

Jane Seymour vernahm die scharfe, metallische Stimme der Sekretärin ihres Mannes.

»Mrs. Seymour? Mr. Seymour möchte Sie sprechen. Bitte, bleiben Sie am Apparat.«

»Liebling«, sagte Mr. Geoffreys Stimme ein wenig ängstlich und bekümmert.

Mrs. Seymour reagierte automatisch. »Liebling«, sagte auch sie.

»Liebling – hast du schon gehört?«

»Was soll ich gehört haben?« erwiderte seine Frau. »Ich bin mitten in der Hausarbeit. Du klingst ja furchtbar aufgeregt. Gehen wir am Bettelstab? Oder ist der Krieg erklärt worden?«

»Mein Schatz, es ist kein Spaß. Etwas wirklich Schlimmes – nein, eigentlich etwas Gräßliches ist passiert. Ich fahre nach Hause. Geh nicht aus, bevor ich komme.«

»Geoffrey, du beunruhigst mich. Was ist denn?«

»Ich werde es dir schon erzählen. Mach dir jetzt keine Sorgen. Werd nicht nervös.«

»Geoffrey – hör mich doch an . . .«

Umsonst. Wie die Putzfrau hatte auch er den Hörer hingelegt. Die Verbindung war unterbrochen.

So sind die Männer, dachte Jane. Was soll ich mir nur vorstellen? Er ist krank, er hat einen Schlaganfall gehabt; man hat ihm soeben eröffnet, daß er nur noch einen Monat zu leben hat. Er hat auf dem Weg ins Büro ein Kind überfahren. Er hat seinen Schlüsselbund verloren.

Ach Gott! Wenn mir nur nicht von gestern der Kopf so weh täte. Zuviel Gin – abscheuliches Zeug, warum bin ich nicht beim Sherry geblieben? Oder zuviel Sherry – schlecht für die Leber –, welches von beiden war es? Ich kann mich wirklich nicht erinnern. Aber ich war nicht im geringsten beschwipst. Es war Geoffrey, der's zu weit getrieben hatte. Er hatte richtig miese Laune, richtig gemein. Er war grob mit Maggsy – man konnte kaum mit ihm fertig werden. Komisch, daß ich mich heute früh so schlecht fühle, während er frisch wie der junge Morgen ins Büro ging.

Ich will mal einen Augenblick nach Caro in ihrem Wägelchen sehen. Mitten auf dem Gartenpfad steht es, da kriegt es die ganze Vormittagssonne . . .

Großer Gott! Es wird doch Caroline nichts zugestoßen sein?

Wie der Blitz war sie an der Tür und auch schon in der Gartenallee.

»Um Himmels willen, Jane, sag doch etwas! Sitz nicht da wie eine Taubstumme!«

»Was soll ich sagen? Dich bedauern wegen der unangenehmen Pflicht, persönlich herfahren zu müssen, um mir mitzuteilen, daß Maggsy durch unsere Schuld ermordet wurde?«

»Ach, laß das sein, Jane. Glaubst du nicht, daß mir bei dieser ganzen Geschichte ebenso zumute ist wie dir?«

»Sie hatte nicht einmal ihr Geld bekommen«, sagte Jane. »Wir haben sie in den Tod geschickt und haben sie nicht einmal bezahlt.«

»Du mußt die Sache vernünftig sehen. Es hat doch keinen Sinn, sich mit solchen Nebensächlichkeiten abzugeben.«

»Ich sehe es durchaus vernünftig. Und ich will dir auch eine vernünftige Frage stellen. Zwei oder drei Minuten, nachdem Maggsy fortgegangen war, überlegte ich es mir anders und schickte dich ihr nach, weil ich es nicht in Ordnung fand, daß sie unsertwegen in der Nacht allein nach Hause gehen sollte. Etwas später kamst du wieder und sagtest, du hättest sie heimgebracht. Nun, was hast du in Wirklichkeit getrieben?«

»Jane, sei mir nicht böse. Ich wollte es ja tun. Dann kam ich aber nur bis zum Gitter, und es wurde mir schlecht. Sauschlecht, wenn du's genau wissen willst. Ich holte mir einen Spaten aus dem Schuppen und putzte es weg. Dann kam ich wieder ins Haus. So war das.«

»Ach, so war das! Angelogen hast du mich also. Und dann hast du dich mit mir zu einer Tasse Tee hingesetzt.«

»Ich sehe nicht ein, was das Teetrinken damit zu tun haben soll. Ich hatte einen ekelhaften Geschmack im Mund und wollte ihn mit dem Tee vertreiben.«

»Du hast gelogen, ohne auch nur blaß zu werden.«

»So blaß wie ich werden kann, war ich schon im Garten. Das kannst du mir glauben.«

»Wer einmal lügt, dem glaubt man nicht. Wie soll ich wissen, ob du es nicht warst? Ob du nicht Maggsy bis in die Stadt gefolgt bist und sie überfallen hast?«

»Jane!«

»Das ist doch logisch gedacht – oder nicht?«

»Jane, du bist wohl verrückt! Gott im Himmel, du hältst mich doch nicht wirklich für einen Mörder?«

»Ich weiß schon nicht mehr, was ich denken soll. Nein, wahrscheinlich bin ich etwas übergeschnappt. Oh! Geoff, es ist so furchtbar!«

»Du Armes! Du hast recht, wein nur. Liebling, mein armes Schätzchen. Ich bin ein Schwein. Ein Schuft. Wenn ich nicht vollgesoffen gewesen wäre, wäre es nicht passiert ... Du, hältst du es für möglich, daß ich dem armen Geschöpf gefolgt bin und es vielleicht unbewußt getan habe?«

»Nein, nein! Aber nein! Es war wahnsinnig von mir, so etwas zu sagen«

»Ich schwöre dir, ich werde herausbekommen, wer es war – und wenn ich die ganze Stadt durchsieben müßte! Ich werde nicht rasten, bis jemand den Unmenschen erwischt hat. Wenn die hiesige Polizei nicht auf der Höhe ist, veranlasse ich die Heranziehung von Scotland Yard.«

»Aber das wird die Sache nicht ändern, nicht wahr?« sagte Jane mit einer kleinen, ruhigen Stimme, völlig kontrolliert. »Es macht Maggsy nicht wieder lebendig.«

4

Mord!« rief Ginger – seine Augen blitzten unter dem feurig roten Haar. »So was gab's in dem Saunest nicht mehr, seit ich ein Knirps war. Kolossal, was?«

»Schenk auch der Leiche einen Gedanken, Kamerad«, bat Mac.

»Die gute Alte stand doch schon halb tot auf den Füßen. Wußte nichts mehr mit dem Leben anzufangen.«

»Ach, jetzt gehst du zu weit. Aber heiliger Strohsack, du mußt doch zugeben, Mac, daß es aufregend ist. So gut wie ein Schauerfilm. Du weißt ja: schleich dich, schleich dich, schleich – und dann Bums!«

»Du scheinst ja verflucht gut unterrichtet zu sein.«

»Klar. Ich bin doch der Bursche, der's getan hat. Der verrückte, verwirrte Junge. Da – schalt den Ofen ein, ja? Die Spelunke ist kalt wie eine Leichenhalle. Und mach schnell! Los, wir müssen die Kiste aufmachen, gleich werden die anderen da sein. Ein halbes Dutzend Colas und sonst nichts als Mineralwasser.«

»Trinkt doch keiner den Dreck, außer Nick. Jetzt war der zwei Jahre beim Militär und schlürft immer noch nur Limonade!«

»Er ist der Boß; er kann tun, was er will. – Und was hast du mitgebracht?«

Mac zog mit etwas einfältiger Miene eine Flasche Bier aus der Innentasche seines Regenmantels.

»Also – da hört doch alles auf!« rief Ginger.

»Wieso denn? In den Statuten heißt es bloß: eine Flasche. Es braucht nicht immer Schnaps zu sein.«

»Na ja. Aber Menschenskind, es trinkt doch keiner Bier!«

»Dann trink ich es selber.«

»Sogar Nick bringt Whiskey oder Gin, wenn er auch keinen trinkt. Wenigstens eine halbe Flasche.«

»Nun, und was hast du mit?»

Ginger brachte stolz eine eingewickelte Flasche zum Vorschein.

»Sherry – wie bei den feinen Leuten. Mir schmeckt das.«

»Ich wette, es ist südafrikanischer!«

»Und wenn auch. Manche haben den klebrigen lieber. Außerdem mußte ich mir das Geld für den Beitrag aufsparen. Du wirst auch blechen müssen. Der Kassierer ist auf dem Kriegspfad.«

»Wir zwei sollten's umsonst haben, weil wir so viel schuften dafür.«

»Ben braucht jeden Penny, den er auftreiben kann. Wenn wir die Miete nicht pünktlich bezahlen, wird uns Springer kündigen – der ist froh, wenn er eine Ausrede hat.«

Das Klubzimmer lag im Kellergeschoß eines Zuckerwaren- und Tabakladens. Es war früher als die Art Café genutzt worden, die manchmal so lange in feuchten Souterrainlokalen ihr Leben fristen, bis durch das Ausbleiben der Gäste den Besitzern ihr Mißgriff vor Augen geführt wird. Aus jener Zeit stammte noch der Ladentisch und, daneben in einer kleinen Zelle, ein halbverrosteter Gasherd.

Die Außentreppe, die hinunterführte, war seit damals unbetreten geblieben, bis eines Nachts Nick mit einem Vorschlag an Springer herantrat. Der nahm ihn, der ersten Eingebung folgend, bereitwillig an – später bereute er es.

Trotz einiger Bereicherung – eine Phalanx von Pin-up-Girls an den schimmligen Wänden, ein tragbarer elektrischer Ofen und ein luxuriös aussehender Plattenspieler – war der Raum von einer wirklichen Gemütlichkeit noch weit entfernt. Die übrige Einrichtung bestand aus Überresten aus dem Café, kleinen, schmutzigen Tischen mit dazupassenden Stühlen. Auch haftete dem Ganzen ein sehr eigener Geruch an, wie in einem sehr alten Gebrauchtwagen.

Doch nahmen die meisten der Jungs, die sich dort aufhielten, den Mief kritiklos hin. Geschmacksbildung hatte nicht in ihrem Erziehungsprogramm gestanden. Auch hatte das Lokal in ihren Augen den besonderen Vorzug, ihnen zu gehören – das genügte, um sie für etwaige Unzulänglichkeiten blind zu machen.

Den Plattenspieler hatte Ralph Ingram beigesteuert; der Haushälterin seiner Eltern war er nicht mehr gut genug.

Getrampel auf der Außentreppe war zu hören – das war Tony. Er hatte sich fein herausgeputzt. Der am Hals offenstehende weiße Regenmantel enthüllte ein anliegendes, gutgearbeitetes Hemd und eine Seidenkrawatte, die ihn wohl ganze zwei Guineen gekostet hätte, wenn er sie nicht einem Hotelgast geklaut hätte.

»He! Tony«, sagte Ginger. »Wie geht's in der Verbrecherwelt?«

Es lag etwas Dunkles und Dago-artiges in dem Blick, den ihm Tony bescherte, doch bemühte er sich um eine Nachahmung von Ralphs gewichtlosem, aber überlegenem Tonfall. »Was redest du da, verdammter Hanswurst?«

Ginger ließ sich nicht beirren. »Ich höre, du hast gestern eine arme, alte Dame liquidiert«, sagte er.

»Halt dein Drecksmaul!« Jetzt war die Tünche verschwunden, und der Bursche schäumte vor Wut. Bevor er aber auf Ginger losgehen konnte, warf sich Mac schleunigst dazwischen.

»Reg dich ab! Das ist doch nur, was sich Ginger unter Humor vorstellt.«

»Für den hab ich nichts übrig.«

»Jaja, weiter nichts«, sagte Ginger mit wiedergewonnenem Gleichmut. »Zufällig weiß ich nämlich, daß unser guter Mac der Schuldige ist: Raub unter Anwendung von Gewalt. Der täte ja alles, um sich sein Beitragsgeld zu verschaffen, ohne auf die Post zu gehen.«

»Blödes Gequatsche! – Wo ist Rafe?«

»Der kleine Lord ist noch nicht aufgetaucht.«

»Ich weiß nicht, wozu er sich überhaupt herbemüht«, brummte Mac. »Der gehört nicht zu uns.«

»Sei nicht so klassenbewußt, Macky«, höhnte Ginger.

»Na ja, was will er bei uns? Er war in einer noblen Schule. So etwas wie Eton.«

»Unser Klub ist eben nicht so exklusiv.«

Aber Mac nörgelte weiter. »Ich sehe nicht ein, warum er sich Rafe nennt, wenn man Ralph schreibt, wie bei meinem Vetter. Ich sage euch, wir sollten aufpassen: Wer weiß, ob's ihm nicht einfällt, uns zu verraten.«

»Du bist verrückt«, sagte Tony frostig. »Ich bürge für Ralph, und wem er nicht paßt, der kriegt's mit mir zu tun. Er ist doch aus seiner Schule hinausgeflogen – also was gibt's da noch zu meckern?«

»Und warum ist er hinausgeflogen?«

»Weibergeschichten«, sagte Ginger. »Er sagt es selbst, und er muß es wissen. Er ist ganz versessen auf Weiber.«

»Sind wir das nicht alle?« fragte Tony in seinem früheren leichten Ton. »Hier, Ginger, stell das hinter den Schanktisch.« Damit überreichte er ihm eine volle Flasche Whiskey.

Ginger entfuhr ein bewundernder Pfiff: »Wo hast du die denn mitgehen lassen?«

Bevor Tony antworten konnte, kreischte Max erleichtert auf. »Aufgepaßt, Jungs, da kommen sie!«

Seine Worte ertranken im Krawall eines Massenabstiegs, und der Rest der Bande stürzte durch die aufgestoßene Tür. Eigentlich waren sie nur zu neunt, aber sie schienen zahlreicher, infolge des verhältnismäßig kleinen und niedrigen Raums, und weil Knaben in diesem Alter aus nichts als Armen und Beinen bestehen.

Sie liefen lachend und schreiend umher und drängten sich um den Schanktisch, um Ginger ihre Flaschen abzugeben.

Alle waren in lärmend fröhlicher Laune und übermütig wie aus der Schule entlassene Kinder.

»Her mit den Bechern!« schrie Ginger. »Wer zuerst kommt, mahlt zuerst. Mac schenkt ein.«

»Laßt den gierigen Hund nicht mehr saufen, als ihm zusteht!«

»Hör mal, was soll das heißen? Mir hast du nur gerade einen Tropfen gegeben!«

»Schau dir die Statuten an, du Besserwisser! Bis zum Rand bei Bier oder Apfelmost, ein Viertelglas, wenn's Alkohol ist. Wir wollen keine Besoffenen im Lokal.«

»Also bei Sherry wohl ein halbes, nehme ich an«, sagte Ralph Ingram zu Tony. »Besteh auf einem Schluck aus meiner Flasche, mein Lieber. Es ist die Marke, die mein Alter für wichtige Persönlichkeiten im Haus hat.«

»Fein!« erwidert Tony grinsend.

»Ich bin verflucht durstig, mir gib 'ne Coca-Cola«, rief Nick, der als letzter gekommen war und die Tür abschloß. »Und macht keinen solchen Radau, ich beschwör euch, man hört euch auf der ganzen High Street.«

»Reich das Nick hinüber«, sagte Ginger. »Warte, da ist auch der Öffner. Tag, Nick, was sagst du zu dem Spektakel von gestern nacht?«

»Was für ein Spektakel?« fragte Nick, der mit dem Rücken zu den anderen stand.

»Gertie Maggs' Verabschiedung, natürlich. Was sonst könnte es sein?«

»Eine Gemeinheit, wenn du mich fragst«, sagte der Knabe Jack, ausgezeichnet durch seine Ernennung zum Klubsekretär.

»Sollte mich nicht wundern, wenn uns jetzt die Blauen dahergeschwirrt kommen wie die Wespen zum Honig«, sagte Ginger.

»Warum? Das hat doch mit uns nichts zu tun.«

»Eine Ausrede für den braven Sammy Brent, hier herumzuschnüffeln, darauf kannst du Gift nehmen!«

»Er kann es doch nicht uns ankreiden!«

»Probieren wird er's, glaub mir!«

»Zum Teufel! Wir sind doch keine kaltblütigen Mörder!«

»Sei dir da nicht so sicher – vielleicht ist es doch einer von uns!«

»Ach! Haltet die Klappe, alle«, sagte Nick, indem er sich mit einer Flasche in der Hand durchdrängelte. »Seid ruhig und setzt euch. Spitzt die Ohren, und wenn jemand herunterkommt, soll jeder das mit seinem Glas machen, was wir besprochen haben.«

Sie stürzten polternd zu den Tischen. Die Stühle kreischten auf dem Zementboden, während sich die Jungs gemäß der momentanen Freundschaftskonstellationen zueinander gesellten. Dann senkte sich der Gesprächston zu einem Gemurmel, Zigarettenschachteln gingen von Hand zu Hand, Streichhölzer wurden angerieben und Feuerzeuge gezückt.

Jemand stellte einen Stuhl für Ginger bereit, der sich verspätet hatte, weil er seine private Bar abschließen mußte; jetzt setzte er sich zu den anderen.

Nick schlug mit dem Boden der Coca-Cola-Flasche auf den Tisch und erhob sich. »Unser Trinkspruch«, sagte er. «Einer für alle, und alle für einen.«

Sie leerten stehend ihre verschiedenen Gläser und wiederholten feierlich: »Einer für alle, alle für einen.«

Sehr anziehend wirkte die Gruppe nicht; die meisten litten unter dem einen oder anderen Makel der Pubertät: Pickel, fettige Haut, schorfige Kopfhaut, Furunkel am

Nacken. Das grelle Licht der nackten Glühbirnen ließ sie unterernährt erscheinen und betonte die schmalen Schultern und unterentwickelten Brustkörbe. Der einzige, der den physischen Kennzeichen seiner Altersstufe ganz und gar entronnen war, war der Außenseiter Ralph Ingram mit seinem krausen blonden Haar, den kühnen blauen Augen und einem vollippigen roten Mund, der so manches verriet. Er allein war ohne Beruf, die meisten anderen hatten solche Posten, wie sie einem Jungen ohne viel Initiative zufallen, wenn er die Schule verläßt.

Für Tony, den Kellner und Gehilfen, war Ralph ein Gott. Er war alles, wonach Tony heimlich strebte – und ihn hatte es nichts gekostet. Frühere Generationen hatten die Rechnung beglichen und unglückseligerweise letzten Endes ein degeneriertes Produkt hervorgebracht – ein unechtes Erzeugnis mit dem ganzen Glanz und der scheinbaren Vollendung des Echten.

Tony beobachtete den Jungen aus der *public school* so genau wie ein Bakteriologe seine Kulturen. Er war fest entschlossen, die Tünche der feinen Lebensart zu studieren. Aber er mochte sich noch so genau merken, wie Ralph angezogen war, so bald er selbst ein Geschäft betrat, führte ihn sein eigener Geschmack hinters Licht. Er konnte einfach nicht fassen, daß das falsche Kleidungsstück ebenso teuer sein konnte wie das richtige.

Nick unterschied sich von den übrigen. Er war einundzwanzig, hatte seinen Militärdienst hinter sich und war – wohl oder übel – ein verheirateter Mann. Es drängte ihn, irgendwo der Boß zu sein, und dies hier war das beste, das er momentan erreichen konnte. Er regierte mit eiserner

Faust, aber es gab doch dann und wann Zeichen von Rebellion.

Heute fühlte er sich offenbar nicht ganz wohl und war etwas reizbar. Er setzte sich und sagte kurzangebunden: »Also los, Jack! Fang an!«

Jack erhob sich unbeholfen und sagte: »Bevor wir zur geselligen Seite übergehen, hat euch Ben etwas über die Beiträge zu sagen.«

Der Kassierer sah finster drein. Ohne sich die Mühe zu machen, aufzustehen, sagte er: »Mir ist das egal, aber wenn ihr nicht mit der Knete herausrückt, kann ich die Miete nicht bezahlen und wir fliegen raus. Ich krieg fünf Shillinge von dir, Mac, und von George Fish und Alex, und richtig, auch von dir, Tony.«

»Laß mich deines bezahlen, Tony«, sagte Ralph Ingram, indem er eine Pfundnote hinhielt, die er eben einer schweinsledernen, mit seinen Initialen geschmückten Brieftasche entnommen hatte.

»Aber keine Spur, Ralph! Ich hatte es bloß vergessen. Leg das weg.«

»Okay, wenn ich's dir morgen gebe, Ben?« fragte Alex. »Meine Mutter ist schuld. Sie nimmt mir fast den ganzen Verdienst weg.«

»Schweinerei!«

»Na, ich weiß nicht. Sie muß mich doch verpflegen. Sie sagt, das Essen ist teuer.«

»Mir brauchst du das nicht zu erzählen«, sagte Nick verdrossen.

»Du hättest eben nicht heiraten sollen«, ließ sich eine Stimme vernehmen.

»Da solltest du seinen Schwiegervater kennen!«

»Ha, ha, ha!«

»Wenn ihr fertig seid und euch genug auf meine Kosten amüsiert habt, dann können wir vielleicht weiterreden«, sagte Nick, dessen schlechte Laune zunahm.

»Warum schickst du sie nicht zur Arbeit?« fragte Mac. »Ich würd's tun an deiner Stelle.«

»Ach, gib schon Ruhe. Zahl deinen Beitrag, Mac, und versuch nicht, uns abzulenken.«

»Geizig wie Moses«, sagte Be. »Entweder du zahlst, oder wir schmeißen dich raus. Keine Bezahlung, kein Mitglied – hab ich recht, Nick?«

»Vollkommen recht.«

Mac fügte sich ohne Begeisterung. »Okay«, sagte er.

»George?«

»Okay, okay.«

Das Geld wurde übergeben.

»Das wäre dann alles«, sagte Nick.

»Nein, Herr Präsident«, sagte Ralph Ingram. »Ich habe noch einen Vorschlag. Sie können doch die Versammlung nicht einfach nach Gutdünken beenden.«

»Heraus damit, Mister Ingram.«

»Ich möchte anregen, daß wir Mädchen als Gäste in den Klub bringen.«

»Mir scheint, das habe ich schon einmal gehört. Nun, wer hat dazu etwas zu sagen?«

»Wir wissen, wie der Spaß enden würde. Du kannst deine Knutschereien in deinem Auto abhalten, Rafe.«

»Hört, hört!«

»Damit uns Sam Brent auf die Bude rückt, was?«

»Wir wollen sie ja auch gar nicht haben – die blöden Kühe.«

»Dafür?«

Ralph und Tony hoben die Hände.

»Dagegen?«

Alle anderen.

»Das sollte wohl genügen«, sagte Nick. »Noch irgendwelche Ideen, meine Herren? Los – raus damit!«

Es entstand eine längere Pause, dann sagte George Fish: »Ich habe die Augen offengehalten, und jetzt hätte ich einen feinen Plan für so 'ne kleine Sache in derselben Art wie damals.«

Damit veränderte sich augenblicklich die Atmosphäre im Keller, die bisher bei allem Saufen und Rauchen recht harmlos gewesen war. Eine neue Spannung hatte sich eingeschlichen; alle Burschen blickten krampfhaft und mit undurchdringlicher Miene vor sich hin.

George Fishs Augen saßen zu nahe bei seiner Nase, und die Nase reichte zu dicht an den Mund heran. Aber er hatte bemerkenswerte Einfälle – die Art Einfälle, die entweder zu einer Anzahl Autos und einem großen Haus oder aber nur zu einem großen Haus, das man mit anderen teilt, führen.

Alex wagte sich ängstlich vor: »Ich ... ich meine, ich sollte zur Abwechslung mal nicht mitmachen«, sagte er.

»Warum nicht?« fragte Ralph Ingram geringschätzig.

»Ich ... ich hab's mir überlegt. Es ist nichts als glatter Diebstahl.«

»Wir wollen doch bloß unseren Schneid auf die Probe stellen, du Dummkopf«, sagte Ralph. »Man macht's auch in den noblen Schulen so, nur müssen dann die Eltern blechen. Hier ist es ganz umsonst.«

»Richtig«, sagte Tony. »Eigentlich eine Spielerei. Ihr solltet mal sehen, was die Küchenbediensteten im Hotel wegschnappen. Ihr würdet staunen!«

»Wegen meiner Mutter«, sagte Alex. »Was wird die sagen, wenn ich erwischt werde?«

»Wenn du so ein Esel bist, daß du dich fangen läßt, dann geschieht dir ganz recht«, sagte Ralph.

»Du hast leicht reden«, erwiderte Mac. »Dein alter Herr bringt das mit der Obrigkeit in Ordnung, genauso wie er dich losgekauft hat, um dir den richtigen Rausschmiß aus der Schule zu ersparen.«

»Das lasse ich mir nicht bieten!«

»Gut, dann laß es dir nicht bieten«, sagte Nick. »Aber das eine sage ich euch jetzt: Solange ich hier der Boß bin, wird der Klub keine solchen Geschäfte mehr machen.«

»Du meine Güte!« protestierte George Fish. »Hör mal, Nick, bist du unter die Heiligen gegangen?«

»Nein. Aber ich weiß, was gut für uns ist. Hast du nicht gehört, was Ginger vorhin erzählt hat? Jemand ist ermordet worden. Sam Brent hat sein Auge auf uns, seit wir das Lokal gemietet haben. Jetzt wird's noch viel ärger werden.«

»Ja, zum Donnerwetter, du redest ja, wie wenn's einer von uns gewesen wäre.«

»Die Polizei wird es glauben – da hat Ginger ganz recht.«

»Aber warum denn, zum Teufel?«

»Weil es so eine Art Mord war – darum.«

»Quatsch! Die alte Maggs war mindestens fünfzig und häßlich wie die Nacht.«

»Es war doch finster, du Idiot.«

»Sie ist nicht mißbraucht worden«, warf Ben ein. »Mein Vater kennt den Blauen, der sie gefunden hat.«

»Na ja«, sagte Nick. »Vielleicht war dazu keine Zeit. Oder der Kerl hat's mit der Angst gekriegt.«

»Vielleicht hatte man es auf ihr Geld abgesehen.«

»Vielleicht war's irgendein Vagabund.«

»Okay, okay, macht, was ihr wollt. Ich sage euch nur das eine: Der Brent wird auf dem Kriegspfad sein. Jetzt kommt bald das Festspiel, und es wird ihm daran liegen, eine Verhaftung vorzunehmen, bevor die Stadt sich zu füllen beginnt. Es kann uns nichts passieren, solange wir den Kopf nicht verlieren, andererseits brauchen wir ihn nicht selbst in den Löwenrachen zu stecken. Was Brent sich denkt, ist uns egal. Wenn wir uns still verhalten, kann uns keiner was tun. Ich frag nicht nach eurer Meinung, sondern geb Anweisungen. Es wird nichts mehr angestellt, dabei bleibt es – und kein Gemecker. Und jetzt ist die blödsinnige Versammlung geschlossen, und ihr könnt eure Flohhüpfspiele herausholen.«

»Gib uns lieber die Karten, Mac«, regte Ginger an.

»Zählt nicht auf mich«, sagte Tony. »Ich habe heute keine Lust, dazubleiben. Wie steht's, Ralph, kommst du mit? Im Kino geben sie einen guten Sexfilm. Ich war schon gestern dort, aber ich seh ihn mir ganz gern noch einmal an – vielleicht ist mir etwas entgangen. Übrigens habe ich deinen jungen Schwager gesehen, Nick, auf dem teuersten Platz. Der wird auch schon erwachsen, was?«

»Du Lügner!« sagte Nick. »Seine Mutter bringt ihn glatt um, wenn er bei einem nicht jugendfreien Film den Fuß ins Kino setzt.«

»Laß doch das Geplänkel, Tony«, sagte Ralph. »Komm, wir werden nicht hier bleiben, um uns beleidigen zu lassen.«

»Hört mal«, fragte Ginger besorgt, »wie steht's mit euren Getränken, wenn ihr beide jetzt geht? Ich sollte euch wohl eine Flasche zurückgeben?«

»Behalt sie. Heb sie auf, wenn du sie nicht austrinken kannst. Bewahr sie für eine Gelegenheit mit glücklicheren Auspizien.«

»Was zum Teufel meint er mit all dem gelehrten Quatsch?« brummte Mac.

Der Abgang war etwas großspurig. Tonys weißer Regenmantel, den er nicht abgelegt hatte, streifte arrogant die Tischkanten, als er sich vorbeischwang. Ralphs Dufflecoat bestätigte einmal mehr die Tatsache, daß Dufflecoats, obwohl sie scheinbar alle gleich aussehen, doch beträchtliche Unterschiede aufweisen. Die übrigen Klubmitglieder blieben steif und linkisch und verlegen grinsend zurück.

»Was war denn bloß heute mit allen los?« murmelte Ben.

»Einer hat ein schlechtes Gewissen«, sagte Ginger. »Wußtest du nicht, daß das so ansteckend wie Masern ist?«

5

Elsie Brent saß in der Küche von Miß Maggs kleiner Wohnung und bemühte sich, einige Dinge aus dem Besitz ihrer verstorbenen Freundin auszusortieren.

Das Feuer, das noch im schmalen Kochherd glühte, erstickte fast unter einem Haufen von verbrannten Papieren. Auf dem Tisch stand eine bis an den Rand mit allerhand Ramsch angefüllte Schublade, in der Mrs. Brent unlustig stöberte.

Die Uhr auf dem Kamin zeigte halb elf. Die Gardinen waren zugezogen, das Licht brannte und aus Miß Maggs' altem Radioapparat erklang etwas leichte Musik samt Nebengeräuschen – nicht sosehr zur Unterhaltung, sondern um Mrs. Brent Gesellschaft zu leisten. Obwohl sie, genaugenommen, gar nicht das Gefühl hatte, allein zu sein. Sie konnte keinen einzigen Gegenstand in die Hand nehmen, ohne damit die arme Gertie wieder hervorzuzaubern, als läge die nicht schon seit einer Woche in ihrem Grab. Sie hielt einen alten Kalender in der Hand und wollte ihn auf den Aschenhaufen werfen, da fühlte sie Gerties Finger auf ihrem Arm, hörte Gerties Stimme: »Ach! Meine Liebe, es wäre doch zu schade! Ein so hübsches Bild!« Aber es mußte fort, unbedingt, und ebenso auch die meisten anderen Dinge. Wozu war ein Viertel Meter Band aus grünem Samt zu gebrauchen? Oder ein Päckchen Stechpalmensamen? Oder der Verkaufskatalog eines eleganten Kürschners? Ob sie nun den Schreibtisch mit nach Hause nahm oder ihn verkaufte, die Schubladen mußten irgendwie geleert werden. Was soll ich *damit* machen? dachte sie verzweifelt. Und mit diesem? Und mit jenem? Was soll ich mit ihren Kleidern anfangen? Man konnte leicht beschließen, das, was die Trödlerin nicht nehmen wollte, Auslandsmissionen zur Verfügung zu stellen, aber es mußte trotzdem alles erst durchgesehen und aussortiert werden ... Und es soll sich auch niemand über Gertie lustig machen. Ich muß diese lächerlichen Pumphosen fortschaffen – wie konnte sie nur so etwas tragen? Keine Händlerin wird Spitzenrestchen oder Federn und Hutschmuck haben wollen. Auch die Eingeborenen nicht! Die vielleicht doch, wenn man ihnen die Chance bietet; einiges davon müßte die Wilden geradezu begeistern. Das soll mir wirklich eine Lehre sein: Nie wieder darf sich bei mir unnützes Zeug ansammeln.

Gertie war altmodisch in ihrem Gehabe. Und doch waren wir genau gleich alt, saßen nebeneinander auf der Schulbank. Vielleicht kommt es daher, daß sie nicht verheiratet war. Oder weil sie nie genügend Geld hatte. In der Speisekammer würde sie nicht viel finden, worüber man verfügen müßte – das war schon mal sicher. Aber der Geschirrschrank! All die einzelnen Stücke, die vielen Tassen und Teller – und so gut wie nichts, um sie zu füllen.

Mit einem Mal löste sich Mrs. Brents Hand von einem Papierfächer mit drei fehlenden Abschnitten. Sie spürte ein Brennen in den Augenhöhlen und begann, nervös nach ihrem Taschentuch zu suchen.

Plötzlich klopfte es dreimal kräftig an die Tür.

Elsie Brent drängte ihre Tränen zurück und ging mit wildpochendem Herzen aufmachen. Auf der Schwelle stand ihr Mann.

»Du hast mich erschreckt, Sam«, schalt sie zornig. »Nun, komm schon herein, steh nicht herum wie ein Tropf. Hier ist es kalt.«

Sam Brent trat ein, und schon schien der kleine Raum durch seine stämmige, schwerfällige und beruhigend wirkende Gegenwart ausgefüllt. Er hielt seinen Hut in der Hand. Er war in Zivil – hier traf der englische Ausdruck *plain clothes* den Nagel auf den Kopf, denn er trug einen derben Tweedanzug, der aussah, als wäre er mit einer Heckenschere zugeschnitten worden. Trotzdem hafteten ihm die nicht zu verkennenden Merkmale seines Berufes an; das erstreckte sich sogar auf das Ausmaß seiner Füße.

»Du hast das Feuer beinahe ausgehen lassen«, sagte er vorwurfsvoll.

»Nun ja, du hättest sehen sollen, was ich alles zu verbrennen hatte. Da waren Briefe von Anno dazumal. Sie hob alles auf, sogar die Umschläge.«

»Ich hätte nicht gedacht, daß unsere arme alte Gert so viele Briefe bekam«, sagte Sam.

»Das ist eben das Traurige daran. Sie mußte alle möglichen Zettel, solche, die du oder ich in den Papierkorb geworfen hätten, aufbewahren. Ach Sam, ich wollte, sie hätte nicht mir das Ganze hinterlassen! Es geht mir furchtbar nahe.«

Jetzt begann sie allen Ernstes zu weinen; sie setzte sich und vergrub das Gesicht in den Händen.

»Nun«, sagte Sam unbeholfen, »du brauchst dich nicht

so aufzuregen. Du wirst es schon überwinden. Schließlich bekommst du das Haus. Und das ist jetzt anders als früher. Solche alte Bauernhäuser erzielen heutzutage hohe Preise. Ein kleines Geldsümmchen ist nicht zu verachten, das kann man immer gut brauchen.«

»Glaubst du, ich weiß das nicht selbst?« fragte sie und hob den zornig erhitzten Kopf, um ihn finster anzublicken. »Aber bei ihr war das Geld immer knapp. Ich bin der Meinung, daß sie nie genug zu essen hatte. Ich hätte ihr nicht erzählt, daß die Seymours einen Babysitter brauchten, wenn ich sie nicht eines Tages überrascht hätte, wie sie sich Brot röstete, als Mittagessen. Und hätte ich ihr das nicht erzählt, dann wäre sie heute noch am Leben.«

Für Elsie Brent waren die Augengläser so sehr ein Bestandteil ihrer Person, daß sie mit der Brille auf der Nase geweint hatte. Nun nahm sie sie ab, reinigte sie und rieb sie mit dem Taschentuch trocken. Als sie sie wieder aufsetzte, wurde sie dadurch zugleich zu einer völlig andersartigen, einer energischen und unerbittlichen Persönlichkeit. Sie richtete einen stahlharten Blick auf ihren Mann, bis er anfing, unbehaglich die Füße an dem Flickenteppich – früherer Besitz Gertie Maggs, derzeit Eigentum seiner Frau – zu wetzen. Er war lange genug verheiratet, um genau zu wissen, was jetzt kommen würde.

»Nun?« fragte sie ungeduldig. »Nun, was geschah? Bist du weitergekommen?«

»Könnte ich nicht behaupten«, antwortete er, indem er sich, gleichsam um der Behelligung zu entrinnen, abwandte und an den Knöpfen des sehr alten Radioapparates zu drehen begann. »Das Ding da solltest du verkaufen, Elsie, es taugt gar nichts mehr.«

»Schenk *mir* deine Aufmerksamkeit und nicht dem Leierkasten«, sagte seine Frau heftig. »Was beabsichtigst du also zu tun?«

»Mein Gott!« sagte der verärgerte Mann, indem er sich auf dem Absatz drehte, um sich ihr wieder zuzuwenden. »Du bist ja um nichts besser als die anderen. Ich weiß nicht, warum die gute Gert sich eine so ungünstige Zeit für ihre Ermordung aussuchen mußte. Man will Scotland Yard nicht heranziehen – wegen der Festspiele, stell dir vor! –, und es soll die ganze Sache hübsch geklärt auf dem Serviertablett liegen, bevor uns die Absagen hereinschneien. Der Chef verliert die Nerven, und der hochwohllöbliche Herr Bürgermeister ist fuchsteufelswild. Da heißt es Brent hin und Brent her, bis ich nicht mehr weiß, wo mir der Kopf steht. Wofür halten die mich eigentlich? Bin ich der verfluchte Schlaumeier, Sherlock Holmes?«

»Sie wissen eben, daß du genug Verstand hast, wenn du dir bloß die Mühe machst, ihn anzuwenden. Jetzt sind seit der gerichtlichen Leichenschau schon zehn Tage verstrichen – und was hat man schon von so einem Urteil? Ich bitte dich: ›Ein oder mehrere unbekannte Täter!‹ Die Unholde!«

»*Ein* Unhold ist genug. Mir wird einer genügen, wenn ich erst weiß, wer es ist.«

»Hat sich noch niemand mit einer Aussage gemeldet?«

»Keiner bemüht sich. Zu anderen Zeiten kann man in dem Nest nicht atmen, ohne daß es jemand bemerkt.«

Die Frau ließ nicht locker. »Ich frage mich nur, ob du alle Anhaltspunkte sorgfältig genug verfolgt hast.«

»Das kann ich so gut wie jeder andere, wenn es Anhaltspunkte gibt. Mr. X hatte nicht die Güte, den Stummel einer Balkanzigarette oder einen Manschettenknopf mit seinen Initialen zurückzulassen.«

»Du brauchst nicht zu scherzen.«

»Tue ich auch nicht.«

»Wie steht's mit Fußspuren?«

»Es regnete nicht, es schneite nicht, und es ist, als ob der Kerl vom Himmel gefallen wäre. Was nun Beweggründe betrifft – weißt du, Elsie, da gibt es bei mir einen, der ist gar nicht so schlecht. Ich werde bald pensioniert, das Leben wird täglich teurer, und ich wußte, daß du das Häuschen erbst. Vielleicht liegt ein Sack voll Golddukaten im Kamin. Und ein Alibi kannst du mir nicht liefern, seit du mich aus dem Schlafzimmer verbannt hast und ich in der Dachstube schlafe.«

»Du schnarchst, Sam Brent.«

»Hast du mich nicht genommen ›in Freud und Leid‹?«

»Bild dir nicht ein, daß du mich mit dummen Scherzen ablenken kannst! Ach, es ist furchtbar – es geht mir nicht aus dem Kopf. Ich sehe dauernd alle möglichen Erscheinungen.«

»Hör mich an, Elsie, mein Kind, du wirst die Sache mit deinem Grübeln nicht um ein Quentchen weiterbringen.« Der Wachtmeister legte sachte seine breite Hand auf die Schulter seiner Frau. »Sie ist nicht vergewaltigt worden, dafür solltest du dem Schicksal danken. Ich schätze, sie ist vor Angst gestorben. Vor Angst und durch das Rennen.«

»Sie war niemals, was man kräftig nennen könnte«, sagte Mrs. Brent. »Als Kind hatte sie rheumatisches Fieber . . . Geh fort mit deiner großen Pranke, Sam. Sie war keine, die gern klagt und jammert. Sie begnügte sich mit dem, was sie hatte – und das war, weiß Gott, wenig genug. Golddukaten! Aber sie lebte auf ihre Art ganz zufrieden. Sie war meine beste Freundin, und es gab Dinge, die ich ihr erzählte und von denen keine andere Seele von mir ein Wort erfahren hätte. Ich sage es dir gerade heraus, Sam, ich werde keine Ruhe haben, bis du den Kerl erwischt hast, der das verbrochen hat.«

»Ich bin ja nur der Wachtmeister. Verantwortlich ist der Chef, nicht ich.«

»Ich habe kein Vertrauen zu einem Ortsfremden.«

»Er verfolgt eine Spur. Er stellt Mr. Geoffrey Seymour nach.«

»Verrückt!«

»Weil sich die beiden verdächtig benehmen. Sie zittern, sie weichen uns aus, bloß darum, möchte ich wetten, weil Mr. Geoffrey Angst hat, daß ihm der Führerschein entzogen wird. Wenn er damals nicht so besoffen gewesen wäre, hätte er doch selbstverständlich die arme Gert nach Hause begleitet.«

»Dann ist es seine Schuld, daß es geschah.«

»Nur nicht so hitzig, meine Liebe! Wenn man anfängt, sich nach Sündern umzusehen – wo ist dann die Grenze? Er hat ein schlechtes Gewissen – darauf kannst du Gift nehmen! Es besteht aber die Gefahr, falls der Chef so weitermacht, daß die junge Mrs. Seymour bald ihren Mann für einen Mörder halten wird.«

»Ich habe sie seither nicht gesprochen«, sagte Mrs. Brent. »Ich sah sie wohl einmal mit dem Kinderwagen, hatte aber nicht den Mut, sie anzusprechen.«

»Der Chef sagt, sie flattert herum wie eine Henne im Regen, erzählt dieses und jenes und verwickelt sich überall in Widersprüche. Keine hervorragende Zeugin, würde ich meinen.«

»Sie ist sehr nervös.«

»Diese Leute sind alle gleich. Es ist ihnen zuviel Geld in den Schoß gefallen, ohne daß sie sich erst den Kopf zerbrechen mußten, wo sie es hernehmen sollten. Sie sind nicht schlechter als die Vögel, die den Bauern das Korn fortpicken, und auch nicht um ein Jota weniger schreckhaft.«

»Mr. Geoffrey verdient sich sein Brot.«

»Richtig. Von halb elf Uhr vormittags bis drei Uhr dreißig sitzt er im Klubsessel hinter seinem Schreibtisch und tut, was ihm sein Bürovorsteher sagt. Trotzdem – meiner Meinung nach liegt ihm nichts ferner als ein Mord, sogar wenn er betrunken ist. Da kenne ich ihn gut genug.«

»Gerade das versuche ich doch in deinen harten Schädel zu treiben, Sam! Du kennst jeden. Du kennst die Stadt wie deine eigene Tasche. Wenn *du* diesen ... diesen Teufel nicht stellen kannst, dann kann es niemand.«

»Es könnte ja auch ein Durchreisender gewesen sein, irgendein Vagabund. Soll ich vielleicht Landstreicher werden, um ihn zu fangen?«

»Du weißt, daß es nicht so ist. Ich kenne diesen Blick bei dir von früher. Vielleicht hast du keine Beweise, aber einen bestimmten Verdacht hast du bereits.«

»Ich könnte schwören, es war einer von den verdammten Burschen«, sagte Sam Brent – sie hatte ihn überlistet und zum Verrat seiner geheimen Gedanken gebracht.

Gleich danach hätte er sich am liebsten die Zunge abgebissen. Aber es war zu spät – im Nu stürzte die Frau über ihn her.

»Was meinst du? Einer von welchen Burschen?«

»Es ist ja nur eine Vermutung – du brauchst nicht gleich in die Luft zu gehen. Nick Salter, der junge Esel, hat bei Springer im Souterrain eine Art Strolchenklub eingerichtet. Dort kommen die Engelchen zwei-, dreimal wöchentlich zusammen, und was sie treiben, darin darf sich niemand einmischen.«

»Nick Salter ist kein Junge mehr. Er ist ein verheirateter Mann.«

»Was hat er dann mit der Horde zu schaffen? Vielleicht sieht er sich gern als Peter Pan, der ja auch nie erwachsen wurde. Tatsache ist, daß er zwei Jahre beim Militär mit Burschen seines Alters herumgelungert hat. Dann kommt er zurück und fühlt sich einsam wie eine alte Jungfer zu Weihnachten. Was tut er also? Sammelt um sich eine Bande von jungen Taugenichtsen, die nur auf das grüne Licht warten, um etwas anzustellen. Es sind gar nicht viele, aber sie sind wie Dynamit.«

»Kenne ich welche?«

»Vielleicht. George Fish, Ginger Fellows, Alex Burt . . .«

»Alex kenne ich. Seine Mutter gehört zum Elternverein. Eine prachtvolle Frau. Ehrlicher geht's nicht, und sehr wohltätig.«

»Aha – da hätten wir die Erklärung.«

»Was in aller Welt denkst du dir jetzt wieder aus, Sam?«

»Ach, nichts. Ein kleines bißchen Reaktion vielleicht.«

»Wenn der Junge in schlechte Gesellschaft gerät, muß ich es seiner Mutter sagen.«

»Das wirst du bleibenlassen, meine Liebe. Was ich dir anvertraue, ist so gut wie nicht gesagt – vergiß das nicht!«

»Schön, schön, ich weiß.«

»Ich habe vorläufig noch gar nichts gegen Mrs. Burts Alex.«

»Und was liegt gegen die anderen vor?«

»Die üblichen Streiche, wie sie heutzutage von den Jugendlichen angestellt werden. Sie brauchten eine gute Tracht Prügel. Als ich so alt war, besaß mein Vater einen Gürtel; der war mir ein guter Freund, er lehrte mich manches so, daß ich es nicht zu schnell wieder vergaß. Wenn man jetzt nur den Finger gegen so einen Burschen hebt, ist gleich der Teufel los. Ich würde es ihnen schon geben, den haltlosen Lausbuben, wenn sie mir gehörten.«

»Aber sie gehören eben nicht dir«, sagte seine Frau mit beklommener Stimme. »Leider gehört keiner von ihnen uns. Mich kannst du nicht täuschen, weißt du. An ihnen möchtest du dich rächen, weil du keinen eigenen Sohn hast.«

»Dadurch habe ich um so mehr Zeit, mich um die Söhne anderer Leute zu kümmern«, sagte Sam mit schmal gewordenen Lippen. »Und ich werde diese B-movie-Gangster so genau beobachten, wie ein Mitglied vom Verband der Steuerpflichtigen das Finanzamt beobachtet. Früher oder später wird einer alles verderben.«

»Warum sollte ein Junge so etwas tun?«

»Weil sie alle filmtoll sind. Weil sie ungefähr soviel moralischen Sinn haben wie ein Kater. Weil sie nicht über die eigene Nasenspitze hinaussehen. Wenn du noch mehr Gründe brauchst, frag einen Arzt.«

»Es sind fast noch Kinder. Ich will das nicht glauben.«

Er zuckte die schweren Schultern.

»Halt es, wie du willst, meine Liebe. Erst wolltest du, daß das Verbrechen aufgeklärt wird; jetzt willst du dir den Mörder aussuchen. Ich bin ein Mann und kann dir sagen, daß das nicht die Tat eines Mannes ist. Sie riecht von Anfang an nach einem Knaben. Nach einem verschreckten Knaben, der die Nerven verlor.«

»Was hat ihn verschreckt?«

»Das gehört zu den Dingen, die ich herausfinden muß.«

Jetzt herrschte Schweigen zwischen den beiden; man hörte nur das Ticken der Küchenuhr, die nicht mehr für Gertie Maggs die Zeit angab und nun einer neuen Herrin zu dienen hatte.

Mrs. Brent seufzte schwer und legte Hand an die Schublade, die sie ausgeleert hatte.

»Komm, laß mich das machen«, sagte Sam und nahm ihr die Lade ab. Er ging quer durch das Zimmer und fand den leeren Platz, wo sie hingehörte.

»Ein nettes Stückchen, dieser Schreibtisch«, bemerkte er. »Aus Nuß und solid, kein gewöhnliches Furnierholz. Er muß hübsch alt sein, vielleicht auch wertvoll.«

»Er hatte ihrer Mutter gehört«, sagte Mrs. Brent. »Ich gebe ihn nicht weg. Aber die letzte Schublade habe ich noch nicht durchgesehen. Auch die oberen Fächer nicht.«

»Für heute hast du genug getan. Wenn du dich entschlossen hast, ihn zu behalten, schaffe ich ihn dir nach Hause. Dann kannst du dich in Ruhe damit beschäftigen. Da kriegt man ja eine Gänsehaut, wenn man hier herumsitzen muß.«

Elsie war still geworden. Was hätte Gert gewollt, fragte sie sich. Sicher wäre es ihr nicht recht, im Mittelpunkt der Aufmerksamkeit zu stehen, so daß jeder von ihr redete und sogar die Festwoche erst an zweiter Stelle kam. Sie war so herzensgut: Nie sprach sie über irgend jemand ein böses Wort. Und da sie nun unter den himmlischen Harfen wandelte – würde es sie tatsächlich freuen, ihren Mörder ergriffen und bestraft zu sehen? Besonders wenn es bloß ein Junge war, ein armer, vom rechten Weg abgekommener Junge. Einen Augenblick bereute Elsie, Sam angefeuert zu haben. Jeder Junge hatte eine Mutter – und wie wäre ihr zumute, wenn es ihr Sohn gewesen wäre? Aber das konnte ja nicht sein: ihr Sohn wäre niemals derartig auf die schiefe Bahn geraten.

Ihr Blick fiel zufällig auf ein Stückchen Papier, das unter der Schublade der Vernichtung entronnen war und nun auf dem Küchentisch lag. Es war eine Ankündigung, die ihre Freundin aus der Zeitung geschnitten haben mußte. Allbrights, das führende Sportgeschäft, lud seine Kunden vollkommen gratis zu einer Frühlingsmodeschau ein. Ein unwahrscheinliches Mannequin trug eine Tafel mit dem Datum des wichtigen Ereignisses – es sollte in zwei Tagen stattfinden.

Und nun schwappte über Elsie Brent eine unglaubliche Zornwelle hinweg – einfach darum, weil ihre Freundin Gertie Maggs um diesen harmlosen Genuß gebracht worden war. Sie sagte zornig: »Wer es war, ist mir einerlei. Ich will, daß die Gerechtigkeit ihren Lauf nimmt.«

Sam warf ihr einen leicht befremdeten Blick zu. Er hatte die starke Zuneigung seiner Frau für die betrauerte Gertie nie geteilt, sondern die Freundin nur als Teil und Zubehör Elsies mit in Kauf genommen; es war eine Art Anhängsel, das, nützte es wenig, doch auch nicht schadete. Aber auch er, wie Elsie, war gegen Zwangsvorstellungen nicht gefeit; was ihn verfolgte, war das Bild der armen, alten Gert, wie sie mit ihrem arthritischen Knie rannte. Da waren die Wunder der Wissenschaft nichts dagegen!

»Sam?«

»Ja, mein Schatz?«

»Wenn du mit deinen Vermutungen recht hast – glaubst du, daß es wieder jemandem passieren könnte?«

»Mag sein. Aber *du* brauchst dir keine Sorgen zu machen. Ich bin gekommen, um dich nach Hause zu bringen, und ich werde immer zur Stelle sein, wenn du Lust hast, etwas Nachtluft zu schnuppern.«

»Sollte man nicht in der Kirche eine Warnung abgeben?«

»Du würdest dich wundern: nicht *eine* einsame und verlassene Weibsperson ist heute auf der Straße zu sehen!«

»Ach so.«

Sie holte sich ihren schweren Mantel, der außen an der

Tür der nunmehr ihr gehörenden Küche hing, und Sam half ihr beim Anziehen.

Wie er da hinter seiner Frau stand, lag um seinen Mund ein ingrimmig energischer Zug. Dann grinste er.

Seht euch vor, Jungs, dachte er, jetzt komme ich!

6

»Tag, Mr. Springer«, sagte Sam Brent.

»Tag, Wachtmeister«, erwiderte Springer, indem er sich aufrichtete. Er hatte gebückt unter dem Ladentisch gestanden, damit beschäftigt, seine leeren Kartons dort in irgendwelchen Nischen unterzubringen. Die Kartons waren Springers Alptraum; er verbrachte sein Leben in einem ständigen Kampf gegen sie, ob es nun volle oder leere waren. Jetzt war er froh, sie einen Augenblick vergessen zu können, um einen seiner Stammkunden zu begrüßen.

»Eine Unze wie gewöhnlich«, sagte Sam.

»Mit Vergnügen.«

In der Tat war es Mr. Springer ein Vergnügen, Tabak zu verkaufen. Dagegen waren ihm die Süßigkeiten, aus denen die andere Hälfte seines Warenlagers bestand, ein Dorn im Auge, besonders die Bonbons in den dickbauchigen Flaschen, die erst von den Fächern heruntergeholt werden mußten. Dann schüttelte man mühselig ein Viertelpfund Ware in die Waage, füllte sie in widerspenstige Papiersäckchen – und das alles um eines winzigen Profits willen, mit dem kein Mensch etwas anfangen konnte.

Springer war ein magerer, totenblasser Mann, der niemanden als sich selbst beschäftigte, und das in einem Maße, das nicht ausreichte, um ihn sorglos zu ernähren.

»Nun, wie läuft das Geschäft?« fragte Sam, während er seinen Einkauf bezahlte.

»Miserabel – kann man wohl sagen«, antwortete Springer. »Jetzt wird es sich erst zu den Festwochen erholen, vorausgesetzt, daß unsere kleine Aufregung nicht die Hälfte der Gäste fernhält. Das wird nämlich keinem gefallen, wissen Sie. Die Vorstellung, nachts in ihre Hotels und Pensionen zurückzugehen, während ein Totschläger frei herumläuft – und gar einer, der eine Vorliebe für jungfräuliche Damen hat –, die wird niemandem zusagen.«

»Hm. Und was machen Ihre Mieter dort unten?«

Springers Miene verdüsterte sich noch ein wenig mehr.

»Ich wollte, ich hätte die Dummheit nicht begangen, die ins Haus zu nehmen. Aber Sie wissen ja, wie's ist. Der verfluchte Keller hatte monatelang leergestanden, und die Steuern und Abgaben steigen dauernd. Es mußte etwas geschehen. Und da kam der junge Kerl, der Nick, und lag mir in den Ohren – so habe ich ihn den Lausern für ein Spottgeld überlassen. Aber ich sage Ihnen das eine: aus meinem Café macht mir niemand eine Diebeshöhle.«

»Etwas Genaues wissen Sie wohl nicht, nehme ich an?«

»Nein, und ich will auch nichts wissen. Ohne Namen zu nennen – mir kommt es so vor, als ob einige aus der Bande mit den Einbruchsdiebstählen der letzten Zeit etwas zu tun gehabt hätten.«

»Es würde mich nicht wundern. Also müssen Sie sich jetzt überlegen, ob Sie Ihr Geld in der Ladenkasse lassen dürfen?«

»Das bereitet mir keine Sorgen. Die Einkünfte nehme ich in einer Aktentasche hinten auf meinem Rad mit nach Hause. Aber ich habe doch die Treppe, die hinunterführt ins Souterrain, und selbst wenn ich die Tür zuschließe, würde es sie nicht hindern, heraufzukommen, wenn es ihnen einfällt. Ich kann kein Schloß an meine Zigaretten und Schokoladenriegel hängen, und die Vorstellung von einem internen Geschäftsverkehr sagt mir nun einmal nicht zu.«

»Man kann es auch umgekehrt sehen.«

»Wie meinen Sie das?«

»Nun, wenn die Jungs leichten Zutritt zum Laden haben, so haben Sie ebenso leichten in den Keller. Steht denn etwas im Vertrag, das Sie hindern könnte hinunterzugehen? Sie brauchen bloß einen Vorwand.«

»Was das betrifft, könnte ich sagen, ich suche Platz für einige leere Kartons. Was auch wahr wäre – die vermaledeiten Dinger! Aber ich sehe nicht recht ein, wozu.«

»Ich gebe Ihnen einen Tip. Sollten Sie einmal mit ein paar Schachteln hinuntergehen, ohne erst um Erlaubnis zu bitten, dann würden Sie höchstwahrscheinlich auf irgendwelchen Alkohol stoßen.«

»Sollte mich nicht überraschen.«

»Nun, was wollen Sie mehr? Sie brauchen nicht einmal unangenehm zu werden. Sie sagen bloß, daß Sie mir die Sache melden werden, wenn die Burschen nicht versprechen, gutwillig abzuziehen. Wann ist die nächste Miete fällig?«

»Übermorgen. Ja, in drei Teufels Namen – so werd' ich's machen. Schönen Dank für den Rat.«

»Nichts zu danken. Mr. Springer, ganz meinerseits. Sie scheuchen mir das junge Ungeziefer aus ihrem Loch heraus und überlassen alles andere mir. Ich werde mit jedem einzelnen allein besser fertig. Draußen im Freien können sie sich auch nicht soviel Unfug ausdenken.«

Mr. Springer spielte nachdenklich mit zwei Streichholzschachteln.

»Was ist los, Springer? Sie sehen mir noch immer bekümmert aus. Haben Sie noch etwas auf dem Herzen?«

»Es ist nämlich so: sie kennen ja den alten Besen, die Mrs. Fitch? Sie kommt pünktlich wie der Glockenschlag und kauft zwei Unzen scharfe Pfefferminzplätzchen. Wenn Sie mich fragen – ich glaube, das ist das einzige, wovon sie noch den Geschmack spüren kann.«

»Sie ist Nick Salters Hauswirtin.«

»Ja. Ihnen entgeht aber auch gar nichts. Sie hat immer allerhand zu erzählen, und ich lasse sie schnattern. Mir tut's nicht weh, und sie redet sich's vom Herzen. Nun, seit die arme Miß Maggs ihr Schicksal ereilt hat, ist die Alte voller Andeutungen und Geheimniskrämerei. Murmelt vor sich hin wie eine Verrückte, und was sie sagt, muß man nicht so ganz genau nehmen. Soviel ich mir zusammenreimen kann, hat sie sich in den Kopf gesetzt, daß Nick damals, in der Nacht, erst nach eins nach Hause kam. Dabei, müssen Sie wissen, klingt das Ganze so verschwommen wie eine Erklärung der Vereinten Nationen – und ich will auch niemanden ins Unglück stürzen. Es ist also nur sozusagen eine Idee ...«

»Danke, Mr. Springer, das verstehe ich vollkommen.«

»Eines führt zum anderen«, sagte Mr. Springer, indem er eine Zündholzschachtel auf dem Zeigefinger balancierte.

»Sehr richtig.«

»Und wir wollen doch die Sache vor den Festspielen erledigt und besiegelt haben, nicht wahr? Da soll uns doch nichts dazwischenkommen!«

Die und ihre lästigen Festspiele, dachte Brent, nachdem er Mr. Springers Klauen entronnen war. Nur drei Wochen – und man gebärdete sich, als ob das die Rettungsleine für eine Stadt voller Ertrinkender wäre. Was taten sie, bevor es Festwochen gab? Und die Pointe des Scherzes war, daß es dem Dichter angeblich zu Lebzeiten schlecht genug ergangen war; sicherlich war er den Nachkommen seiner Gläubiger, die ihn zu Tode gehetzt hatten, nichts schuldig. Wenn es dort, wo er sich jetzt befand, ein Guckloch gab, mußte er sich krumm lachen über die Miniaturbüsten und Profile auf Taschenmessern und sonstigem zu seinen Ehren verkauften Krimskrams. Um so mehr als niemand wußte, wie er wirklich ausgesehen hatte. Und was nun des Dichters Heim betraf, so hatte irgendein Wichtigtuer vor zwei Jahren entdeckt, daß er überhaupt nie dort gewohnt hatte – ein Jammer übrigens, denn es war entschieden die Art Häuschen, in dem er gelebt haben sollte: mit Eichenbalken, Gitterfenstern und einer Menge Stockrosen entlang der Gartenallee. Es erwies sich, daß das richtige Haus im Jahre 1888 von der Gemeinde niedergerissen worden war. An dessen Stelle wurde nach damaligem Geschmack ein wahres Juwel aus gelbem Ziegelstein erbaut; das steht noch heute dort.

Nun, das machte nichts; man hatte es bald wieder vergessen und verlangte nach wie vor sechs Pence Eintrittsgeld. Natürlich enthielt das Haus einige Originalmanuskripte; einer der Ratsherren hatte Gelegenheit gehabt, sie zu erwerben, und schenkte sie der Stadt. Sam Brent fragte sich, wie viele von deren Bürgern wohl jemals die Gedichte in irgendeiner billigen Ausgabe gelesen oder gar versucht hätten, da und dort aus der verkritzelten Schrift der Manuskripte ein paar Worte zu entziffern. Er selbst konnte nicht viel dazu sagen, er hatte sich ein Exemplar gekauft und fand in dem verflixten Zeug überhaupt keinen Sinn.

Nicht zum Haus, das eines Dichters Andenken bewahrte, sondern zu einer Wohnstätte der Lebenden – Nick Salters, seiner Frau und der murmelnden Mrs. Fitch – hatte der in seine Gedanken vertiefte Sam Brent seine Schritte gelenkt. Plötzlich stieß er wuchtig mit Keith Mowlem zusammen; der war so kurzsichtig, daß er Sam gar nicht kommen gesehen hatte. Er entschuldigte sich wortreich, obwohl es bestimmt nicht seine Schuld gewesen war. Keith war genauso dünn wie Mr. Springer, jedoch weniger scharfsinnig. Er war das Opfer einer furchtbaren Besessenheit: er mußte den Menschen Gutes tun. Es war sein Glück, daß er bis vor kurzem in Anbetracht seiner mageren Mittel nicht imstande gewesen war, genug Gutes zu tun, um Übles anzurichten.

Vor wenigen Monaten war jedoch eine unverheiratete Tante gestorben, und die hinterließ ihrem Lieblingsneffen ein ihm schier unerschöpflich anmutendes Vermögen, eine Summe von zweitausend Pfund. Daraufhin hatte sich der begeisterungsfähige Erbe sofort – oder doch so schnell es die abzuwartende gerichtliche Bestätigung gestattete – aufgemacht und eine große und allzu luftige Halle (mit der die Stadt ohnehin nichts anzufangen wußte) gemietet. Die ließ er von einer Dekorationsfirma neumodisch anstreichen – eine Wand grau, eine rot und eine gelb. Dann stattete er den Raum ohne Rücksicht auf die Kosten mit einem richtigen Billardtisch, einem Pingpongtisch und einem dritten Tisch, der eine riesige Teemaschine, mehrere große Kannen und eine Menge grobe weiße Tassen aufnehmen sollte, aus. Ferner stellte er Barren, ein Reck und andere Turn- und Sportgeräte auf. Während all das vor sich ging, gab es unter den Stadtleuten viel Grübeln und Deuten, und manche äußerten sich unfreundlich. Der Wahrheit zu Ehren muß gesagt werden, daß Mr. Mowlem – obwohl ihn der Gedanke, daß jemand sich einem Jugendlichen in unanständiger Weise näherte, über alle Maßen empört hätte – genügend homosexuelle Elemente in sich hatte, um sich, wenn auch in tadellos damenhafter Art, zu den Knaben hingezogen zu fühlen. Es lag etwas in deren Unreife, das sein unreifes Herz ansprach und irgendein Mitgefühl für sie und für sich selbst weckte.

»Verzeihen Sie, Mr. Mowlem«, sagte Sam Brent. »Es war durchaus nicht Ihre Schuld. Wahrscheinlich war ich in Gedanken – eine nette Abwechslung für mich. Wie geht es Ihrem Klub?«

»Ah, fein, wunderbar!« sagte Mr. Mowlem strahlend. »Sie sollten sich die Halle einmal anschauen. Sie würden sie nicht wiedererkennen.« Er wurde ernst, und jetzt klang in seinem Ton eine eigentümliche Unsicherheit mit. »Da ist nur das eine: Die Jungs wollen einfach nicht kommen.«

Unerwähnt ließ er, daß das hauptsächlich seine eigene Schuld war. Er hätte genug Jugendliche haben können, wenn er sich an die richtigen Stellen gewandt hätte, an die Verbände oder religiösen Körperschaften. Aber wie so manche andere Wohltäter wollte er seine guten Taten selbst und ohne Beistand ausführen. Außerdem vertrat er die Ansicht, daß alle Religionen sich als ein Ganzes ansehen sollten, eine Auffassung, für die er nicht hoffen durfte, bei irgendeiner Glaubensgruppe Unterstützung zu finden.

»Sie stoßen auf einen gewissen Widerstand, das ist die Schwierigkeit«, sagte Sam mit einem verschlagenen Grinsen.

»Ach ja, ich weiß, es sind da viele Rivalen im Feld. Zwar sollte ich sie vielleicht nicht so bezeichnen. Die Pfadfinder, die Knabenbrigade, der Geselligkeitsklub der katholischen Kirche – sie alle leisten natürlich gute Arbeit. Aber dieses sollte etwas Besonderes werden: ein Klub für Jugendliche, den sie selbst führen werden.«

»Das liegt an der Konkurrenz ... Aber warten Sie mal – eine Gruppe von etwa acht Jungs hat einen eigenen Klub unterhalb von Springers Laden, im früheren Café, gegründet. Natürlich lange nicht so etwas, wie Sie es haben, höchstens vielleicht mit einem Wurfpfeilspiel.«

»Ein Jammer! Warum kommen sie nicht zu mir? Ich würde mich riesig freuen! Können Sie sie nicht dazu bewegen, es bei mir zu versuchen?«

»Es könnte leicht dazu kommen«, sagte der Wachtmeister kühl. »Tatsache ist – jetzt vertraue ich Ihnen ein Geheimnis an –, daß sie wahrscheinlich demnächst an die Luft gesetzt werden. Ich stelle mir vor, daß sie sehr bald auf der Suche nach einem neuen Heim sein werden.«

»Dann werde ich mich freuen, sie bei mir anrücken zu sehen.«

»Die sind nicht die richtige Sorte für Sie, Mr. Mowlem. Es sind schlechte Jungs.«

»Es gibt keine schlechten Jungs!« behauptete Mr. Mowlem höchst entrüstet. »Es gibt schlechte Heime, schlechte Eltern, schlechte Bedingungen – aber schlechte Jungs, nie und nimmermehr!«

»Nun, es hat jeder ein Recht auf seine freie Meinung«, sagte Sam.

»Sie brauchen besonders viel Liebe und Verständnis«, sagte Keith Mowlem.

»Sie brauchen eine gute Tracht Prügel auf den Hintern«, sagte Sam.

Sie starrten einander wild an. Das Feuer des Fanatikers brannte in Keiths Augen. Er mochte wohl schmächtig sein, aber seine Jungen würde er mit dem letzten Blutstropfen verteidigen, und wäre ihr Benehmen noch so schändlich. Was Sam betraf, so würde nichts in der Welt seine Meinung ändern können. Aber er faßte sich als erster.

»Ich muß gehen, Mr. Mowlem«, sagte er unbeholfen. »Ich habe zu tun.«

»Ich jetzt auch, offenbar«, sagte Keith. »Ich werde diese Jungen bei mir unterbringen, und sollte das meine letzte Handlung sein.«

Das könnte sich wohl ergeben, dachte der Wachtmeister grimmig. Aber er hatte Gewissensbisse, weil er den phantastischen Einfall in die Wege geleitet hatte.

Ich hätte das nicht tun dürfen, warf er sich vor, während er weiter in Richtung Mrs. Fitchs Haus eilte. Und trotzdem durchbrach ein Lächeln, dessen er sich zwar schämte, das aber nicht zu unterdrücken war, die strenge Linie seines sonst so disziplinierten Mundes.

Er hatte Glück. Es lag ihm daran, dem bevorstehenden Interview nicht mehr Gewicht zu geben, als es vielleicht verdiente – und da sah er gerade, wie die schlanke Gestalt eines Hundes, den er sofort erkannte, vor ihm über die Straße lief. Schnell wie der Blitz schoß sein kurzer Arm vor, und seine stämmigen Finger umklammerten das Halsband des Salterschen Whippets.

Das Tier schreckte zusammen wie ein Rehkitz und fing an zu zittern.

»Aber aber« – er beschwichtigte es –, »nur immer sachte.« Seine linke Hand fuhr streichelnd über das sandfarbene Fell, bis sich der Hund einigermaßen beruhigt hatte; dann ließ er sein Taschentuch durch dessen Halsband gleiten und benützte es als Leine, um Fly nach Hause zu führen. Besser gesagt: sie führte ihn. Und zwar schnurstracks zu Mrs. Fitchs Haustür.

Er klopfte dreimal ziemlich energisch. Die Tür war offenbar nicht so massiv und schalldicht, wie sie aussah, denn er hörte nach ein oder zwei Minuten, wie die alte Dame die Stiege heruntertrippelte.

Der Knopf wurde gedreht, und sie öffnete die Tür, als fürchtete sie, von einem Einbrecher überfallen zu werden. Als sie sah, wer es war – sie kannte den Wachtmeister recht gut –, war ihr Vertrauen wiederhergestellt, und sie winkte ihn mit einer Handbewegung ins Haus. Sie führte einen kleinen Knochen an die Lippen – das konnte doch wohl kein Finger sein! – und flüsterte kaum hörbar: »Kommen Sie ihn holen?« In jeder Silbe hockte Bosheit.

»Ganz im Gegenteil – ihn herbringen. Besser gesagt: sie herbringen«, antwortete der Wachtmeister in seiner gewohnten, wohlwollenden Art und wies auf seine Begleitung.

»Ach, diese Fly! So ein dummes Tier!« sagte Mrs. Fitch. »Bringt den Straßenschmutz mit seinen Pfoten ins Haus und will dauernd gefüttert werden. Mir übergeben Sie ihn nicht, ich weiß mit ihm nichts anzufangen.«

»Am besten, Sie rufen seinen Herrn.«

»Der ist in der Werkstatt. Zu dieser Zeit ist er nicht zu Hause.«

»Wie steht's mit der Frau?«

»Die wird wohl hier sein, außer sie hat sich in blauen Dunst aufgelöst. Sie können sie sprechen, wenn Sie wollen. Ich werde sie mit dem Türklopfer rufen. Sie haben bei mir das ganze Erdgeschoß, den oberen Stock habe ich behalten.«

»Sie sollten mit der jungen Frau vereinbaren, daß sie die Tür öffnet; dann würden Sie sich die Anstrengung ersparen, die Treppen hinauf- und hinunterzulaufen.«

»Fällt mir nicht ein«, sagte Mrs. Fitch. »Es steht im Vertrag, daß das meine Tür ist, und so lange ich noch einen Atemzug in der Brust habe, besorge ich das selbst. Na, warum kommt sie nicht?« Und sie rüttelte mit ihrer kleinen Klaue an dem Klopfer, bis es aussah, als hätte sie die Parkinsonsche Krankheit.

Jetzt tauchte Kitty auf. Sie war wie gewöhnlich schlampig gekleidet. Der eingeschrumpfte Jumper reichte nicht mehr über den bauschigen Flanellrock, und der war voller Spuren und Flecken, die von der Berührung mit Abwaschwasser, Kochfett und anderen schwer zu identifizierenden Dingen herstammten. Ihr Haar gehörte gebürstet, die Zähne geputzt, und ihre fettige und ungesunde Haut schrie nach einer tüchtigen Abreibung mit Wasser und Seife. Was aber dem Wachtmeister vor allem auffiel, war ihr Ausdruck – eine seltsame Mischung aus Wut und Verzweiflung. Offensichtlich hatte sie beabsichtigt, ihrer Wirtin tüchtig die Meinung zu sagen; da sie aber nun die beiden auf der Schwelle sah, hielt sie den Zornausbruch, der auf dem Weg war, im Zaum.

Mit der Hand auf dem Knopf blieb sie völlig sprachlos an die offene Tür gepreßt stehen. Nur die Augen bewegten sich, vom Wachtmeister zu Mrs. Fitch und wieder zurück; schließlich blieben sie auf Sam Brent geheftet – mit einem wilden Starren, das bei ihm äußerst unbehagliche Empfindungen auslöste.

»Verzeihen Sie mir, Mrs. Salter, daß ich so hereinplatze«, sagte er ein wenig gehemmt, »aber ich habe Ihren Hund auf der Straße gefunden, da wäre bald ein Selbstmord draus geworden; also habe ich ihn zurückgebracht.«

Damit zog er die wandernde Hündin, die er noch immer an der improvisierten Leine hielt, ins Innere.

Er sah, wie Kitty mit der Zunge über die Lippen fuhr, bevor sie ihm mit ausdrucksloser Stimme antwortete: »Das ist aber wirklich freundlich von Ihnen, Herr Wachtmeister, aber, wissen Sie, es wäre ihr nichts passiert. Sie schlüpft oft hinaus, um Nick nachzulaufen. Wahrscheinlich wollte sie in die Werkstatt.«

Denn Nick war, nachdem er einen Tag geschwänzt hatte, zu seinem Arbeitsplatz zurückgekehrt. Er hatte sein Fernbleiben mit keinem Wort erklärt, und der Boß nahm den Vorgang offenbar als typisch für die jetzige Generation hin. Wenn Nick wollte, war er ein guter Mechaniker; hatte ihn das Militär nichts anderes gelehrt, so hatte es ihn doch in die Mysterien des Verbrennungsmotors eingeweiht.

»Hunde auf der Straße gefährden den öffentlichen Verkehr«, sagte Brent, nun wieder gleichgültig und gelassen. »Sie müssen ihn einsperren. Es hätte zu einem bösen Unfall kommen können; man darf da nicht nur an den Hund denken. Übrigens höre ich, daß Nick sehr an ihm hängt; der wäre wahrscheinlich außer sich, wenn ihm etwas zustieße.«

»Er ist ganz verrückt mit dem Tier.«

»Nun, es ist vielleicht nicht jedermanns Sache, aber Sie werden nicht glauben, wie man sich für eine bestimmte Hunderasse manchmal begeistern kann. Da ich übrigens schon hier bin, Mrs. Salter, würde ich ganz gern einen Blick auf seine – eigentlich auf ihre – Steuerbestätigung werfen, wenn es Ihnen keine Mühe macht. Nur um mich zu überzeugen, daß alles in Ordnung ist. Vielleicht könnten wir einen Augenblick hineingehen.«

Aus der ganzen Höhe eines Polizisten warf er einen vielsagenden Blick auf den rosigen Schädel Mrs. Fitchs, der züchtig durch ihr gekräuseltes, aber kärgliches Haar durchschimmerte. Darauf folgte ein Wink für Kitty, ein deutlicher und befehlender Wink, der nicht zu seinem übrigen gütigen Ausdruck passen wollte.

»Nun, darf ich eintreten?«

Bevor sie antwortete, schoß auch Kitty einen kurzen Blick auf ihre Hauswirtin ab. Die stand wie angegossen auf den roten und blauen Fliesen der Halle.

»Ich . . . nun ja, natürlich. Wenn Sie mir nur Baby nicht aufwecken; sie ist eben erst eingeschlafen.«

»Ach ja? Wie entwickelt sich die Kleine? Hoffentlich gut.«

Entschlossen, aber nicht unfreundlich schob er die junge Frau mit der einen großen, breiten Hand zurück in ihre Küche, während die andere Hand die Hündin hereinzog und sein Fuß die Tür vor der in ihrer Hoffnung enttäuschten Mrs. Fitch zustieß.

Die beiden blieben dicht hinter der Tür stehen und sprachen kein Wort, bis sie hörten, wie die alte Dame die Treppe hinaufstieg – flink wie ein Affe und auch ebenso vor sich hinplappernd.

»Neugierig ist die Alte, was, mischt sich gern in alles ein?« sagte Brent und grinste seine unfreiwillige Gastgeberin ermutigend an.

»Sie erschreckt mich noch zu Tod, mir gruselt vor ihr.«

»Ach was, Unsinn! Ein Windhauch schmeißt die um! Aber ich muß zugeben – als Wirtin hätte ich sie auch nicht gern. Schade, daß ihr nicht woanders hinkönnt. Nun, Kitty, mein Kind, wie gefällt Ihnen das Eheleben?«

Sie zögerte den Bruchteil einer Sekunde. »Ich kann mich nicht beklagen, Mr. Brent. Wo Flys Steuerbestätigung ist, weiß ich nicht; ich glaube, Nick trägt sie bei sich.«

»Lassen wir das. Wir wollen über Nick sprechen. Er hat doch wohl nichts auf dem Herzen? Kürzlich sah ich ihn einen Moment, und er kam mir etwas bedrückt vor.«

»Was sollte er haben? Höchstens die Sorge, wie er uns drei ernähren soll. Für drei zu verdienen ist schwerer als für einen.«

»Läßt sich nicht leugnen. Und Sie? Sie sehen mir ein bißchen geplagt aus. Ganz anders als das rotwangige Kind, das ich früher kannte.«

»Wir müssen alle einmal erwachsen werden«, sagte sie mürrisch.

»Auch wahr. Es kommt der Tag, wo man seine eigenen Entscheidungen treffen muß, ohne zu Mama und Papa zu laufen. Aber Sie sollen nicht glauben, daß es niemanden gibt, bei dem Sie sich einen Rat holen könnten. Zum Beispiel können Sie auf mich rechnen als einen Freund, Kitty. Wenn Sie jemals in einer Patsche sind, bin ich Ihr Mann.«

»Ich kann mir nicht denken, was das alles heißen soll.«

»Na schön. Sollte es Ihnen später klarwerden, dann wissen Sie mich ja zu finden. Und jetzt, Nick betreffend, ich hätte gern, daß Sie ihn für mich um einen Gefallen bitten.«

»Nun, was ist es?«

»Ich möchte, daß er mir eine Liste seiner Klubgenossen aufstellt und neben jedem Namen angibt, was der betreffende Junge seiner eigenen Aussage nach zwischen zwölf und zwei getan hat, in der Nacht, in der die arme Miß Maggs den Tod fand.«

»W-was läßt Sie annehmen, daß sie ihm das bereitwillig sagen werden?«

»Er genießt unter ihnen eine große Autorität, unser guter Nick. Außerdem wird es ihnen so lieber sein, als daß ich zu ihnen nach Hause gehe und ihnen Ärger mit den Eltern verursache.«

»Warum wollen Sie das wissen?«

»Ach, eine bloße Routinesache. Die Jungen machen die

Nacht zum Tag, und es hieße meine Pflicht vernachlässigen, wenn ich sie nicht kontrollierte. Ach ja, und wenn wir schon dabei sind – falls sie einen oder mehr Zeugen für ihren Aufenthalt angeben können, wäre das um so besser. Nun, werden Sie es Nick ausrichten?«

»Sie lassen mir ja keine Wahl.«

»Er könnte auch seinen eigenen Namen in die Liste eintragen. Ein Vögelchen hat jemandem, den ich kenne, zugeflüstert, daß Nick selbst damals vielleicht außer Haus war.«

»Dann ist das Vögelchen ein verdammter Lügner!«

»Pst – kein Grund zur Aufregung; Sie werden gleich das Kind aufwecken. Mich interessieren nur die Tatsachen.«

»Dann ist Tatsache, daß Nick hier bei mir war, abends und nachts, und wer das Gegenteil behauptet, ist übergeschnappt.«

Aber Brent achtete nur wenig auf ihre Worte, obwohl sie mit großem Nachdruck gesprochen wurden. Er beobachtete ihre Hände, wußte er doch aus langer Erfahrung und vielem Training, daß auf die Hände mehr Verlaß ist als auf die Zunge. Kittys Nägel hatten sich in ihre Handflächen eingegraben, die Gelenke waren weiß.

»Wieso erinnern Sie sich so genau?« fragte er sanft. »Nick geht doch abends öfter aus, nicht wahr? Da hat er zum Beispiel seine Klubnächte.«

»Eben darum erinnere ich mich. Er ist nicht oft zu Hause, und ich merke mir, wenn er hier ist.«

Also so etwas! Wer hätte ihr soviel Verstand zugetraut, das als Grund anzugeben? Kitty, die kleine Kitty, die so dumm gewesen war, sich ein Kind anhängen zu lassen, bevor sie den Ring am Finger hatte. Früher einmal konnte man sich auf diese Weise unter die Haube bringen, aber nicht heutzutage, bei weitem nicht! Mit den jetzigen Jungs würde das kein Mädchen riskieren. Hätte Kittys Mutter nicht gewinselt wie ein Staubsauger, hätte Kittys Vater zur Bekräftigung seiner Ansichten nicht über einen Arm wie ein Schmiedehammer verfügt, dann gäbe es jetzt eine ledige Mutter mehr, welcher der Staat gratulieren dürfte.

Und das arme Wurm wäre vielleicht besser dran.

Brent beschloß, die Sache vorläufig ruhen zu lassen. Wenn es zu einem Zusammenbruch kommen sollte, dann wußte er, wodurch das am ehesten erreicht würde. Nicht durch Anschreien, Ermahnen oder die genaue Untersuchung seitens eines entschlossenen Polizisten. Nein, es wäre die Folge stillen, pausenlosen, unentrinnbaren Befragens des eigenen Herzens, eines geheimen Sondierens der verschreckten Seele und vor allem der wachsenden Angst. Ja, der Angst.

»Ich will Sie nicht länger aufhalten, Kitty«, sagte er. »Ich gehe jetzt. Ich hätte ganz gern noch einen Blick auf die Kleine dort drinnen geworfen, aber ich will nicht riskieren, sie aufzuwecken. Es muß wunderbar sein, ein Kindchen zu haben. Ich beneide Sie um Ihr Kind.«

Er drückte ihre Hand, die sie ihm nur widerstrebend hinhielt, und ging lautlos hinaus, indem er eine Tür nach der anderen öffnete. Die alte Mrs. Fitch stand geduckt auf dem Treppenabsatz und blickte ihm durch das Geländer nach.

Kitty wurden die Knie schwach. Sie ließ sich auf einen

Küchenstuhl fallen. Noch waren sie nicht genau formuliert – aber die Fragen hatten begonnen.

Es hätte sie vielleicht beruhigt, wenn sie von den Gedanken des Wachtmeisters Kenntnis gehabt hätte, der auf seinem Weg zur Polizeistelle gleichmütig die Straße entlangging.

Vielleicht war der Junge tatsächlich abends unterwegs gewesen. Das macht ihn noch nicht zum Mörder. In Anbetracht der besonderen Art des Verbrechens und seiner Lebensumstände – ein verheirateter Mann und so weiter – ist es unwahrscheinlich. Eher ließe sich denken, daß er auf eine günstige Gelegenheit aus war, eine Ladenkasse, die sich ausrauben ließe, ein nur angelehntes Fenster. Sie sitzen eben in der Patsche, die armen Teufel! Und das unglückselige Baby – was hat das für Aussichten im Haus der Mrs. Fitch, wenn seine Eltern in so verdammten Schwierigkeiten stecken?

Und wenn ich dann wieder an mich und meine Frau denke – komisch ist das Leben, ja richtig komisch.

7

Die habe ich dir mitgebracht, Kit«, sagte Reenie, indem sie einen großen Stapel Illustrierte auf den Küchentisch fallen ließ. Sie waren ungefähr ein Jahr alt und sahen ziemlich zerlesen aus. »Madame Simone sagte, ich könnte sie haben, für die Kunden sind sie schon zu zerfleddert.«

»Danke. Vielen Dank.«

»Nun, bietest du mir einen Platz an? Vorausgesetzt, es gibt irgendwo einen. Sieht ja furchtbar aus hier.«

»Nimm die Sachen vom Stuhl weg und leg sie auf die Anrichte. Oder warte einen Moment, ich mach's schon. Leg ab, Reen.«

Reenie hatte noch Hut und Mantel an. Sie ließ sie sich nur ungern abnehmen und fragte unzufrieden, indem sie ihren schweren Mantel zärtlich an sich drückte:

»Wo soll ich ihn hintun?«

»Häng ihn einfach an die Tür.«

»Hast du keinen Kleiderbügel?«

»Vielleicht liegt irgendwo einer.«

»Na, macht nichts. Ich bleibe ja nicht lange. Ich will mich heute gut ausruhen und dann mein Haar ondulieren. Abends geh ich ins Rathaus zum Frühlingsball.«

»Pah! Sie können es nennen, wie sie wollen – es ist doch immer wieder derselbe alte Rummel.«

»Sag das nicht! Auf dem Podium wird es Kunstblumen

geben, gelbe Narzissen, und die Preise werden vom Bürgermeister verteilt.«

»Sie sollten das Geld lieber für ein anständiges Orchester ausgeben. – Ich verstehe nicht, warum du dich nicht bei euch im Geschäft ondulieren läßt.«

»Ach, da haben wir keine Zeit. Alles vorausbestellt. Und bitte nenne es nicht Geschäft – es ist ein Salon.«

Reenie klopfte verdrossen mit ihrem gestreiften Seidenschal die, wie sie vermutete, staubige Tür ab, hängte ihren Mantel auf, nahm den Hut vom Kopf und legte den rudimentären, aber kostbaren Gegenstand auf den Zeitschriftenstoß.

Dann glättete sie ihr Kleid und setzte sich vorsichtig nieder, worauf sie einen kritischen Blick auf ihre Schwester warf.

»Du vernachlässigst dich«, war ihr sachliches Urteil.

»Ich kann nichts dafür«, sagte Kitty übellaunig. »Miß Baby nimmt mich so in Anspruch – da vergeht einem die Lust am Schickmachen.«

»Hör auf mit dem lächerlichen Namen!« sagte Reenie scharf. »Ich habe ihren Namen ausgesucht, und es ist und bleibt Jessamyn.«

»Ist doch ganz egal. Sie sieht mehr nach Miß Baby aus als nach Jessamyn. Riecht auch mehr so.«

»Ja, stinken tut sie gehörig, was?« gab Reenie freimütig zu. »Kannst du denn die Dinger nicht woanders hintun?«

Ihr Blick war auf die Windeln gerichtet, die gelblich und leicht dunstend auf einer durch die ganze Küche gezogenen Schnur hingen.

»Da ist nur noch die Spülküche, und wenn ich sie über

den Gasherd hänge, schmeckt mir das Essen nicht. Außerdem riechen sie dann nach Essen.«

»Warum machst du das Fenster nicht auf?«

»Es ist zu zugig. Mich wundert ja, daß du überhaupt was riechen kannst, bei all dem Zeug, mit dem du dich begossen hast. Macht einen ganz krank; was ist es denn?«

»Du hast eben keine Ahnung von feinem Parfüm. Ich habe es von Madame Simone bekommen. Den Kunden konnte sie es nicht mehr anhängen, weil der Verschluß undicht und die Hälfte schon verdunstet war.«

»Hm. Schade, daß es nur die Hälfte war.«

»Wenn du unbedingt streiten willst, gehe ich.«

»Nein, Reen, bleib da. Sei mir nicht böse. Hör zu, ich mach uns einen Tee. Dauert nur 'ne Minute. Ich setz das Wasser auf.«

Kitty sprang auf und ging in die Spülküche. Sie mochte zwar ihre Schwester nicht besonders, aber es war im Augenblick wichtig, daß sie so lange wie möglich bei ihr blieb. Reenies Stimme verfolgte sie, keine natürliche Stimme, sondern eine, die sie sich zurechtgelegt hatte – eine Mischung aus »Salon« und Kino.

»Kitty, sei so freundlich und merk dir, daß du mich Irene nennen sollst. Ich heiße ebensowenig Reenie wie Jessamyn Miß Baby. Die Kunden nennen mich alle Irene, und das ist viel netter. Madame sagt immer, man soll keine Namen verstümmeln.«

»Schön, wenn es dich glücklich macht. Aber du nennst mich ja auch nicht Kate.«

»Bei Kate ist das etwas anderes. Es ist altmodisch. Es heißt ja eigentlich Katherine; ich weiß nicht, wieso man es zugelassen hat, daß Mutter dich ›Kate‹ taufen ließ. Ich bemühe mich auch, Ed dazu zu bringen, seinen vollen Namen zu gebrauchen. Edward ist ein Name für einen Gentleman, und er soll sich daran gewöhnen.«

»Wie geht es Ed?« fragte Kitty und suchte nach zwei Tassen, um sie abzuwaschen. Sie war bemüht, wegen Irene möglichst eine ohne abgeschlagenen Rand zu finden. »Warum besucht er mich nicht?«

»Der ist ewig bei der Arbeit. Er kommt erst um sechs aus dem Büro; dann bekommt er eine warme Mahlzeit und gleich darauf geht er mit seinen Büchern in sein Zimmer. Außer er hat Abendkurse.«

»Kein sehr bewegendes Dasein.«

»Er will doch seine Prüfungen bestehen. Ich muß sagen, ich bewundere ihn. Auch Madame bewundert ihn. Sie sagt, wer einen akademischen Beruf haben will, muß eben schwer arbeiten, besonders wenn man nicht zu den wohlhabenden Leuten gehört. Wenn Edward erst Architekt ist, können wir alle stolz auf ihn sein und uns in seinem Ruhm sonnen. *Er* wird unseren Namen nicht in den Dreck zerren.«

»Schon gut. Du brauchst nicht gehässig zu sein.«

»Verzeih mir, Kitty, ich hab's nicht so böse gemeint. Ich finde Jessamyn sehr niedlich. Wirklich. Kann ich hineingehen und mir sie holen?«

»Und wenn sie dein Kleid ruiniert?«

»Ach! Das alte Ding? Ich behalte den Fetzen nur noch, weil ich ihn unter dem Arbeitsmantel trage. Wir haben jetzt wunderbare Arbeitsmäntel, Kit, du solltest sie sehen. Rosa Nylon, ganz dick! Darf ich sie holen, Kitty? Bitte!«

»Mir ist's recht, tu, was du willst«, sagte Kitty barsch. »Das Wasser kocht, ich mache jetzt den Tee. Du wirst sie halten müssen.«

Als sie das Teetablett und einen Teller mit süßen Keksen brachte, kam Irene siegreich mit ihrer Nichte auf dem Arm aus dem Schlafzimmer.

Miß Baby war eben aus ihrem Nachmittagsschlummer erwacht und sah schmutzig, aber zufrieden aus.

Irene setzte sich vorsichtig, wobei sie Miß Baby wie ein Kissen vor sich hielt. Lange, spitze, mit *Shocking Pink* lackierte Fingernägel stellten sich auf Miß Babys gepolstertem Bäuchlein zur Schau. Sie setzte die Kleine seitwärts auf ihr Knie, um sie genauer mustern zu können, und begann mit ihr eine Unterhaltung in jener verstümmelten Sprache, die Erwachsene Babys gegenüber benutzen.

Kitty schenkte ihrem Gast eine Tasse Tee ein und tat zwei Löffel Zucker hinein.

»Hier, bitte. Jetzt paß auf, daß sie nicht alles über dich schüttet.«

»Als ob sie so etwas täte! Du würdest doch den heißen Tee nicht auf die liebe Tante Irene schütten, nicht wahr, nein, Jessamyn?«

»Gib acht. Ich kenne sie besser als du. Du mußt auf ihre Hände aufpassen.«

»Laß ihn ein wenig auskühlen, ich kann ihn nicht gleich trinken. Stell die Tasse weiter weg von ihr, Kitty. Du solltest niemals die Milch zuerst eingießen. Madame sagt, das ist unfein.«

»Du und deine Madame!«

»Sie ist eine hochintelligente Frau. Eine unserer Kundinnen hat es mir gesagt, Mrs. Humphrey Garner. Eine wirkliche Dame, sie gibt immer eine halbe Krone Trinkgeld.«

»Daher ›die wirkliche Dame‹!«

»Jessamyns Nase ist ein wenig aufgestülpt, siehst du das? Aber was sie für schönes Haar hat, wie Seide! Wahrscheinlich wird es nicht lange so gelb bleiben – das wär doch toll! Wenn es keine Naturwellen hat, werde ich es ihr ondulieren, nicht wahr, ja, Jessamyn, mein Liebling? Meines will ich heute mit Glitzerspray besprühen. Ralph Ingram holt mich mit seinem Wagen ab.«

»Darauf brauchst du dir nichts einzubilden. Es gibt kein Mädchen in der ganzen Stadt, das er nicht schon einmal abgeholt hat. Und wenn du es so genau nimmst, solltest du ihn Rafe nennen, nicht Ralph. So wird das ausgesprochen.«

»Nein, Kitty – oder weißt du es sicher?«

»Natürlich, er gehört zu Nicks Klub.«

»Ja, ich weiß. Es leuchtet mir nicht recht ein. Seine Leute sind steinreich, und seine Mutter ist zwar eine scheußliche alte Schachtel, aber Madame zeigte mir neulich ihr Bild im *Tatler*. Sie haben ein piekfeines Haus, und Ralph, ich meine Rafe, kriegt massenhaft Taschengeld – ganz abgesehen von seinem Wagen! Was hat er in Nicks Bande zu suchen?«

»Laß meinen Nick aus dem Spiel, ja? Findest wohl, daß er nicht gut genug ist, mit deinem elenden Rafe die gleiche Luft zu atmen? Ich sag dir etwas, du Prahlhans: Nick kann ihn nicht ausstehen. Es war Tony, der ihn in den Klub brachte. Nick hat nichts dazu getan.«

»Und ich sag dir auch etwas: Es sind sehr komische Gerüchte über deinen Nick im Umlauf. Ja, *sehr* komische. Glaubst du, ich würde meinen freien Nachmittag vergeuden und zu dir in dein Dreckloch kommen, wenn mich nicht Mutter geschickt hätte? Die arme Frau sorgt sich halbtot. Und jetzt will sie wissen, ob du Sonntag wie gewöhnlich zu uns kommst, und wenn ja, sollst du's einrichten, daß du ohne Nick kommst. Sie will mit dir allein sprechen, aber hier will sie nicht gesehen werden, wegen der Bekannten aus dem Frauenverein.«

»Ja, warum denn nicht?«

»Sie hat Angst, einem Polizisten in die Arme zu laufen.«

»Wenn du Sam Brent meinst – der war heute früh nur hier, um Fly nach Hause zu bringen. Sie war mir durchgebrannt, während ich mit dem Kind zu tun hatte. Man könnte meinen, daß manche Leute in dieser Stadt nichts Besseres wissen, als ihre Nachbarn zu belauern. Ich werde Nick erzählen, was du von ihm sagst! So eine Unverschämtheit ist mir noch nicht vorgekommen! Eifersüchtig bist du, weil du keinen Mann hast und dich selber plagen mußt in dem blöden Geschäft. Und daß du geruht hast, hier die Nase hereinzustecken – ich habe dich ja nicht hergebeten! Je früher du abziehst, desto lieber ist es mir. Da, trink deinen Tee und verschwinde!«

Zitternd vor Wut und Aufregung schob Kitty ihrer Schwester die Tasse zu. Und im gleichen Augenblick schoß Miß Babys Arm wie ein Dreschflegel vor, und der ganze Inhalt der Tasse ergoß sich in Irenes Schoß.

Jetzt brach ein Höllenlärm aus. Miß Baby heulte vor Schrecken über das Ergebnis ihrer Tat, und Irene sprang schreiend auf und hielt sich die Übeltäterin mit ausgestrecktem Arm vom Leib.

»Da! Nimm deinen elenden Balg! Ich bin ganz durchnäßt, bis auf die Haut ist es durchgegangen. Nun, steh doch nicht herum! Kannst du mir nicht helfen?«

Durch die Erwähnung ihres Namens aufgerüttelt, war die Hündin Fly aus ihrer Kiste herausgekommen. Nun stand sie auf der Schwelle, die einzige in der Gesellschaft, die sich damenhaft benahm.

Kitty streckte den einen Arm zum Empfang ihres sündigen Kindes aus, während sie mit dem anderen nach oben langte und dem Opfer eine halbwegs trockene Windel bot. Sie sah mit schlecht verhehlter Heiterkeit zu, wie Irene an dem dunklen Fleck herumrieb; der Zwischenfall hatte ihre gute Laune wieder hergestellt.

Mit dem Opfer selbst stand es anders.

»Grins nicht so blöd, Kitty, und laß dir von mir etwas raten«, sagte Reen bösartig, indem sie mit angewiderter Miene die Windel entgegennahm – sie mußte sie ja verwenden, wenn sie nicht naß bleiben wollte. »Am besten steckst du diese Kreatur in eine Kinderkrippe; und dann richtest du dich halbwegs ordentlich her, damit du irgendwo Arbeit bekommst. Merk dir, was ich dir sage: Du wirst sie bald nötig haben.«

»Kümmer du dich um deine Angelegenheiten und überlaß die meinen mir«, sagte Kitty. »Was für Miß Baby am besten ist, habe ich zu beurteilen.«

Sie verschob die Last des Kindes auf ihre schmale Hüfte, ging zur Tür und nahm den Mantel ihrer Schwester vom Haken.

»Pfui Teufel, der dreckige Fetzen!« bemerkte Irene, indem sie die Windel auf den Boden fallen ließ. »Wenn es Flecken auf meinem Mantelfutter gibt – das verzeihe ich dir im Leben nicht mehr.«

»Mein Gott, mach nicht so ein Geschrei! Es ist ja schon jetzt fast trocken. Gerade hast du noch gesagt, daß das Kleid nichts mehr wert ist. Da hast du deinen Deckel.«

»Sei doch vorsichtig! Du bringst ihn aus der Form.«

»Ach! Hat er eine Form? Was du nicht sagst!«

Irene geruhte nicht mehr zu antworten. Sie wollte ihren Hut aufsetzen und fragte erbittert: »Hast du nicht einmal einen Spiegel in deinem Drecksloch?«

»Im Schlafzimmer ist einer.«

Aus dem Schlafzimmer hörte Kitty die Stimme ihrer Schwester, die jetzt, vermutlich weil sie eher ihrem Spiegelbild galt als der Angesprochenen, etwas gemäßigter klang.

»Nun, was soll ich Mutter sagen? Hast du dich entschlossen? Kommst du am Sonntag oder nicht?«

Es folgte eine Pause. Kitty hatte sich gebückt, um die unversehrte Tasse vom Linoleum aufzuheben. Jetzt richtete sie sich und Miß Baby auf und sagte langsam: »Sag Mutter, ich komme. Wenn nichts dazwischenkommt.«

Nick kam übelster Laune von der Arbeit nach Hause. Er war wie gewöhnlich über und über mit Fett und Öl bedeckt, zog die Arbeitshose aus und schrubbte sich den Dreck energisch im Spülbecken ab – alles unter beherrschtem Stillschweigen.

Wenn ich ihm bloß nicht von Brent erzählen müßte,

dachte Kitty, während sie das Schmorfleisch zum Abendessen anrichtete. Sie wagte nicht, ihn zu bitten, ein wenig zur Seite zu rücken, damit sie die Kartoffeln abseihen könnte. Die hatten zu lange gekocht und sich in einen unappetitlichen, leimigen Pantsch aufgelöst.

Obwohl sie ihren Mann stürmisch gegen Irene in Schutz genommen hatte, war sie jetzt, als er neben ihr stand, verängstigt wie ein junges Kätzchen. Sein Verhalten trug nicht dazu bei, sie zu beruhigen. Zweifel und Elend überkamen sie, und sie fühlte, wie sein Schweigen auch ihre Zunge zu lähmen begann.

Kitty verfrachtete das Essen vom Kochtopf in die Schüssel; es sah rauh und grau aus wie in kleine Würfel zerschnittene Elefantenhaut.

Sie setzten sich an den Tisch, und nun erzählte sie ihm – in Ermangelung eines anderen Gesprächsstoffes und weil sie ja wußte, daß es früher oder später erledigt werden mußte – von Brents Besuch. Er hörte sich alles ohne einen anderen Kommentar als ein gelegentliches Grunzen an; für ihr Verhalten hatte er weder Lob noch Tadel übrig.

Als sie fertig war, saß er da mit gerunzelter Stirn und starrte finster auf seinen Teller mit den Fleischresten, während er sich abmühte, das, was er noch im Mund hatte, zu zerkauen. Schließlich würgte er den Bissen hinunter, stieß Messer und Gabel senkrecht auf den Tisch und rief aus: »Dieses Fleisch ist verflucht zäh. Und die Kartoffeln sind ungenießbar.«

»Gib mir mehr Geld – dann kauf ich besseres Fleisch.«

»Daran liegt's nicht, es liegt an deinen Kochkünsten. Die Sauce ist wie Wasser. Beim Schmorfleisch ist doch die

Sauce das Beste. Warum läßt du dir's nicht von deiner Mutter zeigen?«

»Vielleicht tue ich es. Sie hat Reenie hergeschickt, um zu fragen, ob ich am Sonntag zu ihnen komme.«

»Nun«, fragte Nick, indem er mit der Gabel ein Stück Fleisch aufspießte, »was hast du gesagt? Gehen wir hin?«

»Ja, ich gehe hin. Ich möchte Ed wiedersehen. Ich komm sonst nie dazu.«

»Ich weiß nicht, was du an dem elenden Knochenbündel findest. Du bist ganz vernarrt in ihn.«

»Gar nicht. Übrigens ist er mein Bruder. Den darf ich wohl liebhaben.«

»Nicht mehr als deinen angetrauten Gatten.«

»Dir ist ja deine Fly auch lieber als ich.«

Nick bestritt es nicht. Seine Augenlider senkten sich langsam, wobei lange, dunkle Wimpern, um die ihn jedes Mädchen beneidet hätte, zur Geltung kamen, und er sagte in einem hintergründigen Ton, den sie nicht näher untersuchen wollte: »Du möchtest sicher nicht, daß ihm etwas zustößt.«

»Natürlich nicht«, erwiderte sie mit vor Besorgnis schriller Stimme. »Hör mal, Nick, du brauchst am Sonntag nicht mitzukommen. Ich kann allein hingehen. Sie wollen mich ganz gern allein haben.«

»Wenn ich aber mitkommen will? Du kannst mich nicht daran hindern. Ich habe dasselbe Recht hinzugehen wie du. Ich bin ein Verwandter. Deine Mutter ist jetzt auch meine Mutter. Schlimm genug.«

»Glaubst du, sie hat viel Freude daran? Ich sage dir doch, sie wollen dich nicht dort haben.«

»Und ich sage dir: Ich gehe trotzdem. Nimmst du Miß Baby mit?«

»Natürlich.«

»Dann komme ich auch. Ich bin ihr Vater. Du kannst sie nicht meiner Autorität entziehen.«

»Warum führst du nicht lieber Fly aus? Sie braucht Bewegung.«

»Wir werden sie mitnehmen. Ja, das ist eine gute Idee. Wir gehen alle zusammen – die ganze glückliche Familie. Ich werde meine geliebte Reenie wiedersehen. Vielleicht lade ich sie sogar zu unserer Party ein.«

»Was für eine Party?«

»Weißt du nicht, daß wir eine Party geben?«

»Was soll das heißen, Nick?«

»Der Klub ist aus dem verdammten Lokal verjagt worden – das heißt es. Dein Freund, der Brent, wird boshaft. Er hat den Springer aufgehetzt, daß er uns hinausschmeißt. Schön, okay, wir werden schon was anderes finden, wo wir unsere Zelte aufschlagen können. Und in der Zwischenzeit kommen wir eben hier zusammen. Ich muß den Jungs erzählen, was Brent gesagt hat.«

»Nick, die Fitch trifft der Schlag!«

»Um so besser. Jetzt erzähl mir nicht, daß es dir leid tun würde, wenn die Alte abkratzt.«

»Neun Personen! Und was ist mit dem Kind? Bestimmt wird sie heulen.«

»Reib zwei Aspirintabletten in ihre Milch. Komm, Kitty verdirb uns nicht den Spaß. Du brauchst nichts zu kochen. Wir brauchen nur Limonade, Kaffee und Kekse.«

»Das kostet Geld.«

»Ich werde es dir geben. Ehrenwort.«

Kitty fühlte sich beinahe gegen ihren Willen vom Gedanken an eine Party angezogen; je mehr sie daran dachte, desto verlockender war die Aussicht auf eine Unterbrechung der düsteren Eintönigkeit ihres gegenwärtigen Daseins.

»Und Gläser?« fragte sie, noch im Zweifel. »Und Teller? Wir haben nicht einmal für die Hälfte genug.«

»Ich werde mit Tony sprechen. Der bringt uns dann einen ganzen Koffer voll aus dem Hotel.«

»Wie meinst du das? Doch nicht geklaut?«

»Ausgeliehen, dumme Gans! Er braucht nur den Oberkellner darum zu bitten.«

»Wie schade, daß wir kein Grammophon oder ein Radio haben!«

»Rafe wird seinen Plattenspieler mitbringen. Er braucht ohnehin einen neuen Platz dafür, da wir bei Springer raus müssen.«

»Stell dir vor, Nick, er führt heute Reenie zum Ball.«

»Ach, zum Teufel! Hast du sie gewarnt?«

»Von mir läßt sie sich nicht raten. Wundert dich das etwa?«

»Also das ist die Höhe! Willst du mich vielleicht mit diesem ... – du weißt schon – vergleichen? Verdammt noch mal! – Als es bei dir schiefging durch meine Schuld, habe ich dich doch geheiratet ... Mecker nicht immer, Kit, du weißt doch selbst, daß es zu seiner Zeit nett war. Erinnerst du dich noch – damals, wie wir uns fortgeschlichen und in einem der Tagungsräume abgeküßt haben?«

Plötzlich brach er bei der Erinnerung daran in ein herzliches Gelächter aus, und Kitty stimmte mit ein – wie eine Welle überflutete sie eine momentane Erleichterung. Von einer Party zu reden, zog sie gleichsam aus dem Morast ihrer Unzufriedenheit und gab ihrem Gesicht ein wenig von der früheren Lebhaftigkeit wieder. Das temperamentvolle Mädchen, das Nick zu unüberlegter Handlung getrieben hatte und das gedankenlos ihr eigenes Schicksal ins Rollen brachte, war vorübergehend in Erscheinung getreten. Und auch Nick verlor seinen gewohnten mürrischen Blick.

Die gegenwärtigen Probleme waren vergessen, bis ein langgedehnter Jammerlaut aus dem Nebenzimmer die beiden in die Wirklichkeit zurückholte.

»Sie soll warten«, sagte Nick impulsiv.

Aber bei dieser Gelegenheit trug sogar Miß Baby zur Belustigung bei. Die Geschichte von Irene und der Teetasse hatte die Art Zirkushumor, die für beide den größten Anreiz besaß. Miß Baby heulte weiter, und ihre Eltern lachten weiter.

»Willst du wirklich Reenie einladen?« fragte Kitty.

»Warum nicht? Das Mädchen soll sich einmal unterhalten. Und wenn sie es auf Rafe abgesehen hat, kann sie sich an ihm satt gucken.«

»Sie hat sehr häßlich von dir gesprochen.«

»Was hat sie gesagt?«

Aber Kitty schwieg.

Nick zuckte die Schultern. »Sie kann trotzdem kommen«, sagte er. »Dann hast du im Schlafzimmer Gesellschaft, während ich mit den Burschen rede.«

»Willst du tun, was Brent verlangt hat?«

»Wird wohl das beste sein. Ich muß mich mit Brent vorsehen. Wir dürfen ihn nicht unnötig reizen.«

Seine Fingerspitzen trommelten auf dem Tisch.

»Nick«, sagte sie. »Nick, ich kann sagen, was ich will – früher oder später kommt es doch heraus. Wenn nun noch jemand weiß, daß du damals in der Nacht erst nach eins nach Hause gekommen bist?«

»Du hast nicht vielleicht mit Reenie geschwatzt?«

»Nein.«

»Dein Glück. Du brauchst nicht nachzudenken, mach einfach weiter, was ich dir sage. Halt dein Versprechen, dann halt ich auch meines.«

»Aber Nick, ich wußte doch gar nicht, was ich damit versprach. Du mußt mir sagen ...«

»Ich werde dir so viel sagen, wie's mir paßt – verflucht noch mal! Das heißt: gar nichts. Und jetzt laß mich in Frieden und bring um Himmels willen den Fratz zur Ruhe, sonst erwürg ich ihn mit meinen eigenen Händen!«

Über die schmutzigen Teller hinweg starrten sie einander böse an – Feinde am häuslichen Herd auf ihrem Schlachtfeld, am Eßtisch.

Aber als Nick den Rest seines Fleisches fortschob und nach der Aprikosenbüchse griff, lag mehr in seiner Miene als der bloße Widerwille gegen eine unbefriedigende Mahlzeit; es war ein zugleich häßlicher und entschlossener Ausdruck.

Kitty raffte sich auf und ging ins Schlafzimmer. Sie hob Miß Babys Kopf empor und klopfte apathisch das Kissen zurecht. Dann nahm sie sie aus der Wiege und setzte sich mit ihr auf den Bettrand. Hier war, wenn auch feucht und lästig, ihre einzige Verbündete, und ihnen beiden drohte Gefahr. Als sie dann nachts neben Nick lag und wach blieb, während er schlief, war ihr zumute, als lagerte sie neben einem Tiger. Sie wagte keine Bewegung, aus Angst ihn zu wecken. Was soll ich tun? fragte sie sich immer wieder und starrte ins Dunkel. Was soll ich nur tun?

»Aaaaaaaah!«

»O Gott! Was ist los? Wach auf, wach auf, Jane, du träumst!« sagte der erschrockene Geoffrey und rüttelte seine Frau aus dem Schlaf.

»Wer ist das? Wer ist das?« Sie setzte sich pfeilgerade auf in ihrem hauchdünnen Nachthemd.

»Nur ich, Liebling, nur dein alter Geoffrey.«

»Faß mich nicht an! Geh fort mit deinen Händen, Mörder!«

So schnell wie sie emporgeschossen war, tauchte sie wieder unter die Decken – sie war gar nicht richtig wach gewesen.

Aber Mr. Geoffrey Seymour starrte weiter ins Dunkel, wie Kitty, und fragte sich, wie sie, was er denn in dieser Sache tun sollte.

8

Nick und Kitty waren bei weitem nicht das einzige junge Ehepaar, dem die Verpflichtung oblag, den Sonntagnachmittag bei den Eltern zu verbringen.

In der ganzen Stadt wurden Kinder in Beförderungsmittel gesetzt oder fest an die Hand genommen, um den Großeltern, gewöhnlich mütterlicherseits, einen Besuch abzustatten. Mit energisch zurückgebürstetem Haar und gereinigten Nasen und Mündern zogen sie zwecks Familienzusammenkunft in ihren Sonntagskleidern los.

Die erwachsenen Begleitpersonen zeigten dabei nur selten eine festliche Miene. Vielleicht mußte man zu früh nach dem besten Mittagessen der Woche aus dem Haus gehen, vielleicht belastete sie schon im voraus die Anstrengung, die es kosten würde, den Besuch glatt verlaufen zu lassen, oder vielleicht empfanden sie bloß jenen machtlosen Groll, den die Unterwerfung unter ungeschriebene Gesetze mit sich brachte.

Es war ein schöner, aber kalter Tag. Miß Baby saß im Kinderwagen und beobachtete von ihrem günstigen Aussichtsplatz aus interessiert, wie der Wind einen Zug weißer Wolken herüberwehte. Sie trug eine unter dem Kinn gebundene flaumige Haube und war ausnahmsweise einmal untadelig sauber. Und sogar das mißfiel ihr nicht; wahrscheinlich wußte sie noch von der vorigen Woche her, daß sie irgendwo hinging, wo sie der Mittelpunkt der allgemeinen Aufmerksamkeit sein würde, ohne erst dafür brüllen zu müssen.

Ihre Mutter schob den Kinderwagen, ihr Vater ging daneben her, wobei ihm sein Hund Fly nicht von der Ferse wich. Dieses kleine Wunder – denn Fly war außer dem Routinebesuch in den Hof heute noch nicht draußen gewesen und steckte folglich so voll latenter Energie wie eine fest zusammengebundene Feder – nahm ihr Erzieher ohne viel Aufhebens hin; die natürliche Autorität, die er bei seinem Liebling genoß, und die Geduld, welche er bei der Abrichtung gezeigt hatte, wurden eigentlich viel zuwenig gewürdigt. Der Militärdienst hatte seinen Brustkasten entwickelt und seinen Rücken gestreckt – er sah zwar etwas vernachlässigt aus, aber zäh.

Kitty jedoch hatte das Mittagessen kochen und Baby präsentabel machen müssen und hatte sich dabei völlig verausgabt. Sie sah ebenso unordentlich aus wie Nick, was sie nicht hinderte, im raschen Gehen einen kritischen Seitenblick auf ihn zu werfen und ihn zu tadeln.

»Du hättest einen anderen Pullover anziehen sollen, nicht diesen alten, dreckigen.«

»Sei so freundlich und schaue einmal dich an!« erwiderte Nick. »Wie aus dem Lumpensack herausgefischt siehst du aus.«

»Was kann ich dafür, wenn ich kein Geld für neue Kleider bekomme?«

»Du könntest die alten einmal aufbügeln oder?«

Kitty biß sich auf die Lippe und sagte böse: »Ich bin zu müde, um auch nur daran zu denken. Ich weiß, daß ich scheußlich aussehe. Reen sagte es auch.«

Nick legte die Hand auf den Griff des Kinderwagens, der geschwankt hatte. Er betrachtete seine Frau noch einmal und bemerkte: »Ich mach mir gewöhnlich nichts aus dem, was Reen sagt, aber wo sie recht hat, hat sie recht. Du siehst aus, wie wenn du sechs kleine Kinder hättest, nicht bloß das eine.«

»Reen meint, ich sollte sie in die Kinderkrippe stecken.«

»Du meinst in einen Kindergarten? Und was hast du gesagt?«

»Daß ich nicht will.«

»Brav. Hör mal, Kit, ich weiß, daß das Geld knapp gewesen ist. Ich bin ja auch nicht der Tony; ich bekomme zu meiner Lohntüte nicht extra noch Trinkgelder. Weißt du, was er für seinen letzten Anzug ausgegeben hat? Dreißig Pfund!«

»Der prahlt dir nur was vor!«

»Nein. Er hat mir die Quittung gezeigt.«

»Dann solltest du auch Kellner werden. Warum nicht?«

»Das liegt mir nicht. Nein, ich bleib schön bei meiner Arbeit, bis sich das Richtige findet. Aber ich werde einige Überstunden machen – was hältst du davon? Dann kannst du dir ein paar Sachen kaufen und dich ein wenig herrichten. Ein Lippenstift kostet nicht viel; dir wäre schon wohler, wenn du einen ordentlichen Mund hättest. Und wenn wir schon davon reden – warum läßt du dich nicht von Reenie frisieren, wenn wir heute dort sind?«

»Mutter trifft der Schlag – es ist doch Sonntag!«

»Ja, in Dreiteufelsnamen, ist es denn ein Verbrechen, sich am Sonntag den Kopf zu waschen? So was habe ich im Leben nicht gehört!«

»Du kennst doch Mutter. Aber wenn du willst, werde ich Reen doch bitten, schon damit die Zeit rascher vergeht.«

»So ist's recht! Komm, laß mich jetzt den Wagen schieben; es sind nicht viel Leute auf der Straße, und du bist ja schon müde.«

Sie wechselten den Platz, und Nick schob den Wagen mit fröhlich großtuerischer Miene, um deutlich zu zeigen, daß es ihm nichts ausmachte. Fly ging so dicht hinter ihm her, als hinge sie an einer kurzen Leine.

Dadurch wurde das Tempo beschleunigt, und sie waren bald bei der Villa Cluny angelangt, einem kleinen, pedantisch korrekten, schachtelartigen Haus an der Ecke einer Straße, die aus vielen Paaren ganz gleich aussehender Wohnhäuser bestand. Nur eines unterschied die Villa Cluny von ihren Nachbarn: sie war so aufreizend untadelig gehalten, daß sie wie ein wunder Punkt aus der Masse hervorragte. Jeder einzelne Ziegelstein war rot gestrichen, mit einem weißen Rand, der Verputz war schneeweiß, der Anstrich leuchtend grün. An der Tür hing eine makellose Kupferplatte mit den Worten:

THOS. BONE
Maler und Anstreicher
Auf Wunsch Kostenvoranschläge

Eine weitere Abweichung von der Norm war, daß die Villa Cluny einen großen Hinterhof hatte, in dem die Leitern und Schubkarren, welche zu Thos. Bones Handwerk benötigt wurden, untergebracht waren. Auch sie standen ordentlich in Reih und Glied, und da gab es auch noch einen wie aus dem Ei gepellten Schuppen, der zweifellos die dazugehörigen Farben und Pinsel enthielt.

Nick schob den Kinderwagen in den Hof; bevor er ihn aber vor der Hintertür aufstellte, fuhr er damit noch ein Stück weiter, blieb dann jählings stehen und starrte hinauf zu einem Fenster im ersten Stock.

»Ist das Master Eds Schlafzimmer?«

»Ja, natürlich. Was interessiert dich das?«

»Merkwürdig. So eine nette dicke Röhre. Ich könnte da ganz leicht hinaufklettern.«

»Was meinst du eigentlich, Nick?«

»Ach nichts. Klingel mal.«

Kaum hatte Kitty den Daumen auf die Glocke gedrückt, kam Mrs. Bone auch schon zur Tür. Nach einer alle einschließenden Begrüßung, die aber doch zweierlei Herzlichkeitsgrade erkennen ließ, begannen sie und ihre Tochter, das Baby auszupacken. Mrs. Bone wies mit ihrem scharfen Kinn in die Richtung des Hauses.

»Geh hinein, Nick. Vater ist im Wohnzimmer. Und vergiß nicht, dem Hund auf der Fußmatte die Pfoten abzuputzen.«

Nick war somit entlassen. Gefolgt von Fly, betrat er einen so engen und blendendweißen Gang, daß er einem wie ein Tunnel durch einen Eisschrank vorkam. Er ignorierte die Anweisungen seiner Schwiegermutter in bezug auf Fly, blieb aber einen Augenblick stehen, um seinen Regenmantel an einen der schwarz angestrichenen Emailhaken aufzuhängen, bevor er den Verdauungsschlaf seines Schwiegervaters störte.

Obwohl er sich notgedrungen den größten Lehnsessel des Raumes ausgesucht hatte, konnte auch dieser Thos. Bone nicht gerecht werden. Der Mann füllte jeden Winkel und Spalt derartig aus, daß es schien, als wären der Chintz des Stuhles und die Serge des eigenen Anzugs unlöslich zusammengeschweißt. Andererseits gehörte er gar nicht hinein und stand – ein großartiger Steinblock – in sehr merkwürdigem Kontrast zum selbstgewählten dekorativen Rahmen: der zarten weißen Decke, einem schimmernden Bildrahmen, den leuchtenden Tapeten. Es entstand der Eindruck, als hätte sich ein Bergfelsen in diesen Salon verirrt und sich's hier zu einem Nachmittagsschläfchen bequem gemacht.

Ein stattlicher Mann, gewiß, aber ohne auch nur eine Unze überflüssigen Fetts. Nie brachte er seine Muskeln in Gefahr, sich zu verflüchtigen. Er war zu schwerer Arbeit vorausbestimmt, wie andere zum Reichtum. Er konnte von sechs Uhr früh bis zwölf Uhr nachts arbeiten und am folgenden Tag um sechs für eine neue Dosis der gleichen Medizin bereit sein. Er war die Art Mann, die Klaviere oder Billardtische von einem Platz auf den anderen schiebt, als wären es Gewürzständer.

Er war im weiten Umkreis als unermüdlicher Arbeiter und ausgezeichneter Handwerker bekannt. Eigentlich hätte er es zu einem Vermögen bringen sollen, doch wurde daraus nichts, weil er jede Leistung ausschließlich durch eigene Kraft vollbringen mußte. Unter einem Herrn konnte er nicht arbeiten, weil er sich nichts befehlen ließ, und Gehilfen konnte er sich nicht halten, weil deren Arbeitsqualität niemals die seine erreichte.

Er liebte seinen Schoppen und war so gutmütig, wie es eben ein Individualist sein kann.

Ein gewaltiger Mann, wie es einst viele in England gab – jetzt so ausgestorben wie der Brontosaurus, und vielleicht aus dem gleichen Grund.

Und um dem Ganzen die Krone aufzusetzen, war er ausgesprochen taub.

Thos. Bone hatte die Augen geschlossen. Seine fleischige Hand hielt die gefaltete Zeitung auf seinen riesigen Schenkeln fest. Nun weckte ihn das eigene Schnaufen, und auf das Schnaufen folgte ein Grunzen, als er sah, daß er einen Gast hatte und daß dieser Gast Nick war. Er hatte für den Schwiegersohn so viel überschwengliche Gefühle, wie man sie einem unentbehrlichen Objekt – im Gegensatz zum Luxusgegenstand – entgegenbringt.

»Hm, da bist du also. Nun, setz dich und mach dir's bequem.«

Er sprach im ziemlich lauten und modulationslosen Ton eines Mannes, der sich selbst nicht hört.

Nick rückte einen Stuhl zur anderen Seite des Kamins heran, und Fly setzte sich neben ihn, ihr Hinterteil unter dem Speisetisch mit den gewölbten Füßen.

»Wie steht's drüben bei euch?« fragte Mr. Bone gähnend.

Nick antwortete mit einem Schulterzucken; es war der einfachste Ausweg.

»Ich höre von einem Mord, dort, auf eurer Seite«, sagte Mr. Bone nach einer Weile. Er tappte mit seinem schwieligen Daumen auf die Sonntagszeitung. »Das hier ist der richtige Platz für Morde, woanders wollen wir sie nicht haben. Wenn Kitty abends ausgehen muß, gehst du mit ihr, verstanden?«

Sein Schwiegersohn nickte.

»Den Hund hast du auch mitgebracht? Ein komisches Tier ist das. Dünn wie eine Bohnenstange. Was willst du mit so einem Hund anfangen?«

»Das ist schon richtig so«, sagte Nick, zu einer Antwort angestachelt, da er Fly nicht beleidigen lassen konnte. »Fly ist reinrassig. Sie soll so dünn sein. Sie hat ein fabelhaftes Tempo, fast so schnell wie ein Windhund.«

Mr. Bone hatte kein Wort gehört; er folgte seiner eigenen Gesprächslinie.

»Ich habe für Hunde nichts übrig. Dumme Biester. Ich mache einer Dame eine wunderschöne Tür. Ordentlich gekörnt – nicht mit so einem scheußlichen Aufputz, wie die Leute sich das heutzutage gefallen lassen. Ein anständiges Körnen will gelernt sein. Ich habe es mir selbst beigebracht, bei Nacht. Na, und was geschieht? Die Frau vergißt den verdammten Hund im Zimmer, und weil der hinaus will, zerkratzt er ihr in seiner Wut die ganze Tür. Daraufhin läßt sie mich holen – ich soll es ihr nochmals machen.«

Er rieb sich sinnend das Kinn; für einen weniger schwieligen Finger hätte sich das wie Schmirgelpapier angefühlt.

Schweigen.

»Nun, und was hast du getan?« brüllte ihm Nick schließlich zu.

»Was ich getan habe? Haha! Ich wurde taub, das habe ich getan. Trotz aller Mühe konnte ich sie nicht verstehen.

Also hat sie es zum Schluß aufgegeben, und ich durfte gehen. Solche Arbeiten mache ich nicht, damit sie dann zerkratzt werden. Von Hunden zerkratzt!«

Der Gegenstand war erschöpft. Mr. Bone grübelte einige Minuten, dann legte er wieder los: »Wie geht's bei der Arbeit?«

»Soso.«

»Was?«

»Soso«, brüllte Nick.

»Ah, du solltest einen richtigen Beruf haben. Du hättest in die Lehre gehen sollen. Auf dieser Welt ist kein Platz für Halbfähige. Das sage ich auch Ed immer wieder. Du hast dir's ausgesucht, sag ich, du und die Dummköpfe, deine Lehrer. Schön, dann sieh zu, daß du weiter kommst damit. Steck die Nase in die Bücher, bis du alles weißt.«

»Wie steht's mit seinem Militärdienst?« schrie Nick.

»Wie? Ach. Militär. Die nehmen unseren Ed nicht. Der ist ja nichts als Haut und Knochen. Alle drei gleich; keiner ist mir nachgeraten, alle nach der Mutter.«

Die wegen der angeborenen schwachen Konstitution ihrer Kinder angekreidete Mrs. Bone stand inzwischen in der Küche und machte eifrig Butterbrote. Sie war von einer Menge leerer, mit je einem Papierdeckchen geschmückten Teller umgeben.

Kitty sah ihr zu, dankbar, einmal der Pflichten der Nahrungsversorgerin enthoben zu sein. Miß Baby saß fest in Kissen eingekeilt auf einem anderen Stuhl. Auch sie beobachtete den Vorgang befriedigt und voller Interesse. Mrs. Bone schnitt das erste Stück Brot ab und entledigte es der Kruste. Dann erhob sie sich, band ihrer Enkelin eine Serviette vor und überreichte ihr den Leckerbissen. Miß Babys Faust schloß sich darüber, sie quetschte ihn freudig zusammen und führte ihn schnurstracks zum Mund.

»Das schmeckt ihr«, kommentierte Mrs. Bone wohlwollend und nahm ihre Beschäftigung wieder auf.

Mrs. Bone war dünn wie ein Rechen, aber sie war eine gute Hausfrau und eine wunderbare Köchin. Paradoxerweise trugen ihre Tugenden auf diesem Gebiet die Schuld an der Unfähigkeit ihrer Töchter. Sie wollte nie dulden, daß sie etwas schlechter machten, was sie selbst besser tun könnte, und das Ergebnis war, daß keine der beiden auch nur ein Ei zu kochen verstand. Als sich Nick vor die peinliche Notwendigkeit gestellt sah, Kitty zu heiraten, hatte er einigen Trost in der Erinnerung an bei Bones genossene Mahlzeiten gefunden; da sollte er böse Enttäuschungen erleben.

Mrs. Bone hatte jedoch noch andere, nicht so lobenswerte Eigenschaften. Sie war zwar tüchtig bei der Zubereitung der Nahrung und in allen häuslichen Arbeiten – davon abgesehen aber die geborene Sorgen- und Jammerliese.

Es war ein Glück für Thos. Bone, daß er taub war und überdies genug Humor besaß, um aus diesem Gebrechen das Beste herauszuholen.

Mrs. Bones bläuliche, stäbchenförmige Finger flogen hin und her, und der Butterbrotberg wuchs wie durch Zauberkraft.

»O-Gott-o-Gott, Kitty«, klagte sie, ohne deshalb ihr

emsiges Streichen zu unterbrechen, »wie machen wir's nun? Warum mußtest du Nick mitbringen? Hat dir Reenie denn nicht gesagt, daß ich mit dir allein sprechen wollte?«

»Tja, ich konnte es nicht verhindern. Er wollte mitkommen.«

»Dann muß ich es eben hier tun, während er drinnen beim Vater sitzt. Ich hätte mir nie träumen lassen, daß mir seine Taubheit einmal recht sein würde, aber momentan ist das wirklich Glück im Unglück. Wenn er wüßte, was um ihn herum vorgeht, würde er losschlagen wie ein Boxer. Ich weiß nicht, was er deinem Nick alles antun könnte. Ach Gott, ich muß noch Butter zerlassen.«

»Was hast du denn für Sorgen, Mama?«

»Hast du nicht davon gehört? Die alte Mrs. Fitch trottet überall herum und deutet an, daß Nick in der Stadt war, damals, in der Nacht, als die arme Gertie Maggs ums Leben kam. Sie sagt, sie hat ihn nach Hause kommen gehört. Und als dann jemand erzählt hat, daß Sam Brent bei euch war, da wußten wir schon gar nicht mehr, was wir denken sollten. Reen und ich. Ach, du armes Kind, hättest du ihn bloß nicht geheiratet, immer wieder wünsch ich's mir.«

»Damals lag dir aber ziemlich viel daran«, sagte Kitty schmollend.

»Damals mußte man auf dieses liebe, unschuldige Kindchen Rücksicht nehmen«, sagte Mrs. Bone kummervoll, indem sie mit der Spitze ihres scharfen Messers auf Miß Baby hinwies. Die strahlte sie mitten in ihrem Buttergenuß selig an.

»Nun, das gilt noch immer – oder nicht?« sagte Kitty.

»Ja. Und wie ich schon zu Reenie sagte, er ist dein Mann, was immer kommen mag. Du weißt ja, wie es heißt. Kitty: ›In Freud und Leid . . .‹«

»Bis daß der Tod uns scheidet«, schloß Kitty mit einem eigentümlichen Blick.

»Kitty, wenn du weißt, daß er außer Haus war, wirst du es dem Wachtmeister sagen müssen. In der Bibel steht nicht, daß die Frau lügen muß, um ihren Mann zu schützen.«

Zwei weitere Butterbrote fanden ihren Platz auf dem zweiten Teller.

»Wer sagt, daß ich lüge?«

»Niemand. Aber es könnte sein. Ich weiß, daß du ihn liebst. Aber du mußt auch an dich denken, mein Kind. Wer weiß, ob es ihm nicht einmal in den Sinn kommt, dir und Baby etwas anzutun.«

Jetzt brachen Kittys Abwehrkräfte zusammen. Ihre Unterlippe hing schlaff, und sie sagte in einem plötzlichen Verzweiflungsausbruch: »Oh, Mutter, könnte ich ihn nicht verlassen und zu dir nach Hause kommen?«

»Wie stellst du dir das vor? Da ist doch kein Platz. Nun ja, du könntest dich zur Not mit Reenie zusammenzwängen, wie früher, aber das Bett habe ich fortschaffen lassen, und sie hat alles umgeräumt, nach ihren neumodischen Ideen. Es wäre ihr nicht recht. Und unser Schätzchen hier, dein Baby? Wo soll es schlafen? Das kann niemand mehr von mir verlangen, in meinem Alter, daß ich mich wieder mit kleinen Kindern abmühe – das würde meine Gesundheit ja gar nicht aushalten. Und ich müßte deinem Vater irgendeine Geschichte erzählen.«

»Ach, du brauchst dir nicht noch mehr Ausreden auszudenken; ich sehe schon, daß ich bleiben muß, wo ich bin.«

»Wir müssen eben Gott um Rat bitten in unseren Gebeten.«

»Die Leute sollen nicht wissen, wie schlecht es mit Nick und mir steht – das ist deine Hauptsorge, nicht wahr?«

Zwei weitere Butterbrote – jetzt war der zweite Teller voll. Mrs. Bone erhob sich und begann, von mehreren Dosen, die ihr verschiedenes Backwerk enthielten, die Deckel abzunehmen. Ihre Finger flogen und zauberten allerlei Küchlein, Marmeladenplätzchen und anderes schottisches Backwerk auf die Papierdeckchen. Sie hielt einen großen Rosinenkuchen zwischen den dünnen Händen und sagte: »Ich habe kein Verlangen, in Schimpf und Schande vor der ganzen Kirchengemeinde zu stehen, aber wenn du wirklich glaubst, daß du eine Gefahr läufst, Kitty, dann mußt du eben doch nach Hause kommen, und ich werde meinen Stolz überwinden.«

Sie stellte ihren Kuchen nieder, und Kitty sah verwundert, wie ihm zwei Tränen nachfolgten und auf dessen mandelbestreuter Oberfläche liegenblieben.

»Wein nicht, Mutter, es wird mir nichts geschehen. Da, das Wasser kocht. Ich mach den Tee, ja?«

»Nein, laß das sein. Gib mir die Teekanne, du wirst wieder vergessen, sie erst anzuwärmen. Wisch Baby den Mund ab und trag sie ins andere Zimmer. Du könntest auch Reenie rufen; sie kann mir auftragen helfen. Und sag ihr, sie soll bei Ed klopfen. Er wird sich bei seiner Arbeit wohler fühlen, nachdem er einen Bissen gegessen und seinen Tee getrunken hat.«

Bald war das saubere Häuschen voll Bewegung und Lärm. Irene kam die Treppe heruntergelaufen, umarmte flüchtig ihre Schwester und begann, die Teller aus der Küche ins Wohnzimmer zu tragen. Mrs. Bone legte das Tischtuch auf, und Nick überließ Fly vertrauensvoll sich selbst und folgte Irene in die Küche. Wenn Irene vielleicht ihren Schwager des Mordes verdächtigte, schien sie das jedenfalls nicht weiter zu stören. Ebenso wußte sie auch, daß Ralph Ingram ein Verführer war – Reenie nahm harte Tatsachen auf die leichte Schulter. Als Nick sie zu seiner Party einlud – auf das Wort legte er großes Gewicht –, war sie geneigt, abzulehnen, und ließ sich erst überreden, als sie hörte, daß auch Ralph kommen sollte.

»Gestern abend brachte er mich nach Hause« – sie kicherte. »Ein Glück, daß er eine Hand zum Steuern brauchte.«

»Ach der! – Hör mal, Reen, für Kit ist es oft recht langweilig zu Hause; du solltest sie öfter besuchen.«

»Ich bin aber nicht gern gesehen, hab ich das Gefühl«, sagte Irene und warf trotzig den Kopf zurück. »Na gut, ich werde . . . He! Was zum Teufel geht da drinnen vor?«

Im Wohnzimmer tobten allerlei wirre Geräusche, die nur auf eine Katastrophe hindeuten konnten.

Eine Frau schrie, ein Mann fluchte, ein Hund kläffte und ein Baby kreischte. Nick stürzte über den Korridor ins Zimmer und erfaßte sofort die ganze Situation: die Schwiegermutter mit an den Mund gepreßter Hand, seine Frau, die Miß Baby an sich drückte, Thos. Bone – Fels in Menschengestalt –, dessen Riesenhand Flys Halsband umklammerte und, an die gegenüberliegende Wand gedrückt, den Urheber des ganzen Aufruhrs, einen hoch aufgeschossenen, vor Schrecken gelähmten Jüngling.

»Du! Laß meinen Hund los!« brüllte Nick, indem er schnurstracks auf Fly und deren Bezwinger losging.

»Sie hat Ed angesprungen«, sagte Kitty.

»Ich kann Hunde nicht ausstehen«, stammelte Ed. »Es ist weiter nichts – nur kann ich Hunde eben nicht ausstehen.«

»Ach! Was für ein Theater!« warf Irene von der Tür aus ein.

»Du hältst den Mund, Reen, du warst nicht dabei.«

»Er hätte gebissen werden können«, klagte Mrs. Bone. »Bist du sicher, daß du keine Hautabschürfung hast, Ed?«

»Führ den verfluchten Hund hinaus«, sagte Thos. Bone. »Nichts als eine Belästigung! Ruinieren einem nur überall den Anstrich.«

»Das brauchst du mir nicht zweimal zu sagen«, schrie Nick wütend. »Und ich gehe auch gleich mit. Deinen feinen Tee und den Kuchen könnt ihr behalten. Aber eines sage ich dir: Die Hunde wissen manche Dinge besser als die Menschen. Das laß dir durch den Kopf gehen, Herr Maler und Anstreicher!«

Er nahm seinen Hund und ging – Ed stand immer noch an die Wand gepreßt. Man hörte, wie Nick seinen Regenmantel vom Kleiderhaken riß, und dann das Zuschlagen der Hintertür.

»Wie heftig er ist! Furchtbar heftig!« hauchte Mrs. Bone.

»Ich kann eben Hunde nicht ausstehen«, wiederholte Ed mit kreideweißem Gesicht.

»Du brauchst dich nicht so läppisch zu benehmen«, bemerkte Thos. Bone mit seiner eintönigen Stimme. »Ein solcher Hund hätte dir nichts getan. Nichts als Haut und Knochen.«

Er warf einen verachtungsvollen Blick auf seinen Sohn und sagte dann: »Mutter, ich möchte jetzt essen.«

Schweigend setzten sich alle zum Genuß der guten Dinge an den Tisch.

Um sechs Uhr sank Miß Baby nach einem stürmisch-freudenreichen Nachmittag in den Schlaf der Erschöpfung. Die übliche Aufbruchszeit war bereits vorüber. Mrs. Bone sollte um halb sieben in der Kirche sein. Kitty hatte sich von Irene ihr Haar waschen und legen lassen; nun war es völlig trocken und bot keinen Vorwand mehr für ein längeres Verweilen. Mrs. Bone hätte aber ungern angedeutet, daß Tochter und Enkelin sich nun auf den Weg machen sollten. Das blieb Thos. Bone überlassen. Da er vom Gang der Ereignisse nicht mehr wußte, als was er selbst miterlebt hatte, empfand er keine Hemmung, seine Gastfreundschaft zeitlich zu begrenzen. Sonntag war der einzige Tag, an dem er nicht arbeitete. Bald würden die Wirtshäuser ihre Tore öffnen, und er würde ausgehen; vorher wünschte er sich noch ein ruhiges Schläfchen beim Feuer. Seine väterlichen Pflichten erfüllte er zwar, liebte aber seine Kinder nicht übermäßig. Die Bevorzugte war Irene; mit ihr blieb er ganz gern zu Hause, weil er wußte, daß sie ebenso selbständig war wie er: keiner der beiden mischte sich in die Angelegenheiten des anderen.

»Komm nun, Kitty, mein Kind«, sagte er mit einem

Blick auf die Uhr. »Es ist Zeit, nach Hause zu gehen. Dein Baby gehört ins Bett.«

»Soll Ed sie nach Hause begleiten?« regte seine Frau schüchtern an.

»Ja, das könnte er tun. Etwas frische Luft wird ihm nicht schaden. Er wird nachher bei seinen Büchern mehr schaffen.«

Mrs. Bone erhob sich. »Ich sage es ihm«, antwortete sie dankbar. »Leg jetzt Baby in den Wagen, Kitty. Und paß auf, mein Kind, hör mich an. Am besten, du vergißt an die heutige kleine Auseinandersetzung. Fang nicht an zu nörgeln wie deine Mutter. Dein Bruder war nicht weniger schuld als Nick. Die Tiere riechen Furcht schon von weitem und fallen gerade die Ängstlichen am liebsten an.«

Als sie, von Ed begleitet, nach Hause ging, entdeckte Kitty zu ihrer Verwunderung, daß ihr Bruder der gleichen Ansicht war.

Obwohl die beiden immer die besten Freunde gewesen waren, schien er ihr gegenüber zuerst eingeschüchtert. Sie dachte, er schäme sich vielleicht, mit einem Baby auf der Straße gesehen zu werden, aber es war ja schließlich finster, und die Leute paßten auch nicht so genau auf.

»Es tut mir leid, Ed«, sagte sie leise, »das . . . das, was da vorhin passiert ist.«

»Was? Ach – das! Hör mal, Kit, nimm Nick die dumme Sache nicht übel. Vater hat recht: Es wäre nichts geschehen, wenn ich nicht so albern gewesen wäre. Ich habe vor Hunden eine Heidenangst, und das spüren sie.«

»Aber du hast doch Fly schon oft gesehen und noch nie solche Geschichten gemacht.«

»Wahrscheinlich, weil ich ein wenig überarbeitet bin. Ich habe seit einiger Zeit furchtbare Kopfschmerzen. Und manchmal meine ich, ich werde verrückt, wenn ich mir soviel auswendig merken muß. Da wirkt sich alles, was man auch sonst empfindet, viel stärker aus. Ich kann es dir nicht richtig erklären – ich wollte, ich könnte es.«

»Mußt du denn soviel arbeiten, Ed? Es kommt einem ungerecht vor, nach all dem Büffeln in der Schule. Jetzt solltest du dich zur Abwechslung ein bißchen amüsieren dürfen.«

»Du weißt ja, wie Vater ist. Er hat mich meinen Beruf wählen lassen, aber jetzt wird er keine Ruhe geben, bis er einen Erfolg sieht. Ich muß bei den Prüfungen durchkommen.«

»Aber das wirst du ja. Natürlich. Du warst immer ein so guter Schüler. Der einzige Kluge von uns dreien.«

»Weißt du, Kit, in der Schule klug sein – und draußen in der Welt, das ist zweierlei. Ich habe Angst, zu versagen.«

»Du kommst mich auch gar nicht mehr besuchen!«

»Meine ganze Zeit ist ausgefüllt mit Abendkursen und dem Studium; und nach der Tagesarbeit im Büro bin ich schon todmüde. Außerdem fürchte ich mich vor Fly.«

»Ich werde sie in der Spülküche einsperren, wenn du kommen willst.«

»Nein, jetzt geht es schon gar nicht, nach der Szene. Nick würde toben.«

»Du steckst zuviel allein in deinem Zimmer. Das kann dir nicht guttun.«

»Ich kann immer fortgehen, wenn ich will. Tatsache ist . . . nun, nichts.«

»Man muß sich doch aus dem Leben auch ein bißchen Spaß holen.«

»Ja, das stimmt. Ich kann mich einfach nicht so vollkommen ausschließen. Wirklich nicht.«

»Dann komm heute mit herein. Was Nick sagt, ist mir ganz egal.«

»Nein, das geht nicht. Aber ich führe dich bis zur Tür. Vater hat mich im Flur extra darum gebeten. Ich sollte es unbedingt tun, meinte er.«

»Da dachte er sicher an Miß Maggs?«

»Ja, wahrscheinlich hatte er das im Sinn. Aber du sollst dich darüber nicht aufregen. Kit. Du bist ja in Sicherheit. Nick wird jetzt schon zu Hause sein.«

»Ja«, antwortete sie freudlos. »Nick wird zu Hause sein.«

9

Warte, Nick, laß uns die Sache mal klarstellen«, sagte der Sekretär. »Sam Brent, der alte Hund, verlangt von uns eine Liste mit unseren Namen, wo draufsteht, was jeder zwischen zwölf und zwei getrieben hat, in der Nacht, wo es die Gertie Maggs erwischt hat.«

»Stimmt.«

»Gut. Ich reiß also die Mittelseiten aus diesem Heft heraus, schreib die Namen hin und laß sie zirkulieren. Dann könnt ihr der Reihe nach eure Geschichte druntersetzen.«

»Ich bin ganz sicher, daß er dazu kein Recht hat«, sagte Ralph Ingram hitzig. »Ich schlage vor, wir lassen die Sache laufen und ignorieren sein Ersuchen vollkommen.«

»Die Frechheit sieht ihm ähnlich«, sagte Ginger.

»Einen Dreck kümmert sich dieser Sam Brent um Recht oder Unrecht«, sagte George Fish. »Seht doch nur, wie er uns mit dem Klub übers Ohr gehauen hat.«

»Wenn Ginger nicht die Whiskeyflasche von Tony im Schrank stehengelassen hätte, wäre alles in Butter gewesen«, sagte Ben. »Mit der Miete waren wir genau auf die Minute pünktlich.«

»Konnte ich denn wissen, daß der alte Springer herumschnüffeln würde?« fragte Ginger. Sein Gesicht war so rot wie sein Haar. »Es war *unser* Lokal, das er *uns* vermietet hatte. Da gab's überhaupt keine Ausrede dafür, daß er heruntergekommen ist. Und irgendwo mußte die Flasche doch stehen. Ich hätte sie keinem von euch anvertraut.«

»Alle für einen, und einer für alle.«

»Das wäre aber alles für einen gewesen«, erwiderte Ginger schlagfertig. »Und darum wurde sie eben gelassen, wo sie war.«

»Es war eine abgekartete Sache«, sagte Tony. »Brent hat den Springer aufgehetzt.«

»Natürlich.«

»Einen Vorteil hat unsere Sitzung hier«, sagte Mac. »Wir brauchen nichts zu zahlen. Ich finde, wir sollten unseren Beitrag zum Teil zurückbekommen.«

»Sieht dir ähnlich!« sagte der Kassierer.

»Es ist ganz gut hier«, sagte George Fish. »Und nett von Nick. Nur ein bißchen eng.«

Das war eine simple Untertreibung. Die Jungs waren in Nicks Küche aneinandergepreßt wie Sardinen in ihrer Büchse. Kitty hatte sich bemüht, ein wenig aufzuräumen; die Windeln und anderes Babyzubehör waren in das Schlafzimmer verfrachtet worden, in das sie und Irene sich zurückgezogen hatten, während die Jungs sich miteinander berieten. Aber die Küche war niemals für eine derartige Versammlung gebaut worden, und nun saßen sie eng um den Tisch gezwängt, teilten sich die Stühle und kämpften um etwas Ellbogenfreiheit.

Ralph Ingrams Plattenspieler, den er und Tony am Morgen aufgestellt hatten, ragte aus einer Ecke in den Raum. Sie hatten dem Mann aus dem Radiogeschäft eine Kleinigkeit bezahlt und ihn den Apparat aus Springers Souterrain in seinem Lieferwagen herbringen lassen.

»Zum Teufel! Behalt endlich deine Ellbogen bei dir!« sagte der Sekretär zu Mac, der neben ihm saß. »Ich soll doch die verdammte Liste schreiben.«

»Ich dachte, wir wollten nichts damit zu tun haben«, sagte Tony.

»Paßt mal auf«, sagte Nick. »Brent wird uns keine Ruhe lassen, bis er sie hat. Vielleicht hat er kein Recht, sich seine Informationen auf diese Art und Weise zu besorgen, aber bestimmt ist er bei einem Mordfall befugt, wen er will auszufragen. Es ist eure Sache, aber wenn ihr mich fragt, ist es noch immer besser so, als daß er bei euch zu Hause herumspioniert oder im Geschäft eures Chefs fragt, ob er euch einen Augenblick sprechen dürfte.«

»Wenn er bei uns nur anklopfen sollte, fliegt meine Mutter schon durch die Decke«, bemerkte Alex schlicht.

»Meine auch«, sagte Ben.

»Man sollte die Wichtigtuer nicht noch ermutigen, ihre Nasen in Privathäuser zu stecken«, sagte George Fish unsicher.

»Ich habe nichts zu verbergen«, sagte Mac. »Ich war in meinem Zimmer, und wenn er es nicht glaubt, kann ich meine Mutter als Zeugin anführen. Es war gegen Mitternacht, wie sie mich aufgeweckt hat, weil sie sich mein schmutziges Hemd holen wollte, um es mit der übrigen Wäsche einzuweichen.«

»Wieso weißt du denn überhaupt, daß es gerade diese Nacht war?«

»Weil sie pünktlich wie der Glockenschlag jeden Montag ihre Wäsche wäscht. Und ebenso pünktlich vergesse ich jedesmal, mein Hemd hinauszulegen.«

»Reich die Liste herüber, wenn du fertig bist, Jack«, sagte Ginger. »Meine Mutter wird schon ein Wort für mich einlegen, wenn es mir an den Kragen geht.«

»Wenn ihr wollt, gebe ich meinen Vater als Referenz an«, schlug Ralph Ingram vor. »Das wird Brent eine Lehre sein. Obwohl das Ganze mich eigentlich nicht tangiert, da ich außerhalb der Stadt wohne.«

»Die alte Dame mußte doch am Ende eurer Straße vorbei, wenn sie von den Seymours kam«, sagte George Fish. »Oder nicht?«

»Was sind das für Andeutungen?« fragte Tony entrüstet. »Rafe geht das alles nichts an.«

»Warum denn? Er gehört genauso dazu wie alle anderen, auch wenn sein nobler Papa gern beschwören wird, daß Schwarz nicht Schwarz, sondern Blau ist – bloß um die Haut des kostbaren Söhnleins zu retten. Er steht genauso unter Verdacht wie jeder andere. Mehr noch – jeder weiß doch, daß er auf alle Weiber fliegt.«

»Dafür werd ich dich verhauen, du widerlicher Schlachterabfall!« sagte Ralph, indem er sich von seiner Stuhlhälfte erhob und über den Tisch hinweg wütende Blicke nach George Fish warf, den er durch die rauchige, muffige Luft kaum wahrnehmen konnte.

»Setz dich, du Idiot«, riet ihm Ben, der auf der anderen Stuhlhälfte saß, und bekräftigte seinen Befehl mit einem Ellbogenstoß in Ralphs Brust, wodurch dieser das Gleichgewicht verlor und, willentlich oder nicht, wieder Platz nahm.

»Nick soll der erste auf der Liste sein«, sagte der Sekretär, »er ist der Boß. Und dann ihr alle der Reihe nach.«

Damit reichte er Nick das Papier und seinen Kugelschreiber.

»Hoffentlich hast du ein Alibi, Nick«, sagte Ginger.

»Ich war zu Hause, und Kitty kann es bezeugen«, antwortete Nick mit über das Blatt gebeugtem Kopf.

»Deine Frau kann ohnehin nicht gezwungen werden, gegen dich auszusagen«, bemerkte Ralph.

»Aber es kann sie wohl nichts hindern, *für* mich auszusagen, nehme ich an?«

»Nur zählt es nicht recht mit, natürlich. War niemand sonst im Haus?«

»Omama Fitch führe ich nicht als Zeugin an. Wenn Ehefrauen nicht gelten, dann wohl auch nicht Irrsinnige.«

»Schade, daß euer Baby noch zu jung ist«, sagte Ben.

»Wie wär's mit Fly?« sagte Ginger. »Wo ist sie übrigens? Man hört sie gar nicht.«

»Sie liegt in ihrer Kiste in der Spülküche. Ich habe ihr ausnahmsweise einen Knochen gegeben. Er wird ihr zwar das Maul ruinieren ... Da – jetzt bist du dran, Jack.«

»Schön. Mein Schlafzimmer ist unterm Dachboden. Ich kann keinen Zeugen anführen. Höchstens die Treppe, die knarrt teuflisch bei jedem Schritt.«

»Das beweist nur, daß du versucht hast, hinunterzukommen, ohne bemerkt zu werden.«

»Ach! Sorg dich nicht, Kamerad», sagte Ben. »Immer ist es zum Schluß das stille, kleine Männchen gewesen. Der, der im Winkel sitzt und kein Wort sagt. Das ist also Alex.«

Alle lachten – außer Alex.

»Ich sagte es euch schon: Ich schlafe mit meiner Schwester. Ich meine, im gleichen Zimmer.«

»Und ich schlafe mit dem verdammten Polen, wenn es darum geht«, brummte Tony. »Schlimm genug!«

»Der würde nicht wissen, ob du da warst oder nicht«, sagte Ralph. »Er ist immer dreiviertel besoffen. Übrigens ein elender Barmann. Warum fragt Brent nicht ihn aus, wenn er auf der Suche nach einem Verdächtigen ist?«

»Weil Tony sein Alibi ist, verstehst du das nicht?«

»Fishs Äußerung, vorhin, hat mir nicht gefallen. Aber ich muß zugeben, daß er in einem recht hatte: Die Maggs kam aus der Richtung des Seymourschen Hauses, als sie attackiert wurde. Das heißt – falls sie wirklich attackiert wurde. Ich kann mir nicht denken, wie man auch nur das jemals mit Sicherheit feststellen könnte.«

»Natürlich wurde sie attackiert«, sagte Nick kurz.

»Wieso weißt du das, zum Teufel?«

»Es wurde nie bezweifelt. Und kam auch bei der Untersuchung heraus – oder nicht?«

»Ja, ich weiß, der Arzt stellt es so dar, daß sie gerannt und vor Angst gestorben ist. Aber sie kann sich ja auch ohne einen bestimmten Grund gefürchtet haben. Meine Leute waren an dem Abend bei derselben Party wie die Seymours, und mein alter Herr sagt, Geoffrey Seymour war betrunken. Nehmen wir an, er wäre ihr nachgelaufen, um sie nach Hause zu begleiten. Vielleicht hörte sie jemanden hinter sich und setzte sich in Trab, weil sie nicht wußte, wer es war. Wie wär's mit dieser Theorie?«

»Warum sollte sie dann beim Laternenpfahl gestürzt sein und Verletzungen an den Schultern haben, wo sie doch aufs Gesicht gefallen ist?«

»Wenn Nick so gut unterrichtet ist, denke ich gar nicht

daran, ihm zu widersprechen. Ich wollte nur darauf hinweisen, daß es eine Menge Möglichkeiten gibt, ohne daß wir unbedingt hineingezogen werden.«

Mittlerweile war die Liste ziemlich rasch von Hand zu Hand gegangen; es war ja auch nicht viel einzufügen. Jack hatte Rubriken mit den Titeln »Wo« und »Zeuge« vorbereitet. Bei Ginger hieß es lakonisch: »Bett. Mutter.«

Nachdem sich alle eingetragen hatten, ging das Blatt an Nick zurück. Der warf einen flüchtigen Blick darauf und sagte: »Demnach sind wir offenbar alle zu Hause gewesen.«

»Wenn ihr mich fragt, ist das Ganze ein Quatsch«, sagte Ginger. »Die Liste taugt nicht soviel wie ein Fetzen Klosettpapier. Und Sam Brent weiß das ganz genau. Er tut das nur, damit wir erfahren, was er denkt, und anfangen herumzuraten, wer von uns hier hübsch vertraulich neben einem Mörder sitzt.«

Das folgende Schweigen unterbrach Ralph mit einer Anregung. »Ich schlage vor, wir rufen die Damen herein.«

Er zwängte sich mühselig heraus, ging zur Schlafzimmertür und öffnete sie weit mit dem Ausruf: *»Entrez, m'mselle et madame.«* Heraus kam Irene, von Kitty gefolgt.

»Mein Gott!« rief Irene, »was für ein Gedränge!«

»Komm her, Reen, setz dich auf meinen Schoß.«

»Platz für unsere Damen!«

»Ich muß jetzt den Kaffee kochen«, sagte Kitty und entschlüpfte in die Spülküche.

»Und ich lege eine Platte auf«, sagte Ralph. »Wir wollen das hier ein wenig beleben.«

»Seht nur, wer da kommt. Unsere gute Fly.«

»Nick!« kreischte Irene. »Du läßt doch nicht den Hund herein – zu der Bande! Vorigen Sonntag ist er auf Ed losgesprungen und wollte ihn in die Hand beißen.«

»Ach, sei ruhig! Du fürchtest dich noch vor dem eigenen Schatten!«

»Nun ja, und Ed ist auch ängstlich. Mein Vater sagt, deswegen ging Fly auf ihn los. Er sagt, Hunde riechen es, wenn jemand Angst hat.«

»Dann laß sie mal hier schnüffeln. Wollen sehen, ob sie bei einem von uns einen Angstgestank bemerkt.«

Die Worte kamen sorglos aus Bens Mund. Aber ihre Wirkung stand in keinem Verhältnis zu ihrem gewichtlosen Inhalt. Augenblicklich verstummten alle Gespräche. Wie unter Alarmbereitschaft unterbrachen die Jungs, was sie gerade taten, während ihre Augen wie von einem Magneten von dem Tier angezogen wurden, das unbewegt auf der Schwelle stand. Eine wilde und verwirrte Haltung verband sich mit Flys Schüchternheit; vielleicht hatte das Knochennagen einige ihrer primitiven Instinkte neu erweckt, oder es erregte sie die Menschenmenge und der Lärm. Sie bleckte ein wenig die Zähne, und in ihren großen Augen fing sich das Licht – jetzt sahen sie wie Lampen aus, grün und gespenstisch. Sie duckte sich wie zum Sprung.

Nick sagte scharf: »Fly! Hierher!«

Sie richtete ihr Hinterteil auf, bewegte sich langsam und widerstrebend in die Richtung von Nicks Stimme und blieb hinter seinem Stuhl stehen. Er sagte: »Setzen!« Ihre Folgsamkeit versagte nur für einen winzigen Augenblick; dann sackte sie in den Hüften zusammen.

Im gleichen Augenblick schien die Krise überwunden, und der Hund war vergessen, ebenso wie das, was seinem Verhalten vielleicht eine tiefere Bedeutung gegeben hätte. Ein plötzliches Getöse fegte wie eine Wasserhose rund um die wiederaufgenommenen Gespräche, als die Grammophonnadel ihren Weg über die erste Tanzplatte aus einem vorbereiteten Stapel ritzte.

»Nehmt euch was zu trinken, Kameraden«, rief Nick, den Lärm übertönend. »Wer Kaffee will, kriegt ihn, sobald Kit damit fertig ist. Hilf ihr mit den Tassen, Reen.«

»Reen ist beschäftigt«, sagte Tony, der sie festhielt. »Sie leistet mir Gesellschaft.«

»*Ein* Mädchen für uns alle«, kommentierte Ben.

»Wenn wir noch in Springers Keller säßen, hättest du nicht einmal so viel.«

»Was ganz gut wäre«, brummte Mac.

Der kleine Alex meldete sich. »Ich helfe dir, Kit, ja?«

Irene kreischte damenhaft auf, weil Tony sie zu kitzeln versucht hatte. Dann fuhr sie sich mit der manikürten Hand über den rubinroten Mund.

»Hände weg von Irene, die gehört mir!« sagte Ralph herrisch, indem er sich seinen Rückweg vom Plattenspieler zum Tisch erkämpfte.

Die heiße Musik schlug mit ihrem Rhythmus mitten in den allgemeinen Wirrwarr. Sie wurde nicht besonders beachtet, und doch war sie da, war der eigentliche Kern ihres Vergnügens. Ihre Grellheit enthob die Jungs der Anstrengung des Denkens. Die ölig zerdehnte Melodie und Betonung beruhigte ihre überreizten Nerven. Für sie war der idiotische Liedertext sinnvoll wie eine Kirchenpredigt. Sie warfen ihre Glieder im Takt hin und her, und er hetzte sie zu allerlei Unfug auf, wie er das schon mit anderen Wilden getan hatte, die ihn als erste erfanden.

Die Saltersche Küche war insofern nicht so günstig wie das frühere Kellerlokal, da sie keine Bewegung gestattete und auch keinen Raum bot, um Karten zu spielen. So mußte sich alle Energie in Schreien und Brüllen verausgaben. Es schien, als ob die Zurückhaltung, die die Erörterung von Brents Ultimatum ihnen zuerst auferlegt hatte, nun durch eine ungeheure Entladung ungehemmten Getöses kompensiert werden sollte. Das Vergnügen – wenn man es so nennen will – wuchs schnell und ungestüm. Es wurde eine Platte nach der anderen gespielt, jede lärmender als die vorangegangene.

Und mitten in diese Klangorgie fiel die Unterbrechung wie die Erscheinung des Steinernen Gastes beim Trinkgelage.

»Rat-a-tat-a-tat-a-tat-a-tat. Rat-a tat-a-tat-a tat-a tat.«

Eine Forderung nach Einlaß – scharf und hartnäckig.

»Es steht jemand draußen«, schrie eine Stimme.

»Das ist nur die alte Fitch«, sagte Kitty mit zitternden Lippen. »Macht nicht auf.«

»Wir sollten doch nachsehen, was sie will«, schlug jemand vor.

»Gut«, sagte Nick. »Mach auf, Alex, du sitzt am nächsten.«

Als Alex aufstand, die Tür öffnete und dahinter stehenblieb, herrschte plötzlich vollkommene Stille.

Da war die alte Frau in einem langen weißen Nachthemd, über das sie einen Wintermantel geworfen hatte.

Die Restchen ihres dünnen weißen Haares waren in Lockenspangen eingedreht, dazwischen war ihr Kopf kahl wie ein Ei. Sie reichte auch dem kleinsten der Jungs nicht bis zur Schulter, und was sie an Umfang zeigte, verdankte sie ihrer Kleidung. Aber sie wurde durch ihren Zorn angefeuert; was sie noch an Zähnen besaß, klapperte vor Wut; und die wilden blauen Augen brannten in den Höhlen oberhalb der kreuz und quer gefurchten Wangen.

»Hinaus mit euch!« keifte sie. »Hinaus aus meinem Haus! Oder ich ruf die Polizei und laß euch auf die Straße schmeißen. Ich konnte kein Auge schließen, – mit diesem Teufelsorchester da, genau unter meinem Bett!«

Dabei drohte sie dem Plattenspieler mit ihrem Handgelenk – einem mit Haut überzogenen Zündholz; es hätte drollig gewirkt, hätte nicht eine so furchtbare Intensität in der Bewegung gelegen.

»Ich lasse mir mein Haus nicht von euresgleichen zum Bordell und zur Räuberhöhle machen. Los! Aufstehen! Und jetzt marsch, rührt euch, bevor ich mit dem Besenstiel über euch komme!«

Sie beherrschte die Burschen, wild wie sie waren, durch die noch gewaltigere Wildheit weiblichen Greisentums. Sie mochten zäh sein, aber sie war zäher. Und bloß weil sie sich schämten, vor der alten Vettel zu kapitulieren, blieben sie, die am liebsten aufgebrochen wären, wie angenagelt auf ihren Stühlen sitzen.

Nur Nick riß sich hoch und sagte zornig: »Das sind meine Freunde. Ich habe sie eingeladen. Sie werden so lange hierbleiben, wie ich will. Es ist unser Zimmer, unsere Wohnung!«

»Ja, die eine Woche noch! Ich kündige euch, samt eurem greinenden Fratz! Und was eure feinen Freunde betrifft – ich würde mir das an ihrer Stelle überlegen und mich nicht in Ihrer Gesellschaft fangen lassen. Herr Meistermörder Nick. Mich können Sie nicht anschwindeln. Ich werde wohl noch das Geräusch meiner eigenen Tür kennen. Ich hörte Sie heimkommen, damals, in der Nacht, als Gertie Maggs umgebracht wurde. Viertel nach eins war es auf der Rathausuhr. Ja, da kann Ihre Frau sagen, was sie will – Omama Fitch kennt die Wahrheit. Und die wird sie unter Eid bei Gericht aussagen, wenn Sie sie so quälen, daß sie nicht schlafen kann. Die arme, alte Fitch muß schlafen ... arme, alte Fitch ...« Der Rest verlor sich in einem Gemurmel.

Sie hatte ihre Macht über die Jungs eingebüßt, ihre Kraft gleichzeitig mit ihrem Gift verausgabt. Jetzt aber – obwohl sie niemand mehr vertrieb – waren sie bereit, zu gehen. Staunen und Bestürzung hatten sich ihrer panikartig bemächtigt. Da waren nun alle Anzeichen eines allgemeinen Aufbruchs; sie gingen hin und her, suchten ihre Mäntel und Regenhüllen und reichten sie einander. Irene fuhr mit den Armen in ihren schweren Mantel, wobei ihr keiner ihrer früheren Kavaliere behilflich war. Kitty stand wie versteinert; sie und Fly starrten mit großen Augen auf die fieberhaften Abschiedsvorbereitungen.

»Ihr wollt doch noch nicht gehen?« fragte Nick. »Ihr werdet doch nichts auf das Geschwätz der alten Hexe geben?«

Das wurde im Chor abgeleugnet.

»Aber nein, Nick, alter Freund – woher denn!« Aber die Vorbereitungen wurden fortgesetzt.

»Es ist ohnehin schon spät«, sagte Ben ein wenig töricht.

»Ich habe meiner Mutter versprochen, zeitig nach Hause zu kommen«, sagte Alex.

»Ich fahre dich in meinem Wagen nach Hause, Irene«, schlug Ralph vor.

»Das tust du nicht«, sagte Nick scharf. »Ich begleite Reenie.«

»Nein«, wehrte Irene ebenso scharf ab. »Ich gehe allein. Ich will keinen von euch haben – besten Dank.«

Während sie sprach, war sie schon halb draußen, nachdem sie die alte Fitch wie einen überflüssigen Regenschirm beiseite geschoben hatte.

»Leb wohl, Reen«, rief ihr Kitty nach. Es klang verzweifelt.

Weg waren sie. Die ganze Strolchenbande war abgezogen und ließ nur die Abfälle des Festes hinter sich, schmutzige Tassen, klebrige Untertassen, zahllose Zigarettenstummel. Zurück blieben nur Gastgeber und Gastgeberin und sahen einander ins Gesicht.

»Alte Kanaille!« sagte Nick. »Jetzt hat sie uns richtig die Party versaut! Ich hab genug! Ich gehe aus.«

Er riß seinen Regenmantel vom Türhaken, schrie seine Wirtin an: »Aus dem Weg, Sie alter Knochenhaufen!« – und trat in die Nacht hinaus.

Stille.

Und durch die plötzliche Ruhe erwachte Miß Baby, die den ganzen Tumult verschlafen hatte. »Oah, oah, oah ...

oah, oah, oah« – sie konnte so rhythmisch greinen wie die Grammophonplatten.

Jede Ausrede, die es ermöglichte, Omama Fitch zu entkommen, war jetzt willkommen, und Kitty floh ins Schlafzimmer, um ihr Kind zu betreuen.

Arme Kit, nicht um ein Schloß möchte ich an ihrer Stelle sein, dachte Irene, als sie raschen Schrittes heimwärtsging. Aber zu einem Angebot, über Nacht bei ihrer Schwester zu bleiben, hatte das Mitgefühl doch nicht gereicht.

Was für eine Szene! dachte sie. Nie wieder lasse ich mich zu einer solchen Party einladen. Die war schon ein Reinfall, bevor die ganze Geschichte zusammenkrachte. Ich wußte ja, daß es keinen Platz zum Tanzen geben würde, aber daß es so arg sein würde, hätte ich nicht gedacht. Nichts als papperlapapp, wie bei einem Mütterverband ... Bei dem Gedanken an eine Ähnlichkeit zwischen einer Frauenvereinigung und Nicks Party mußte sie ein wenig kichern; dann wurde sie gleich wieder ernst und warf einen Blick ringsum, um sich zu vergewissern, daß niemand sie belauscht hatte. Nein, die Straße war offenbar leer ... Nick? Wie stand's um den guten Nick ...? Während sie weitereilte, senkten sich Irenes nachgezogene Augenbrauen; dadurch bekam sie einen sorgenvollen Ausdruck und sah einen Moment ihrer Schwester Kitty ähnlich.

Der Junge saß in der Patsche. Und zwar gehörig. Ob er ein Mörder war oder nicht – jedenfalls würde er da nicht so leicht heil herauskommen. Es war schon schlimm genug, daß die halb verrückte Fitch mit ihrem Geflüster von einem Laden in den anderen ging; man konnte sich das Ärgste denken, mußte es aber nicht unbedingt glauben. Jetzt aber hatte sie sich's in einem Raum voll Zeugen von der Leber gesprochen. Schneller als man eine Haarspange aufmachen kann, würde die Geschichte unter die Leute gebracht werden – oder Irene müßte sich sehr in Nicks Freunden täuschen. Und da war ihre Schwester mit ihrem verschlossenen Gesicht, die kein Wort sagte, die das Ganze ohne aufzubegehren hinnahm. Warum? Weil sie wußte, daß es die Wahrheit war.

Nick war damals nicht zu Hause; und Nick war nicht bei Kasse. Würde denn Kit in so gräßlichen alten Kleidern herumlaufen, wenn sie auch nur einen überschüssigen Penny hätten? Vielleicht ... nun, vielleicht ... es passiert schon mal ein Unglücksfall.

Aber die beiden sollten sich ja nicht einbilden, daß sie sich in der Villa Cluny häuslich niederlassen könnten, wenn sie Ende der Woche hinausgeschmissen wurden! Nur über meine Leiche, dachte Irene.

Halt, was rede ich da zusammen! ... Meine Güte, die Geschichte hat die Leute so verschreckt, daß sich keiner auf die Straße wagt! Die habe ich noch nie so still gesehen, dabei ist es noch gar nicht so spät. Immerhin, besser allein als in einer Gesellschaft, die einem nicht zusagt. Die Frechheit von Nick – bietet sich an, mich zu begleiten! Und dieser Ralph, nein Rafe. Unverschämt, ja, richtig unverschämt. Ich wundere mich ja, daß er mir nicht mit dem Auto gefolgt ist. Gefolgt? Das Wort gefällt mir irgendwie nicht. Ha! Was war das? Ich bin hier nicht der einzige Nachtschwärmer; da ist also doch noch jemand auf der

Straße. Soll ich mal über die Schulter zurückschauen? Nein, damit ermutigt man ihn, wenn einer da ist.

Nur mit der Ruhe, Reen – ich meine Irene. Keine Aufregung. Vielleicht ist es bloß dein eigenes Herz. Weißt du noch, wie das war, als Kind, wenn du im Bett lagst und geschworen hättest, daß darunter ein Einbrecher war und es auf- und niederstieß? Morgen lachen sich die Mädchen im *Salon* halbtot, wenn ich ihnen das erzähle. Irene als Angsthase – das wäre so was! ... Nein, da ist wirklich jemand, und der hat ein gutes Tempo. Es kann nicht Nick sein, der ist zu Hause bei Kitty. Oder nicht? Er kommt näher. O Gott! Warum kommt kein Wagen? Warum holt mich Ralph nicht ein in seinem Auto? Vielleicht gibt es gar kein »morgen« mehr. Vielleicht bin ich dann ... Nein, ich muß rennen. Ich bin ja kein halber Krüppel, wie die arme alte Schachtel.

Renn. Reenie, renn um dein Leben!

Ihr verzweifeltes Gehirn gab den Befehl an ihre Beine weiter. Sie begann, nach Leibeskräften zu rennen und zugleich auch zu weinen; schwer zu entscheiden, was da schneller war: die Tränen oder der Lauf. Und mitten im Galopp – aber die Beine hinter ihr rannten besser als die ihren – fühlte sie, wie jemand sie an der Schulter faßte, und hörte eine Stimme: »Reen ... Reen!«

Sie blieb zitternd und heulend stehen.

»Um Gottes willen, Reen, was ist denn los?«

Sie drehte sich wütend nach ihm um – ihre ganze Vornehmheit war zum Teufel.

»Ed, du blöder Affe, erschreckst mich noch zu Tode! Was hast du mitten in der Nacht hier zu schaffen?«

»Wenn du es unbedingt wissen mußt«, sagte er scheu, »ich war im Kino, bei der zweiten Abendvorstellung.«

»Statt zu lernen! Der Vater hat doch gesagt, du darfst nicht vor den Prüfungen ins Kino gehen.«

»Zu Hause wissen sie nicht, daß ich fort bin. Ich bin am Abflußrohr hinuntergeklettert.«

»Also das ist die Höhe! So ein Leisetreter!«

»Verklatsch mich nicht, Reenie. Ich sag dir, ich kann es nicht mehr aushalten. Nichts als Bücher und wieder Bücher. Mir dreht sich schon der Kopf. Ich muß mich auch einmal zerstreuen.«

»Es läuft ein X-Film. Wenn die Mutter wüßte, daß du zu einem X-Film gehst – die bringt dich um.«

»Ist mir egal«, sagte er wild. »Ich bin wie die anderen Jungs. Ich bin auch kein Heiliger.«

»Hast du das schon früher einmal getan?«

»Was geht dich das an?«

»Und wenn ich es erzähle?«

»Dann gehe ich ganz fort.« Die Lampe beleuchtete sein trotziges Gesicht.

Jetzt wurde sich Irene ihrer äußeren Erscheinung bewußt. Da Ed sie nach ihrem Taschentuch suchen sah, nahm er das eigene aus der Hosentasche und reichte es ihr.

»Nun«, sagte sie mit einer bei ihr seltenen Unsicherheit, nachdem sie ihr Gesicht abgewischt hatte, »wir müssen gehen, wir wollen doch vor Mitternacht im Bett sein. Wie kommst du ins Haus?«

»So, wie ich hinausging.«

»Ich wußte nicht, daß du klettern kannst.«

»Da gibt es noch mehr, das du von mir nicht weißt.«

»Wenn du alles geheimhalten wolltest, verstehe ich nicht recht, warum du hinter mir herrasen mußtest.«

Er überlegte einen Augenblick, bevor er antwortete.

»Ich dachte, du würdest dich vielleicht fürchten, da ganz allein. Ich weiß, wie das ist, wenn man sich fürchtet; und Frauen fürchten sich ja so leicht.«

10

Wenn man von Miß Baby absieht, verbrachte Kitty die Nacht allein. Um ganz sicherzugehen, drehte sie den Schlüssel im Schloß und schob auch noch, für den Fall, daß das nicht genügen sollte, eine Kommode vor die Tür. Sie hätte nicht gedacht, auch nur einen Augenblick schlafen zu können, war aber körperlich und seelisch so sehr erschöpft, daß sie dann zu ihrer eigenen Überraschung entdeckte, wie der Morgen ohne ihre Hilfe herangekommen war. Und – Wunder über Wunder – Miß Baby schlief beträchtlich über die Zeit hinaus.

Kitty zog sich schleppend ein paar Kleidungsstücke an, schob die Kommode ein wenig beiseite und zwängte sich durch die Tür in die Küche.

Da lag Nick auf der Couch, genauso wie sie ihn am Morgen nach der Nacht, in der Miß Maggs ums Leben kam, vorgefunden hatte. Sie stellte den Kessel auf, und er erwachte gerade und streckte die Glieder, als sie den Tee fertig hatte.

Aber es schien, als hätten beide für eine Weile die Fähigkeit zu irgendeiner ernsten Empfindung erschöpft und als genüge es ihnen, ihre Mahlzeit wie Tiere miteinander einzunehmen – da war weder Liebe noch Feindseligkeit.

Sie dachte nicht einmal daran, ihn zu fragen, wann er heimgekommen sei, und er erhob sich von der Couch, als wäre sie seine gewöhnliche Schlafstelle. Er kleidete sich an, rasierte sich und ging mit einem »bis Abend« durch die Hintertür hinaus, wie er das schon hundertmal getan hatte.

Sich selbst überlassen, begab sich Kitty in die Halle, machte den Kinderwagen zurecht – das tat sie immer gern, bevor Mrs. Fitch auf der Bildfläche erschien – und fütterte und wusch Miß Baby. Als sich dann Mrs. Fitch noch immer nicht zeigte, trat sie kühn zur Vordertür, nahm die Kette ab, in welche die alte Frau soviel Vertrauen setzte, und schob Miß Baby zu den Geschäften um einige Lebensmittel, die sie brauchte, zu besorgen.

Als sie zurückkehrte, stand ihre eigene Milch sowie die Flasche von Mrs. Fitch vor der Tür. Von Mrs. Fitch nach wie vor keine Spur.

Aha, die läßt sich nach dem gestrigen Fest nicht blicken, dachte Kitty und zuckte die schmalen Schultern. Bereute die alte Hexe ihren Entschluß, oder müßten sie wirklich am Ende der Woche ausziehen? Es war ihr gar nicht mehr wichtig. Jetzt lagen die Dinge schon so kritisch, daß es schlimmer nicht mehr kommen konnte. Plötzlich wurde ihr bewußt, daß sie dieses Haus und alles, was es enthielt, dessen Besitzerin nicht ausgenommen, haßte, und sie schnaubte vor Wut über das ganze Durcheinander und die Patsche, in die sie geraten war, als wäre das etwas, das ihr jemand gegen ihren Willen angetan hätte.

Als aber die Zeit verstrich und von der Alten noch immer kein Lebenszeichen kam – kein Mäusetrippeln auf der Stiege, kein schreckliches Rattern an der Tür –, begann sie ängstlich zu werden, und ihre Furcht vor dem feindlichen Einfall wuchs mit jedem Augenblick weiterer Verzögerung.

Miß Baby benahm sich wie ein Musterkind aus dem Lesebuch und schlief nach jeder Flasche friedlich bis zur nächsten. Mir scheint, wir sollten für sie jeden Tag eine Party haben, dachte Kitty mit Galgenhumor. Ob sie wohl darauf angewiesen wäre, die Tochter ein wenig zu zwicken, um doch irgendein tröstendes Geräusch auszulösen? Die Uhr tickte, der Wasserhahn tropfte, und die Stille schloß sich um diese kleinen häuslichen Töne wie eine Hülle aus Watte. Fly schlief in ihrer Kiste, Baby schlief, und wahrscheinlich schlief auch Mrs. Fitch. Kitty horchte angestrengt, vernahm jedoch keinerlei Knarren oder Quietschen aus dem oberen Stockwerk. Sie ging quer durch das Schlafzimmer, schob den Netzvorhang zurück, blickte hinaus und sah, daß die kleine Milchflasche noch immer auf dem gleichen Platz Wache stand.

Nach einer Zeit, die ihr wie eine Ewigkeit vorkam, wachten Fly und Miß Baby auf, und sie fütterte beide, obwohl Fly eigentlich erst am Abend etwas bekommen sollte. Dann machte sie sich ein Sandwich und eine Tasse Tee zurecht und begann, in einer von Irenes Zeitschriften zu blättern. Sie machte sich nichts aus Lesen, und ihr Interesse erlahmte bald. Sie überlegte, zu den Eltern zu gehen, wußte aber, daß das heute einer der Nachmittage war, die ihre Mutter in ihrem Frauenverband verbrachte und das Haus verlassen wäre.

Sie betätigte den Plattenspieler, doch erinnerte sie das zusehr an die Ereignisse der vorigen Nacht; auch wußte sie nicht, wie man die Lautstärke regulierte. Er machte ein solches Getöse, daß sie meinte, jetzt würde die Alte bestimmt die Treppe heruntergerast kommen, mitten im grellsten Satz zog sie den Tonarm fort. Und schon umschloß sie die Stille von neuem und bedrückte sie mehr denn je.

Hinaufzugehen und nachzusehen fiel ihr aber doch erst ein, nachdem es zu dämmern begonnen und sie Baby zu Bett gebracht hatte. Da erkannte sie plötzlich, daß sie unbedingt wissen mußte, weshalb Mrs. Fitch den ganzen Tag lang nicht heruntergekommen war. Und nachdem der Gedanke einmal da war, quälte er sie unablässig, wie ein bohrender Zahnschmerz, wobei sie sich auf das Ereignis ihres Besuches ungefähr so freute wie auf einen Gang zum Zahnarzt. Es schien ihr ungeheuer wichtig, die Sache vor Nicks Rückkehr zu erledigen. Sie hätte nicht genau sagen können, warum, doch war sie bereits, durch diese Erwägung angetrieben, die halbe Treppe hinaufgestiegen, bevor sie noch die möglichen Konsequenzen ihres Vorhabens bedacht hatte.

An diesem Punkt angelangt, verließ sie ihre Entschlossenheit; von der vorangegangenen Überzeugung waren nur mehr spärliche Überreste vorhanden. Jetzt erschien ihr jede einzelne Stufe wie ein Berg, und sie mußte sich an das Geländer klammern, um der aufkommenden Angst nicht nachzugeben. Noch nie war sie so weit ins feindliche Lager vorgerückt. Sie hatte in der Halle Licht gemacht, doch vergeudete die schirmlose Glühbirne ihre geringe Kraft an die Fliesen. Mrs. Fitchs Tür, in der Farbe moderfleckiger Schokolade, lag im Dunkel.

Sie zögerte, hob die Hand, senkte sie, hob sie wieder und schlug im gleichen Rhythmus an die Tür, mit dem sie für gewöhnlich ihre Wirtin beehrte. Dann wartete sie zitternd. Es kam keine Antwort, und als sie sich bückte, um durch die Ritze zwischen der schlecht eingepaßten Tür und dem Fußboden zu gucken, war kein Licht zu sehen. Aber jetzt hatte sie sich schon zu weit vorgewagt, um noch an einen Rückzug zu denken. Sie klopfte wieder, es kam wieder keine Antwort. Sie beugte sich zum Schlüsselloch und horchte, konnte aber wegen des steckenden Schlüssels nichts sehen. Ob wohl abgeschlossen war? Ihre Hand schoß fast unwillkürlich vor und versuchte, den Knopf zu drehen. Der war ganz leicht zu bewegen, und die Tür öffnete sich, bevor Kitty eigentlich darauf gefaßt war. Ihre Hand flog mit einer fieberhaften Bewegung zum Lichtschalter an der Innenwand. Nun war der Raum zu überblicken.

Da saß Mrs. Fitch in ihrem absonderlich prunkhaften Bett – Eisen, Messing und Perlmutt. Sie saß kerzengerade; ihr Rückgrat war an das Kissen, der Kopf an die Bettstangen gelehnt, die kleinen Fingergelenke krampften sich in die Decken. Ihre irren blauen Augen starrten ins Leere. Sie hatte eine seltsame Hautfarbe und saß steif wie ein Spazierstock.

Kittys Finger flogen zu ihrem Mund. Sie drehte sich um und raste schreiend die Treppe hinunter. Und im gleichen Augenblick trat Nick durch die Küchentür in die Halle.

Seine Frau stürzte auf ihn zu und trommelte mit den Fäusten auf seine Brust – ähnlich wie sie eben an Mrs.

Fitchs Tür getrommelt hatte, nur daß ihr Handgelenk jetzt anders gedreht war.

Dabei schrie sie aus Leibeskräften: »Du hast sie umgebracht! Du hast sie umgebracht! Jetzt mach mit mir Schluß – dann sind es drei!«

Er faßte sie an den Armen.

»Um Himmels willen, Kit, hör auf! Laß das sein! Wirst du jetzt aufhören?«

Mit dem Licht der Halle über ihren Köpfen starrten sie einander ins Gesicht, bis Kitty den Blick senkte und zu wimmern begann.

»Nun, was ist los? Sag es mir. Was ist jetzt wieder geschehen?«

»Die Alte. Sie sitzt in ihrem Bett. Tot. Was fragst du mich? Du mußt es getan haben, als du gestern nacht nach Hause kamst.«

Er glotzte sie verblüfft an. »Bist du sicher, daß sie tot ist, Kitty?«

»Ja, ganz sicher. Sie saß allein im Dunkeln. Ich drehte das Licht an ... Du hast sie getötet, und ich sollte sie finden. Den ganzen Tag war ich mit einer Leiche im Haus. Oh! Ich hasse dich. Ich hasse dich!«

»Ich schwör dir, daß ich das alte Aas nicht angerührt habe. Ich bin nicht einmal in ihre Nähe gekommen. Halt, wart einen Moment. Bleib da.«

So gern sie es gewollt hätte, konnte sie sich nicht vom Fleck rühren. Er kam gleich wieder, jetzt war er sehr blaß. »Du hast recht«, sagte er.

Sofort, als hätte jemand eine Münze in ihren Sprechapparat geworfen, fing sie von neuem zu schreien an.

»Du hast sie umgebracht, getötet, wie die arme Gertie Maggs. Wir sind hier in Gefahr. Baby und ich! Jetzt hab ich's aber satt, Lügengeschichten zu erzählen, um dich zu decken! Ein Verrückter bist du, ein Mörder!«

Er packte sie bei den Schultern und schüttelte sie, bis ihre Zähne klapperten und ihre Hysterie in Angst umschlug.

»Komm mir nicht wieder mit so etwas«, sagte er, »nie wieder, hörst du?«

»Laß mich los, Nick. Ich will nach Hause. Zu Mutter. Laß mich gehen. Ich werde nichts verraten. Wirklich nicht. Laß mich bloß fort.«

»Du blöde Gans!« schrie er sie zornig an. »Wenn du zu deiner Mutter rennst, rennst du zum Mörder, und nicht von ihm weg. Dein geliebter Ed war es, der die Maggs umgebracht hat, nicht ich. Ich habe ihn gesehen.«

»Ed!« Es war ein Klagelaut wie von einer Banshee. Dann faßte sie sich und brach in ein irrsinniges Gelächter aus. »Ach! Das ist gelungen, ausgezeichnet! Ed könnte keiner Fliege etwas zu leide tun – das weißt du ganz genau. Glaubst du, du kannst mich mit so einer dummen Geschichte anschwindeln?«

»Ich wollte es dir nicht sagen«, murmelte er. »Du hättest mich eben nicht reizen sollen.«

»Ed geht nachts nicht aus. Jede Nacht arbeitet er durch, oben in seinem Zimmer.«

»Das glaubst *du!* Seit Wochen schon klettert er auf dem Abzugsrohr hinunter. Er geht weg und ins Kino. Er ist gesehen worden. Nicht nur von mir.«

»Und wenn schon! Ist mir ganz egal. Er muß ja darum

nichts anderes angestellt haben. Du willst bloß dich damit decken – ich weiß es.«

»Hör mich an. Kit. Ich schwör dir bei allem, was mir heilig ist, daß ich die Maggs nicht angerührt habe. Ich war einfach mit Fly spazierengegangen. Der Hund rennt voraus, und ich geh ihm nach, und als ich um die Ecke biege, steht ein Junge vom Boden auf und läuft davon. Vor Fly ist er geflohen. Sein Gesicht sah ich nicht, aber es war bestimmt Ed – genau seine Figur. Als ich dann hinkam, sah ich, daß die Alte ausgeschnauft hatte. Und wenn ich's nicht bemerkt hätte, hätte es mir Fly gesagt.«

»Was soll das heißen? Ein Hund hätte es dir gesagt?«

»Die Hunde sind nicht so dumm, wie du glaubst. Wie war's denn kürzlich bei deinen Leuten? Fly wußte, daß es Ed gewesen war. Sie hatte ihn ja bisher noch nie angesprungen, nicht wahr, hunderte Male waren wir mit ihr dort. Da wußte ich gleich, daß es Ed gewesen sein mußte.«

»Warum machst du dann so ein Theater? Warum hast du nicht einfach gesagt, wer es war?«

»Zum Teufel, Kit, ich weiß doch, wie es mit dir und Ed steht. Für dich strahlt er wie die Sonne am Himmel. Fein hätte ich auf der Zeugenbank ausgesehen – einer, der gegen den eigenen Schwager aussagt! Er kann ja auch nichts dafür, dieser kleine Jammerlappen. Man hätte ihn nicht einsperren sollen. Man hat ihm nie die Chance gegeben, sich normal zu benehmen. Nicht Ed ist schuld, sondern deine Eltern.«

»Mir hättest du es doch sagen können.«

»Ich erkläre dir doch gerade, daß ich es überhaupt nicht

verraten wollte. Ich wollte dir das nicht antun. Konnte ich denn wissen, daß du so verrückt sein wirst, zu glauben, daß ich es war? *Ich* hätte von dir nie etwas Schlechtes geglaubt.«

»Du benimmst dich ja so merkwürdig. Du bist nicht, wie du sein solltest, mit mir und Baby. Ich bekomme Angst vor dir.«

»Wir haben es eben nicht leicht gehabt, Kit, wir beide. Und wir sind auch keine Engel – du nicht und ich nicht.«

»Wenn du so sicher weißt, daß es Ed war – wozu hast du dann gestern die Jungs auf der Liste aufgereiht?«

»Hör mal, Kit, so sehr liebe ich deinen Ed auch wieder nicht, daß ich seinetwegen an den Galgen will. Wenn Sam Brent felsenfest überzeugt ist, daß es ein Junge war, so soll sich sein Verdacht ein wenig ausbreiten. Kennst du nicht unser Motto« – hier grinste er zum ersten Mal – »einer für alle, und alle für einen. Ich denk mir, es soll jeder seinen Anteil daran haben.«

»Aber, nach dem gestrigen ...«

Er wurde augenblicklich wieder ernst. »Mein Gott, du hast recht. Die alte Fitch kündigt uns, und am nächsten Morgen findet man sie tot in ihrem Bett. Klingt nicht gut. Was machen wir jetzt, Kit?«

»Wir könnten Mutter bitten, daß sie uns für eine Weile aufnimmt«, sagte sie unsicher.

»Das meine ich nicht. Was wird geschehen, wenn Brent die gestrige Sache erfährt?«

»Nur die Burschen und Reen wissen davon. Du mußt ihnen sagen, daß sie den Mund halten sollen.«

»Was das schon nützen würde! Außerdem – du hast sie

doch gestern gesehen. Kaum hatte Mutter Fitch ihr Geheimnis ausgekramt, starrten sie mich an, als ob ich die Pest hätte. Und auf und davon, so schnell die Beine sie tragen konnten. Nein, leider, mein Kind, kommt es wieder auf dich an.«

»Ich weiß nicht, was du meinst.«

»Doch, du weißt es ganz gut. Wir beide müssen noch einmal als siamesische Zwillinge auftreten.«

»Aber du warst ja fort, als ich schlafen ging. Ich habe dich nicht einmal nach Hause kommen gehört.«

»Es war gegen zwei Uhr.«

»Was hast du denn so lange getrieben?«

»Herumgelaufen bin ich. Über die Oldmeadow Road ins Freie hinaus. Ich wußte vor Wut gar nicht, wohin ich ging. In irgendwelche Felder bin ich geraten; schau meine Schuhe an, wenn du mir nicht glaubst. Aber zu Hause bin ich dann gleich in dein Bett geschlüpft, wie sich's für einen pflichtgetreuen Ehemann schickt. Erinnerst du dich?«

Sie sah verschreckt, aber doch starrsinnig vor sich hin – wie jemand, der allem Widerstand zum Trotz den eigenen Gedanken nachhängt.

»Nick«, sagte sie, »wenn das bei der alten Fitch ein natürlicher Tod war, dann brauchst du doch kein Alibi.«

»Gewiß war es ein natürlicher Tod. Die war doch schon uralt. Einmal mußte sie doch abkratzen.«

»Warum machst du dir dann Sorgen?«

»Ich mach mir nicht richtig Sorgen, aber man muß sich für den Notfall etwas ausdenken. Wahrscheinlich hat der Krawall bei uns ihr Herz angegriffen. Dann ist sie ins Bett gegangen und ist gestorben. Ich will aber doch nichts riskieren. Hör mal, Kit, nach allem, was ich für Ed getan habe, bist du mir wohl etwas schuldig.«

»Willst du schwören, daß du ihn aus allem raushältst, was auch geschehen mag?«

»So lange du bei der jetzigen Sache zu mir hältst.«

»Dann bleibt mir ja keine Wahl.«

Er scharrte unbeholfen mit den Füßen. Dann sagte er: »Nun ja, ich muß jetzt wohl telefonieren gehen, den Todesfall anzeigen.«

»Nein, laß mich nicht allein, ich halte das nicht aus! Bitte, Nick.«

»Wenn du mich für einen Mörder hältst, mußt du doch froh sein, mich loszuwerden. Oh, Kit ...«

Plötzlich vergrub er sein Gesicht in die Hände und begann, rauhe, seltsame Geräusche von sich zu geben; zugleich wurden seine Schultern von einem unbeherrschbaren Zittern ergriffen. Sie stand ein paar Minuten neben ihm und betrachtete ihn wie betäubt vor Schreck. Dann berührte sie ihn einmal, und da er nicht reagierte, ein zweites Mal.

Er warf einen Blick auf sie und ließ hilflos die Hände sinken.

»Nick, nimm mich mit zur Telefonzelle.«

»Und Miß Baby?«

»Sie schläft. Laß sie nur.«

»Dann gib mir einen Kuß, Kit.«

Sie standen Mund an Mund gepreßt und aneinandergeklammert – verängstigte Waisenkinder im Sturm.

11

»Aber Liebling, du läßt dich ja von dieser Sache ganz nervös machen«, sagte Mr. Geoffrey Seymour.

»Sag es mir nur, wenn du meinst, daß ich *absch – abscheulich* reizbar geworden bin«, erwiderte Jane.

Er schwieg, und sein Gesicht sprach Bände.

»Nun, wenn wir schon davon reden«, setzte sie fort, »auch du bist nicht gerade ein leuchtender Engel. Ach, ich weiß, jetzt bin ich *boshaft*, aber ich kann nichts dafür. Es ist eben alles so gräßlich. Wo ich im Haus herumgehe, werde ich an die arme alte Maggsy erinnert. Wenn ich das Fernsehen andrehe, ist es bestimmt so ein gruseliges, unheimliches Stück, wie sie es *haßte*. Ich kann nicht einmal ruhig eine Tasse Tee trinken, weil ich immer denken muß, daß es vielleicht eine der Tassen ist, die sie benutzte, als sie hier mit dem Kind saß.«

»Bleib auf dem Teppich, Liebling. Die Hände der Toten sind überall. Wenn du dir den Kopf darüber zerbrichst, daß du das gleiche Besteck benützt wie Leute, die jetzt bereits im Grab vermodern, dann heißt das, daß wir nie wieder auswärts essen können.«

»Von denen weiß ich aber doch nichts«, erklärte sie ihm. »Außerdem ist es ja nicht, wie wenn Maggsy, die liebe Alte, in ihrem Bett gestorben wäre. Ich muß mich so sehr schämen, und sicher finden alle Leute, daß wir schuld daran sind. Sooft ich mit jemandem in der Stadt spreche, errate ich seine geheimen Gedanken, sogar wenn wir bloß vom *Wetter* reden. Sie geben uns die Schuld, und du mußt zugeben, daß sie damit nicht unrecht haben. Wir sind so niederträchtig *rücksichtslos* gewesen.«

»Schön. Das habe ich auch nie geleugnet. Aber man kann doch nicht bis in alle Ewigkeit Schuldgefühle haben.«

»Und noch etwas. Immer wieder diese widerwärtigen kleinen Tête-à-têtes, die du mit dem Inspektor hinter geschlossenen Türen abhältst; du machst mich damit ganz *rasend* vor Angst. Warum haben wir ihm nicht einfach alles gesagt – daß du in den Garten gegangen bist und dann zurückkamst? Mit der Zeit findet er es ja doch heraus.«

»Wenn dir das Sorgen macht, liebes Kind, kannst du dich beruhigen. Ich habe ihm beim letzten Interview reinen Wein eingeschenkt. Das ist man dem Mann schuldig. Er macht ein solches Theater – es reichte schon fast an den KGB heran! Ich nahm ihn mit auf die Straße und zeigte ihm genau die Stelle, wo ich mich übergeben habe. Dann gingen wir noch in den Geräteschuppen, und er sah sich den Spaten an. Ich meine, das hat ihn überzeugt. Es hatte noch niemand den Spaten gereinigt – er war richtig schockiert. Offenbar ein eifriger Gärtner, wenn er gerade nur ein gewöhnlicher Staatsbürger ist und nicht ein Beamter der Grafschaftspolizei.«

»Und werden sie dir den Führerschein entziehen?«

»Ich glaube nicht. Er war so beglückt, weil er endlich die Tatsachen aus mir herausgeholt hatte, daß er mir gern das ›Autofahren im alkoholisierten Zustand‹ verzeihen wollte. Schließlich waren das keine acht Kilometer und auf einer leeren Straße. Wenn etwas passiert wäre, hätte ich nur mir das Genick gebrochen.«

»Na – und ich?«

»Ach so. Nun ja.«

»Und bedeutet das jetzt, daß du nicht mehr verdächtigt wirst?«

»Wahrscheinlich.«

»Also wird man jetzt den Richtigen finden können, den, der es wirklich getan hat?«

»So einfach ist das nicht, Liebling.«

»Dann, Liebling, sollte man Scotland Yard heranziehen.«

»Vielleicht wird nichts anderes übrigbleiben. Aber wenn es geschehen muß, hätten sie es lieber gleich tun sollen. Du weißt, wie es immer in den Büchern heißt, daß der Mann von Scotland Yard brummt, man hätte ihn erst gerufen, als die Anhaltspunkte schon verwischt waren.«

»Aber da waren ja keine; das weiß jeder.«

»Dann ist eben Schluß. – Nun, was ist jetzt wieder los?«

»Du hattest doch damals gesagt ... ja, du sagtest, du wolltest dazu beitragen, daß der Mörder erwischt und bestraft wird, und müßtest du auch die ganze Stadt durchsieben. Ich erinnere mich an jedes Wort, weil ich damals dachte, wie lieb das von dir ist. Und jetzt sagst du mir, du wirst befriedigt dasitzen und überhaupt nichts unternehmen.«

»Ja, was kann ich denn tun?«

»Das hast du mich noch nie gefragt.«

Geoffrey Seymour rutschte unbehaglich auf seinem Stuhl hin und her.

»Weißt du, was du kürzlich im Schlaf für ein Geschrei gemacht hast?« fragte er. »Du nanntest mich ›Mörder‹, und ich sollte dich nicht anfassen.«

Es entstand eine inhaltsschwere Pause, dann sagte Jane: »Aber, Liebling, für Dinge, die ich im Schlaf sage, bin ich doch nicht verantwortlich. Das ist doch ein unvernünftiger Vorwurf.«

»Aber du bist verantwortlich für deine Gedanken bei Tag, und von denen hängt dann im weiten Ausmaß ab, was du in der Nacht träumst«, erwiderte ihr Mann heftig.

»Nein, das ist eben ganz falsch«, klagte sie. »Wie kann ich verhindern, daß meine geheimen Gedanken hin und her fliegen, wenn du dich so merkwürdig benimmst? Dir scheint es ja richtig zu *behagen*, daß die ganze Sache im Sand verläuft. Du versuchst nicht einmal, herauszubekommen, was getan wird.«

»Um Himmels willen!« sagte Geoffrey erbittert. »Wie käme denn ich dazu, die Leute zu fragen? Den verdammten Inspektor habe ich jetzt satt, und den neuen Mann, den Chef der Grafschaftspolizei, kenne ich nicht.«

»Wie steht's mit Sam Brent?«

»Meine Liebe, der ist doch bloß ein Untergebener.«

»Mir kommt er wie ein sehr vernünftiger Mann vor. Ich könnte Elsie, seine Frau, fragen; schließlich war sie es ja, die uns Maggsy verschafft hat.«

»Wenn du auch noch anfängst, dich einzumischen, dann ist überhaupt alles aus.«

»Ich möchte ja nur ... ich möchte ...«

»Jaja, ich weiß. Nun, laß gut sein, ich habe gerade eine

Idee. Ich werde einen Sprung ins Rathaus machen und mit dem Bürgermeister reden.«

»Da, sehen Sie sich das an, Mr. Seymour, sehen Sie sich's nur an«, bat der Bürgermeister, indem er auf einen fußhohen Zeitungshaufen hinwies. »Glauben Sie übrigens nicht, daß ich das alles selbst gelesen habe, damit kann sich der Stadtsyndikus vergnügen. Aber was sagen Sie zu unserem Ruhm? Alle Nuancen der öffentlichen Meinung sind hier vertreten. Der Ausdruck wechselt, aber der Sinn ist überall der gleiche: Vom Käseblättchen bis zu den Nationalzeitungen fallen sie alle über uns her, weil wir unsere Vorbereitungen für das Festspiel weiterbetreiben; während noch immer ein Mörder unter uns weilt. Sie geben sich tugendhaft – öffentliche Sicherheit und so fort. Pah! Als ob irgendeiner Zeitung etwas an der öffentlichen Sicherheit läge. Die erhoffen sich ja bloß einen neuen Mord, bevor unsere Geschichte an Interesse verloren hat.«

Der Bürgermeister hielt seine vertrauliche Ansprache mit dem Gast in seinem Sprechzimmer ab, einem großen, hohen Raum mit türkischen Teppichen und einigen prunkvollen Möbelstücken, die in ihrem Ausmaß besser zu Thos. Bone als zum derzeitigen, distinguierten Bewohner gepaßt hätten.

Von einer Wand her wurden die beiden Herren von einer langen Galerie ehemaliger bürgerlicher Würdenträger gemustert, die, obwohl der Gesichtsausdruck auf den Gemälden von großer Milde sprach, doch den Eindruck vermittelten, als würden sie bei jedem Gesprächsthema, das hier fehl am Platz wäre, mithorchen.

Es war vielleicht, um diese Wirkung zu neutralisieren und der Unterredung etwas Gemütlichkeit zu verleihen, daß der Bürgermeister sich nun erhob, zu einem massiven Büfett hinüberging, eine Abteilung mit einem Schlüssel aufschloß und mit einer Flasche Sherry und zwei Gläsern zurückkam.

»Sie trinken doch ein Glas Sherry mit mir, Mr. Seymour?« fragte er, indem er den Stöpsel entfernte.

»Gern, Herr Bürgermeister.«

»Bitte, hier. Auf Ihr Wohl!«

»Gesundheit, Herr Bürgermeister! Wie geht es der Frau Gemahlin? Viel zu tun mit all den Festlichkeiten und Wohltätigkeitsfunktionen?«

»Ach, sie hält sich tapfer. Womit ich nicht sagen will, daß sie es bedauern wird, wenn die Sache vorbei ist. Nun, ist erst mal die erste Festspielwoche da, dann wird das ohnehin den Schluß bedeuten. Ich nehme an, daß wir nicht mehr als ein paar Besucher herbekommen.«

»Die Geschichte wird sich doch wohl nicht so stark auswirken?«

»Das wird sich erst zeigen. Unser Städtchen ist im ganzen Land berühmt, und – Sie wissen ja – keine Rose ohne Dornen! Alle unsere Gäste sind Menschen mit viel Muße. Ich bin überzeugt, die lesen ihre Zeitungen von A bis Z durch. Aber die gütigen Damen, die uns mit ihrer Anwesenheit beehren, setzen sich nicht gern unnötigen Gefahren aus – dadurch haben sie es ja zu einem so langen Leben gebracht. Dabei waren sie bisher immer so pünktlich bei der Huldigung des Dichters; es wäre jammerschade, wenn diese erbärmliche Geschichte ihr kulturelles

Interesse in eine andere Richtung triebe. Heutzutage sind die Festspiele großem Wettbewerb ausgesetzt, wissen Sie.«

»Kurz gesagt, Sie meinen, die Leute werden wegbleiben, wenn nicht inzwischen der Mörder gefaßt wird.«

»Es sieht so aus. Mich bombardieren bereits die Handelskammer, der Verband der Hoteliers und Dutzende anderer Körperschaften. Es ist ja auch eine ernste Sache; das ganze wirtschaftliche Leben der Stadt hängt davon ab. Wir können nicht bloß davon leben, daß einer für den anderen Wäsche wäscht.«

»Also wäre es ratsam, den Mörder so schnell wie möglich zu identifizieren.«

»Richtig.«

»Darf ich mir die Frage erlauben, wie die Untersuchung vor sich geht? Zum Beispiel, ob Scotland Yard herangezogen wurde?«

»Das kann ich Ihnen nicht sagen. Nicht, weil ich nicht will, sondern weil ich es ebensowenig weiß wie Sie. Das ist ja jetzt nicht mehr so wie früher, als noch der Polizeiausschuß zuständig war. Jetzt sind wir hier genau solche Außenseiter wie jeder andere. Zentralisierung! Die gilt heutzutage als Universalmittel. Nun, ich bin anderer Meinung. Meiner Ansicht nach war es ein verhängnisvoller Tag für unsere Stadt, als die Polizeiverwaltung von der Grafschaft übernommen wurde.«

»Haben Sie zu den dortigen Beamten keinen Kontakt?«

»Die dulden keine Einmischung, Mr. Seymour. Natürlich bemühen wir uns, Brücken zu schlagen. Aber ich sage es Ihnen im Vertrauen: Der jetzige Vorstand ist ein widerborstiger Geselle – ganz anders als unser guter alter Carlbury-Meyers. Übrigens bin ich gar nicht überzeugt, daß es beim gegenwärtigen Stand der Dinge, und da nun die Publizität bis zu einem gewissen Grad verklungen ist, das Richtige wäre, sich an Scotland Yard zu wenden. Unter uns gesagt, Mr. Seymour, der Mann, auf den ich baue, ist der Wachtmeister Brent.«

»Was!«

»Ja. Ich setze auf Sam Brent. Der Inspektor ist ein Mann mit gesundem Menschenverstand und guter Befähigung, aber er ist nicht von hier. Sam Brent kennt in dieser Stadt jeden Mann, jede Frau und jedes Kind; wenn er sich's vornimmt, wird er den Schuldigen finden. Aber unser guter Sam arbeitet langsam; man muß ihn immer wieder antreiben. Und nun haben wir nur mehr vierzehn Tage bis zum Festspiel. Ja, die Zeit läuft, und wir müssen mit ihr um die Wette laufen. Ich habe heute vormittag eine Verabredung mit Brent.« Er warf einen Blick auf die Uhr und setzte noch hinzu: »Gerade jetzt ist er dran.«

»Dann darf ich Sie nicht weiter aufhalten.«

»Es eilt nicht. Inzwischen wird sich meine Sekretärin seiner annehmen.«

»Ich hätte Sie nicht gestört, nur fühle ich mich, wie ich Ihnen gestehen muß, ein wenig verantwortlich. Es war zweifellos meine Schuld, daß Miß Maggs in der betreffenden Nacht allein in die Stadt ging. Die Nerven meiner Frau sind völlig zerrüttet, und auch mir geht die fatale Sache nicht aus dem Kopf.«

»Regen Sie sich aber nicht allzusehr auf. Schließlich

dürfen wir den Dingen nicht mehr Wichtigkeit zusprechen, als ihnen zukommt. Sehen Sie sich einmal, wenn Sie gerade bedrückt sind, die Unfallstatistik unseres Bezirks an. Wenn das zum Beispiel die Festspielgäste abhielte – das könnte man eher verstehen.«

»Danke, Herr Bürgermeister, ich will es mir merken. Und falls ich Ihnen irgendwie behilflich sein kann, lassen Sie mich's wohl wissen, ja? Empfehlen Sie mich bitte der Frau Gemahlin ... Sam Brent! Ich muß sagen, Sie überraschen mich.«

»Manchesmal überrasche ich mich selbst.« Der Bürgermeister kicherte. »Manchesmal überrasche ich sogar die Frau Bürgermeisterin.«

Die Wartezeit, bis ihm seine Sekretärin Sam Brent hereinschicken würde, benützte der Bürgermeister zu einem zweiten Gang zum Büfett, wo er eine Flasche Bier holte – das heißt, nach einiger Überlegung zwei Flaschen Bier. Die paßten besser zu Sams Geschmack und waren billiger als Sherry. Nachdem der Wachtmeister auf dem vom vorigen Besucher freigegebenen Stuhl Platz genommen hatte, fragte der Bürgermeister: »Trinken Sie ein Glas Bier, Sam?«

»Leider – nein, Sir«, sagte Sam mit bedauerndem Blick. »Als ich mich für diese Stunde mit Ihnen verabredete, dachte ich, dienstfrei zu sein. Nun bin ich es aber nicht.«

»Ach. Hören Sie, eben hatte ich den jungen Mr. Seymour hier. Der leidet unter bösen Gewissensbissen wegen der verewigten Miß Maggs. Und jetzt möchte er gern, daß die Gerechtigkeit ihren Lauf nimmt. Und zwar sofort.«

»Darin ist er nicht der einzige«, sagte Sam, unerschütterlicher denn je.

»Wie steht's? Machen wir Fortschritte?«

»Ja und nein. Ich bringe die Sache ins Rollen. Aber der Braten ist noch nicht gar.«

»Kam bei der Durchsuchung der Häuser, deren Gärten an den Fluß angrenzen, nichts heraus?«

»Nein, Sir. Das war ja auch unwahrscheinlich, nicht wahr?«

»Ich höre, daß Ihr Inspektor seine Besuche bei den Seymours eingestellt hat.«

»Ja?« sagte Brent zurückhaltend.

»Da ist ja wohl auch nichts zu finden, was glauben Sie, Sam?«

»Es sollte mich wundern, wenn es da etwas gäbe.«

Der Bürgermeister zögerte. »Sam, manche Leute sagen, daß Sie es für die Tat eines jungen Burschen halten. Stimmt das?«

»Jugend hat keine Tugend, Sir.«

»Das ist auch ein Standpunkt. Ich kann Ihnen sagen, daß ich in diesem Zusammenhang auch bestimmte Namen gehört habe.«

»Eine Namenliste bedeutet nicht viel, wenn man nicht bei dem einen richtigen ein Sternchen ansetzen kann.«

»Eben.«

»Irgendwann werden wir wohl soweit sein.«

»Aber, Sam! Sam, darf ich Sie daran erinnern, daß es nur mehr vierzehn Tage bis zur Festwoche sind?«

»Was ist daran so Besonderes?«

»Sam, bringen Sie mich nicht in Wut!«

»Solche Dinge lassen sich nicht durchhetzen, Sir.«

»Aber Mensch, sie sitzen mir ja alle am Genick! Die Rotary, die Handelskammer, die . . .«

»Ich sagte es Ihnen schon einmal, Herr Bürgermeister: Es ist ja nicht mehr Ihr Fisch, den soll sich jetzt die Grafschaft fangen.«

»Versuchen Sie einmal, eine Abordnung der Hauseigentümer damit abzuspeisen!«

»Ich liebe meinen Beruf auch nicht übermäßig, Herr Bürgermeister, aber um keinen Preis möchte ich den Ihren haben«, sagte der Wachtmeister, indem er sich erhob. »Nun, Sie müssen mich jetzt entschuldigen, fällt mir gerade ein. Wir hatten gestern wieder einen plötzlichen Todesfall.«

»Was!«

»Regen Sie sich nicht auf, Sir: Die gute Dame starb in ihrem Bett, vielleicht an Altersschwäche, vielleicht vor Schreck. Bemerkenswert ist nur, daß es sich um Nick Salters Wirtin handelt.«

»Ich sagte Ihnen doch, daß ich nochmals vorbeikommen wollte«, bemerkte Sam Brent wohlgemut. Die Salters, Mann und Frau, hörten es ohne Begeisterung.

»Nun, wird mir kein Platz angeboten?«

Kitty befreite einen Stuhl von allerhand Plunder und wischte ihn widerwillig mit einer Windel ab.

»Danke. Zigarette, Nick?« Er reichte ihm sein Päckchen; Nick nahm sich eine Zigarette und musterte sie genau, als hege er den Verdacht, daß sie ein Betäubungsmittel enthalten könnte.

Gott gebe mir Geduld, dachte Brent, indem er Pfeife und Tabakbeutel aus der Tasche nahm und die Pfeife zu füllen begann. Hat Elsie doch recht? Will ich mich wirklich an den Jungs rächen, weil ich keinen eignen habe? Bin ich jetzt mein Vater und fall mit dem Riemen über sie her, um etwas Vernunft in ihre dummen Köpfe zu schlagen? Sei gerecht, Sam, der Bursche ist trotzig und starrsinnig, aber er hat Schneid. Gibt man ihm eine Chance, so wird vielleicht noch ein brauchbarer Mensch aus ihm.

»Soll ich hinausgehen?« fragte Kitty.

»Nein, nein. Heute früh war das anders. Das war, was man so einen amtlichen Besuch nennt. Da mußte ich mit jedem allein sprechen. Aber jetzt geht es euch beide an. Ich will mit euch reden, wie der gute Onkel aus dem Märchen.«

Nick zündete seine Zigarette an und reichte Brent die Streichholzschachtel. Der nahm sie und brachte seine Pfeife in Gang – dabei ließ er sich Zeit.

»Nun, Nick«, sagte er endlich, »was gedenken Sie zu unternehmen?«

»Wie meinen Sie das?«

»Na ja, werden Sie hierbleiben oder ausziehen?«

»Daran habe ich noch gar nicht gedacht.«

»Glauben Sie, wir würden uns auf dieses Loch kaprizieren, wenn wir etwas anderes wüßten?« fragte Kitty geringschätzig. »Ich hasse diese Bude!«

»Sie meinen, die Alte haben Sie gehaßt. Aber die tut Ihnen nun nichts mehr. Und hier habt Ihr doch ein Dach über dem Kopf. Ich glaube nicht, daß irgend jemand es eilig hat, euch zu verjagen. Soviel ich weiß, sind da keine Verwandten.«

»Wir bleiben hier«, sagte Nick kurz.

»Gut. Dann weiß ich, wo ich Sie finden kann.«

»Du lieber Himmel! Man möchte glauben, Sie haben es mit einem Massenmörder zu tun!«

»Ich bitte Sie, Nick! Aber das eine will ich doch sagen: Wenn Sie etwas, irgend etwas über den Tod der Gertie Maggs wissen – jetzt ist die Zeit gekommen, es anzugeben.«

»Ich weiß nichts. Ich sage Ihnen, ich war hier mit Kit. Ich bin in der Nacht nicht ausgegangen. Fragen Sie sie nochmals.«

»Nun, Kit?«

»Er war bei mir«, sagte Kit tonlos.

»Hm. Genauso wie vorige Nacht. Nämlich mit Ausnahme der Stunden, wo er draußen im Freien umhergestreift ist, um den Mondschein zu bewundern.«

»Er war hier mit mir«, wiederholte Kitty heftig. »Es wäre doch schön dumm von mir, zu lügen, um ihn zu beschützen. Wenn er ein Mörder wäre, würde ich ihn doch fort haben wollen! Er könnte ja dasselbe mit mir tun.«

»So wahr haben Sie noch nie gesprochen, Kitty. Ein Mann tötet einmal, und dann tut er es aller Wahrscheinlichkeit wieder. Das erste Mal ist es vielleicht ein Zufall, ein Unglück. Aber damit ist die Hemmung fort, die uns alle abhält, einander an die Gurgel zu springen. Aus kleinen Eicheln werden mächtige Eichen – aus nichtigen Verbrechen erwachsen größere. Nun, was soll's. Können wir mit diesem Mord nichts anfangen, dann warten wir eben auf den nächsten.«

»Es ist nicht wahr!« schrie Kitty. »Es ist nicht wahr!«

»Was ist nicht wahr, meine Liebe?«

»Nichts«, sagte Nick. »Sie haben sie aufgeregt mit Ihren Schauergeschichten. Was geschieht weiter, Brent?«

»Ich erwische ihn, natürlich. Machen Sie sich keine Illusionen. Wenn ich mir irgendwie helfen kann, lasse ich mir meine Stadt nicht länger von so einem Spaßvogel beschmutzen. Ich werde wütend, wenn ich nachts die leeren Straßen sehe und weiß, daß kein Frauenzimmer nach Sonnenuntergang allein auszugehen wagt.«

»Nicht das habe ich gemeint. Ich meine: was geschieht mit dem Mann?«

»Den bringt man an einer sicheren Stelle unter, bis ihn die Jahre zur Vernunft bingen.«

»Und das nennen Sie Gerechtigkeit – wenn er nichts weiter getan hat, als eine alte Vettel, die keinem mehr etwas nützte, zu Tode zu erschrecken?«

»Sind Sie unser Herrgott und wollen entscheiden, welches Menschenleben das wertvollere ist?« fragte Brent streng. »Ich sage Ihnen, Nick, falls Sie aus mißverstandener Loyalität etwas verschweigen über den, der das angestellt hat – je früher Sie sich's anders überlegen, desto besser ist es für Sie und uns alle.«

Jetzt fiel er in seinen üblichen belanglosen Ton zurück und fragte freundlich: »Wie steht es übrigens mit der Liste, um die ich Sie ersucht hatte? Haben Sie sie bekommen?«

Nick zog mit herausfordernder Miene ein zusammengefaltetes Blatt Papier aus der Hosentasche. »Hier«, sagte er.

»Danke. Wann werden Sie endlich erwachsen, Nick? Es wäre Zeit, mit dem Schabernack aufzuhören. Sie sind jetzt im Mannesalter. Sie haben eine Frau und ein Kind – eine brave, ehrliche Frau, auch wenn sie vom Haushalt nicht die geringste Ahnung hat.«

»Für heute haben Sie genug gepredigt.«

»Stimmt. Schön, dann gehe ich jetzt und lasse euch allein. Leben Sie wohl, Kitty.«

Er erhob sich, so massig und unerschütterlich wie eh und je. Bei der Tür blieb er einen Augenblick stehen und sagte über die Schulter: »Wir haben das Gutachten über Mrs. Fitch bereits bekommen. Offenbar ist sie eines natürlichen Todes gestorben. Herzschwäche. Ich war eigentlich gekommen, um euch das zu sagen.«

12

Los, Kameraden, rührt euch!« rief Ginger. »Mr. Wohltäter Mowlem wird gleich wieder hier sein. Er kocht uns gerade seinen verdammten Kakao, der aus uns allen bravere Burschen machen wird.«

»Hübsch hat er es hier, nicht wahr?« sagte Alex mit einem sehnsuchtsvollen Blick auf all die Wunder, die ihn umgaben.

»Für den, der für viel Platz schwärmt. Mir war das Café lieber; es war gemütlicher.«

Wenn einer darauf versessen ist, Gutes zu tun, wird er sich durch nichts davon abhalten lassen. Keith Mowlem war es schließlich gelungen, die gefürchteten Jungs, bei denen die Seelenrettung wirklich zum Heil führen sollte, unter sein Dach zu locken. Sie waren nicht allzuschwer zu überreden gewesen, da sie dringende Dinge zu besprechen hatten und sich kein Ort für eine Zusammenkunft bot, wenn man von einem Vorschlag absah, der eines der unbenützten Schlachthäuser von Fish senior betraf. Aber sie fühlten sich weder in der neuen Umgebung noch in ihrer Haut wohl, und es lag etwas Drohendes in der Atmosphäre, das einen scharfsinnigeren Mann als Mr. Mowlem wohl alarmiert hätte.

Es waren alle zur Stelle, außer Nick – und auch der war in einem gewissen Sinn anwesend, denn er war der Gegenstand, der erörtert werden sollte.

Sie saßen an einer langen Tischplatte, die an dem einen Ende der Halle auf einem Gestell aufgelegt war, in ziemlicher Entfernung von ihrem Gastgeber, welcher seiner momentanen Tätigkeit in einer kleinen Küche hinter der Kulisse nachging. Nichtsdestotrotz sprachen sie mit gedämpften Stimmen.

»Ihr wißt alle, wozu wir hier sind«, sagte Jack. »Wir müssen beschließen, ob wir den Gedanken an einen Klub überhaupt aufgeben sollen, oder ob wir Nick bitten, sein Amt niederzulegen, und uns einen neuen Boß wählen.«

»Ich sehe nicht ein, weshalb der Klub aufgelöst werden sollte«, sagte Ralph. »Wir haben einigen Spaß damit gehabt und können noch mehr haben, vorausgesetzt, daß er unter der richtigen Leitung steht.«

»Aber der Klub gehört eigentlich Nick«, sagte Ben. »Es war seine Idee. Ohne ihn hätten wir ihn nie gegründet.«

»Wer ihn gegründet hat, ist ganz egal. Wenn er einmal da ist, gehört er allen Mitgliedern im gleichen Ausmaß.«

»Du bist schon immer auf Nick neidisch gewesen. Daß er jetzt unten durch ist, freut dich, weil du glaubst, nun kommst du dran.«

»Wenn ihr lieber einen Mörder zum Boß habt . . .«

»Pst!«

»Hör zu, Ben«, sagte Mac, »wir wissen alle, daß Nick raus muß. Es war schon schlimm genug, wie die alte Fitch auf ihn losgegangen ist, aber daß sie dann gleich in der Nacht gestorben ist . . .«

»Es war Herzversagen.«

»Natürlich war es Herzversagen«, zischte Ralph halblaut mit überlegener Miene. »Er ist hinaufgegangen und hat die alte Kuh zu Tode erschreckt, bevor sie ihn bei der Polizei anzeigen konnte.«

»Ihr dürft nicht vergessen, daß sie sie hinausgeschmissen hatte«, sagte Tony.

»Eine Woche Kündigungsfrist – und wo sollten sie mit ihrem Balg eine neue Wohnung finden?«

»Einer für alle, und alle für einen«, kreischte der kleine Alex.

»Das gilt doch jetzt nicht, du Dummkopf!«

»Ihr könnt mir nicht einreden, daß unser Nick ein zweifacher Mörder ist«, sagte Ginger. »Ich weiß, daß ich damals sagte, einer von uns könnte es gewesen sein, aber ich schwöre euch, an Nick habe ich dabei nicht gedacht.«

»Er hat sich aber doch komisch benommen, damals, im Café«, sagte George Fish nachdenklich. »Fast wäre er mir an die Gurgel gesprungen, als ich bloß einen kleinen Vorschlag machen wollte.«

»Das erste Ding, dort bei den Larches, hat er selber in aller Seelenruhe gedreht, – warum mußte er so rumkreischen, als dann ein anderer an der Reihe war?«

»Ich schätze, er brauchte Geld. Er war nicht hinter dem Ruhm her. Wahrscheinlich hat er auch deswegen die Maggs umgebracht.«

»Pst!«

»Vorläufig ist überhaupt nicht erwiesen, daß er irgend jemanden umgebracht hat. Laß doch den armen Kerl, auch er gilt im Zweifelsfalle als unschuldig.«

»Wie kann er es getan haben, wenn Kitty doch sagte, er war die ganze Zeit bei ihr zu Hause?« fragte Alex treuherzig.

»Kitty täte alles für Nick«, sagte Tony. »Er kann mit ihr machen, was er will.«

Ralph lachte gemein, und Jack fuhr Tony wütend an: »Wetz du dein dreckiges Maul nicht an Kitty, oder ich haue dir die Fresse ein!«

»Komm nur her – ich warte!«

»Gott steh dir bei!«

Beide Burschen sprangen auf – und im gleichen Augenblick war eine muntere Stimme zu hören: »Alles bereit, Jungs! Wer trägt's hinein?« – und da trippelte auch schon züchtig wie eine Brautjungfer der Veranstalter des Festes in den Saal. Beim Anblick der beiden, die aufgestanden waren, rief er sie vertrauensvoll heran. »So ist's recht. Kommt her, ihr zwei. Draußen findet ihr die Tassen und eine Menge Schokoladekekse. Jetzt bin ich mit der Arbeit fertig und kann mich zu einem netten kleinen Plausch zu euch setzen.«

»Hol ihn der Teufel!« hauchte Ginger.

»Richtig! Tony ist Ihr Mann«, kommentierte Ben grimmig. »Der ist Kellner.«

»Ach! Ist Tony ein Kellner? Nun, dann packen Sie an, mein Junge, tun Sie Ihre Pflicht.«

»Komm mit, du Hund!« sagte Jack *sotto voce.* »Wir zwei wollen den netten kleinen Plausch draußen abhalten.«

»Na also, jetzt sitzen wir schön gemütlich beisammen«, sagte Mr. Mowlem höchst befriedigt, da er sie hinausgehen sah. »Nun wollen wir uns richtig miteinander anfreunden, bevor wir uns gegenseitig beim Billard oder Pingpong verdreschen.« Auf die Redewendung bildete er sich ziemlich viel ein. »Wie findet ihr meinen hübschen kleinen Klub, he?«

»Er ist ein wenig anders als unserer«, sagte George Fish wahrheitsgetreu.

»Nun ja, es kann nicht jeder etwas erben, aber eines sollt ihr wissen, Freunde« – und dabei war sein Gesicht sehr ernst –, »alles, was ich habe, gehört auch euch. Wir wollen alle miteinander gute Kameraden sein. Und jetzt wäre es wohl am besten, wenn ich mir zuerst eure Namen geben ließe. Wie heißen Sie, junger Mann?« fragte er, indem er seinen Charme an den dafür unempfänglichen Ralph vergeudete.

»Ich heiße Ralph Hawkesley Ingram«, sagte Ralph und musterte ihn dabei wie ein seltenes, schädliches Insekt, das des Studiums wert wäre, wenn man es in der Pinzette hielte.

»Aha«, sagte Keith Mowlem. Irgend etwas, eine merkwürdige Vorahnung, riet ihm, seine Aufmerksamkeit einem anderen Gegenstand zuzuwenden, und er fand in Alex ein gefälligeres Objekt.

»Also du heißt Alex. Und was tust du, wenn du zu Hause bist?«

»Ich bin nie zu Hause, das heißt: nur am Abend. Ich ... ich bin Laufbursche bei einem Kaufmann. Ich trage die Bestellungen aus.«

»Was wir tun, ist doch ganz egal«, sagte Ben griesgrämig. »Wir alle müssen jetzt bald einrücken. Warum sollen wir nicht erst abwarten, ob wir nicht totgeschossen werden, bevor wir uns einen richtigen Beruf aussuchen?«

»Aber, lieber Freund, man stellt doch die Rekruten nicht in die Feuerlinie.«

»Nein? Wer hat Ihnen das gesagt? Der Kriegsminister?«

»Ach – ganz sicher nicht. Im Heer oder bei der Luftwaffe werdet ihr viele neue Freunde finden. Es ist ein schönes Freiluftleben. Es wird euch gefallen.«

»Hat es Ihnen gefallen?«

»Es traf sich, daß ich nicht zu dienen brauchte. Ich bin schwach auf der Brust – leider.«

»Das möchte ich auch sein. – Was ist das für ein Gesöff?« fragte Ben, da Jack ein Tablett mit Tassen an ihm vorbeitrug.

»Kakao. Hast du's nicht vorhin von Ginger gehört? Da, nimm dir deine verdammte Tasse!«

»Recht habt ihr, Jungs, flucht nur drauflos – jetzt weiß ich, daß wir gut miteinander auskommen werden. Gebt euch, wie ihr seid. Ich bin kein Moralprediger.«

»Er ist kein Moralprediger. Jetzt fragt sich – was predigt er dann? Hi-hi-hi«, feixte George Fish.

Mr. Mowlem saß da, ein wenig gedämpft, und hoffte, falsch gehört zu haben. Er liebte zwar alle Jungs, aber um einen einzelnen wie George Fish zu lieben, war etwas Übung nötig.

Jack verteilte die derben weißen Tassen mit stahlharter Miene; Tony war noch nicht wieder zum Vorschein gekommen. Er stellte vor jeden seinen Trunk, zuletzt vor Ralph, der sich daraufhin erhob.

»Habe ich Sie richtig verstanden, Sir«, fragte er mit scharfer Höflichkeit. »Sagten Sie vorhin, daß alles, was Ihnen gehört, auch uns im gleichen Maße gehört?«

»So ist es, lieber Freund. Und ich meinte es aufrichtig.«

»Wenn dem so ist«, sagte Ralph – »hoppla!« Und er hob die volle Tasse mit dem unschuldigen Kakao und schüttete ihn Jack ins Gesicht.

Die eine Irrsinnstat genügte vollkommen. Jack schrie auf, wie eine verbrühte Katze, und damit war die Spannung, die sich angesammelt hatte, mit einemmal gelöst. Alle sprangen auf und begannen, mit lustvoller Hingabe zuerst den Kakao, dann die Tassen, zuletzt die Untertassen dort hinzuschleudern, wo noch kein Fleck zu sehen war.

Der arme Alex wurde von einer Untertasse an der Nase getroffen. Sie blutete heftig, und er tupfte unwirksam mit einem Zipfel des Tischtuchs daran herum.

Sie rückten bis in die Mitte des Saales vor.

Der Lärm war fürchterlich. Fütterungsstunde im Zoo, Papageienhaus, Seelöwen, alles durcheinander. Gerade als die Munition auszugehen drohte, tauchte Tony aus der Küche gleichsam wie aus der Waffenkammer auf; er war bleich, aber entschlossen. Immer mehr Tassen und Untertassen traten ihren Weg ins Verderben an. Selbst der Kessel, ein riesiges Stück, rollte in Verfolgung von ein paar flotten Füßen über den gewichsten Fußboden.

Als es nichts mehr zu werfen gab, gingen sie aufeinander los; die Kampfregeln erfanden sie selbst – Junge gegen Junge, und kein Griff war verboten.

Ralph Ingram hatte boxen gelernt; als sich aber Jacks Zähne in sein Bein bohrten, vergalt er ihm das, indem er mit seinem schweren Schuh auf die Hand des Angreifers trat. Ginger schien sich nicht entscheiden zu können, auf welcher Seite er eigentlich stand. Als Rotkopf war er der geborene Raufbold – oder war er rothaarig, weil er ein Raufbold war? Wo sich eine Gelegenheit bot, schlug er pausenlos und kreuz und quer drauflos. Es war himmlisch. Sogar der sparsame Mac schmiß eine Zuckerdose nach der anderen hin, wobei ein Teil seines Gehirns zugleich den entstehenden Schaden zusammenrechnete. Tony hatte sich einer Schachtel mit Tischtennisbällen bemächtigt und versuchte, zwei davon in Bens Rachen zu stopfen; Ben aber fand sein Gleichgewicht wieder, stieß ein Knie vor und ließ die ganze Schachtel durch den Raum fliegen, bevor er sich wieder mit Tonys Knie befaßte.

Dann machte sich Ben auf die Suche nach härteren Kugeln und stieß auf George Fish, der methodisch das Tuch des Billardtisches aufriß. Zweifellos war es Fish, der die mutwillige Zerstörung größerer Objekte begann, aber wo er ansetzte, waren andere bereit, ihm zu folgen. Aufgepeitscht, bereits braun und blau geschlagen, ließen sie plötzlich das Kämpfen untereinander sein, um sich dem Massaker der Mowlemschen Halle zu widmen. Jemand hatte die Kreide gefunden, die für Notierungen im Wurfpfeilspiel vorgesehen war, und schrieb in Riesenbuchstaben quer über die rote Wand: »Keith Mowlem liebt George Fish.« Es war obszön und unwahr. Die Billardkugeln warfen sie durch die Fenster auf den unverbauten Platz vor dem Haus, ohne sich erst die Mühe zu nehmen, zu diesem Zweck die Fenster zu öffnen. Die Turngeräte waren zum Glück zu massiv, um unter den Mißhandlungen ernsten Schaden zu nehmen; immerhin riß und schnitt man in die lederne Haut des Bocks und bewarf ihn mit

Pfeilen. Was sie nicht beschädigen konnten, wurde in Gebrauch genommen; sie schwangen sich wild an den Ringen und am Reck und stießen mit den Füßen nach jedem, der zu nahe herankam. Ginger kletterte an einem Seil empor, saß dann oben mit einer Handvoll Pfeile und sah sich nach einem geeigneten Ziel um.

Plötzlich – ebenso unvermittelt wie er sich erhoben hatte – war der Sturm vorbei. Der Irrsinn fiel von ihnen ab, und Scham stellte sich ein. Ginger glitt von seinem Seil herab und legte die Pfeile schön säuberlich auf den Tisch. Ben sammelte die Billardstäbe, die zu Boden gefallen waren. Mac versuchte, die Kreideinschrift fortzuwischen, gab es aber wieder auf, weil dadurch nur ein Schmutzfleck entstand. Tony begann, die Scherben aufzulesen, und reihte sie auf einem Tablett auf, wie wenn er in seinem Hotel den Nachmittagstee richtete. Nach diesen wenigen krampfhaften Wiedergutmachungsversuchen zogen sie schließlich ab; sie gingen, ohne viel zu reden und ohne übermäßigen Lärm, ordentlich hintereinander über die Treppe – Klubmitglieder nach abgehaltener Versammlung. Von ihrem Gastgeber empfahlen sie sich nicht; ihm gegenüber verhielten sie sich, als wäre er der große Unsichtbare.

Keith Mowlem war die ganze Zeit an dem Tisch sitzen geblieben, wo der Krawall begonnen hatte. Jetzt rührte er sich nicht, um die Jungs zurückzuhalten; seine Glieder waren weich wie Wachs. Er hatte kein Wort gesprochen. Seine Züge waren völlig ausdruckslos; die schwachen Augen, die lange, trübsinnige Nase, der unentschlossene Mund – alles war genauso, wie man es auch durch das

Gitter des Postschalters, wo er tagsüber arbeitete, zu sehen bekam.

Als aber alle fort waren und er allein zurückblieb, legte er sein Gesicht auf den Tisch und gab sich einem harten, schrecklichen Weinen hin. Er weinte nicht über die Jungs, sondern über sich selbst.

13

Am nächsten Abend wurde Sam Brent von einer – besser gesagt, von zwei Personen besucht: Mrs. Burt brachte ihm ihren Sohn Alex. Die Frau gehörte demselben Typus wie seine Gattin an, nur gab es da einen wesentlichen Unterschied: sie war früh verwitwet und hatte ihre Kinder erziehen müssen. Während Elsie Brents Energie der Steuerung ihres Mannes geweiht war, hatte Mrs. Burt mit drei Mädchen und einem Jungen fertigzuwerden. Aber beiden Frauen blieb noch ein gutes Maß an Tatkraft für andere Werke der Nächstenliebe.

Als Elsie die Gäste ins Wohnzimmer führte, wurde Sam sofort klar, daß die eine aus freien Stücken und der andere gezwungenermaßen kam. Unter einem erdfarbenen Filzhut zeigte Mrs. Burts Gesicht die von seiner Frau kürzlich gerühmten Charakterzüge – Ehrlichkeit, Sauberkeit, Frömmigkeit –, deutete aber auch noch auf einige weniger wünschenswerten Eigenschaften hin, unter anderem auf eine fürchterliche Strenge.

Daß er klein gewachsen war, ließ ihren Sohn noch kindlicher erscheinen, als es seinem Alter entsprach, und die rosigen, gedunsenen Wangen verstärkten diesen Eindruck. Auch war ihm offenbar ein Stückchen seiner Nase abgehauen worden.

Nachdem die Höflichkeitsformen ausgetauscht worden waren und die Gäste Platz genommen hatten, heftete

Mrs. Burt einen fast hypnotischen Blick auf ihren Sohn und sagte: »So, Alex, jetzt erzähl dem Herrn Wachtmeister die ganze Geschichte.«

Einen Augenblick sprang in Brents Kopf ein wilder Verdacht auf. Was würde der Junge jetzt wohl berichten? Dann aber hielt er sich vor, daß Mrs. Burts Ton zu munter klang für eine Katastrophe so bedeutenden Ausmaßes. An die beschädigte Nase anknüpfend, sagte er halb scherzhaft: »Nun, junger Mann, wer hat dich im Boxring herumgestoßen?«

Während Alex noch auf seinen Schuhkappen nach einer Eingebung suchte, sprang seine Mutter schon in die Bresche.

»Ja, da fragt man sich, nicht wahr? Sie hätten ihn erst sehen sollen, wie er gestern abend nach Hause kam! Das Blut strömte ihm von der Nase, die Hemdbrust war davon befleckt, die Krawatte hing ihm hinten im Nacken, und in seine zweitbeste Hose war ein Loch gerissen. In den Strümpfen wollte er sich ins Zimmer schleichen! Aber seine Schwester sah ihn und schrie vor Schrecken auf.«

Brent versuchte, sie zu trösten: »Solche Dinge kommen schon einmal vor, Mrs. Burt.«

»Er ist in schlechte Gesellschaft geraten, Mr. Brent. Das erklärt die ganze Sache. Und ich habe doch alles getan, um ihn nicht übermütig werden zu lassen. Schon mit drei Jahren ist er in die Sonntagsschule gegangen, und als er dazu zu alt war, schickte ich ihn regelmäßig zu den Bibelvorlesungen.«

»Da ist wohl der berühmte Klub schuld, was?« fragte der Wachtmeister den unglücklichen Jungen und hoffte, daß Alex aus seinem Ton die Anteilnahme, die er ehrlich empfand, heraushören würde.

»Der Klub! Ich werde Ihnen was sagen! Wissen Sie, was diese Satansgeschöpfe mit der schönen Halle, auf die Mr. Mowlem so stolz war, getan haben? Das Ganze verwüstet, die Tassen zerbrochen, ein Fenster zerschlagen, an die Wände gekritzelt! Wenn da um Hunderte von Pfunden Schaden angerichtet wurde, würde es mich nicht wundern. Der Einfall, Billardtische aufzustellen, war mir ja nicht sehr sympathisch – wir wissen, wohin derlei führt, nicht wahr, Mr. Brent? –, trotzdem kann und will ich die vorsätzliche Zerstörung von Privatbesitz nicht verzeihen. Was hast du mir gesagt, Alex – wie viele Löcher haben sie in das Tuch geschnitten?«

Jetzt schossen Sam Brents buschige Augenbrauen hoch.

»Gestern abend, sagten Sie, war das?«

»Ja. Schlüpft mir da aus dem Haus, nachdem ich ihm sein Abendessen gegeben hatte! Ich wußte natürlich nicht, wohin er ging. Mr. Mowlem mag in seiner Art ganz einwandfrei sein, und man muß nicht alles glauben, was man so hört, aber ich hätte Alex doch nicht hingehen lassen, wenn ich es gewußt hätte. Man soll mit jungen Leuten nichts riskieren, und Alex ist ein unschuldiger Junge, der mit seinen Schwestern aufgewachsen ist und sich bei solchen Sachen nicht auskennt.«

Brent wandte sich an den Knaben. »Ist das wahr, Alex? Haben die Burschen wirklich die Halle beschädigt?«

»Ja, Sir.«

»Zum Donnerwetter! Dann will ich mir mal den Nick Salter, den jungen Halunken, vorknöpfen!«

»Nick war nicht dabei. Es wäre nicht geschehen, wenn er dagewesen wäre.«

»Ach, er war nicht da. Und warum nicht? Er war doch der Urheber von dem ganzen Affentheater. Es ist doch sein Klub, oder nicht?«

»Nein, jetzt nicht mehr. Sie haben ihn rausgeschmissen. Damit hat der Krach angefangen.«

»Es wird nicht mehr lange einen Klub geben«, sagte Mrs. Burt. »Abgesehen von Master Nick ist da seit gestern abend noch ein Mitglied weniger.«

»Wer ist also jetzt der Boß, Alex? Weißt du es?«

»Wir haben keinen erwählt, aber ich glaube, es wird Ralph Ingram sein. Das heißt, wenn sie überhaupt versuchen, den Klub weiterzuführen.«

»Hm. Nun, was kann ich für Sie tun, Mrs. Burt? Vor Gericht für Alex aussagen? Ich nehme an, daß Mr. Mowlem eine Anzeige erstatten wird.«

»Ach, es wird doch nicht soweit kommen, Mr. Brent! O Gott, von der Schande erhole ich mich nie mehr! Was hast du deiner armen Mutter angetan, Alex!«

»Es hängt von Mr. Mowlem ab.«

»Oh, der ist ein braver, gütiger junger Mann, was auch die Leute sagen mögen. Der wird nicht Schande bringen wollen über eine Witwe und ihre Waisen.«

»Da mögen Sie recht haben.«

»Alex hat an der Verwüstung nicht teilgenommen, nicht wahr, Alex? Er war ganz entsetzt darüber.«

»Wieso bist du dann verwundet worden, Alex?«

»Wir ... wir haben gerauft, Sir, bevor man anfing, den Saal zu zerschlagen.«

»Ich verstehe. – Wenn es Ihnen aber nicht darum geht, Mrs. Burt, wozu sind Sie dann hergekommen?«

»Wir kamen, um Sie zu informieren, Mr. Brent. Alex, erzähl, was kürzlich bei Salters geschah und warum die Burschen Nick Salter aus dem Klub ausgewiesen haben.«

Alex sagte nichts, rein gar nichts. Offenbar konnte er die Worte nicht über die Lippen bringen.

»Los!« drängte seine Mutter. »Untersteh dich, mich zum Narren zu halten!«

»Es wird vielleicht besser gehen, wenn Sie mich mit ihm allein lassen«, regte Sam an. »Wie wär's mit einer Tasse Tee, draußen, mit meiner Frau?«

Er ging zur Tür und rief: »Elsie!«

Als er dann mit dem Jungen allein war, sagte er:

»Nun, Alex? Heraus damit! Sag, was du willst; ich werde deiner Mutter nichts verraten. Aber merk dir: Es soll die Wahrheit sein!«

»Ich bin kein Lügner, Sir.«

»Nein, das glaube ich auch nicht.«

»Es ist eben nur so langweilig zu Hause. Ein Junge muß doch auch einmal ein bißchen Spaß haben. Immer nur Mädchen – wenn ich einen Bruder hätte, wäre alles nicht so schlimm.«

»Ja, ich verstehe dich ganz gut. Warum bist du nicht Pfadfinder geworden?«

»Meine Mutter wollte es nicht. Christliche Jugend – oder gar nichts, und von der habe ich ohnehin schon genug.«

»Nun, du wirst jetzt bald einrücken, dann kommst du von den mütterlichen Schürzenbändern los.«

»Aber davor habe ich ja so eine Angst, Sir! Wissen Sie

ich habe noch nie mit anderen Jungs gelebt, bin noch nie auch nur eine Nacht außer Haus gewesen. Die werden mich auslachen. Nick sagt, hinter einem Schwächling sind sie besonders her.«

»Warum hältst du dich für einen Schwächling?«

»Nun, ich bin klein und werde immer gleich rot. Und beim Turnen hab ich nie etwas getaugt.«

»Nur Mut, du wirst es schon schaffen. Es wird bestimmt nicht so schlimm sein, wie du dir's vorstellst. Und jetzt sag mir, was bei Salters gewesen ist.«

»Sie sagte, er hätte sie ermordet, Sir.«

»Halt, halt! Das wollen wir doch ein wenig klarer herausbekommen. Wer ist ›sie‹, wer ist ›er‹, und wer ist wieder ›sie‹?«

»Mrs. Fitch sagte, daß Nick Miß Maggs ermordet hat. Sie sagte, daß er in der Nacht fort war und daß sie ihn heimkommen hörte.«

»Das ist nichts Neues. Das hat sie, seit es geschah, jedem, der sie anhören wollte, angedeutet.«

»Aber wir haben es nicht gewußt. Ich meine: unser Klub. Ehrenwort, Sir. Für uns war das ein Schock. Sogar für Ginger.«

»Ist das alles, was du mir zu erzählen hast?«

»Sie sagte, sie wird hingehen und es vor Gericht beschwören. Und daß Nick und Kitty Ende der Woche aus ihrem Haus heraus müßten. Und dann war sie am nächsten Morgen selber tot, Sir!«

»Sie ist an Herzversagen gestorben«, sagte der Wachtmeister scharf. »Laß dir von niemandem etwas anderes einreden.«

»Man sagt aber, daß so eine alte Mamsell vor Furcht sterben kann, ohne daß einer auch nur den Finger gegen sie erhebt.«

»Man sagt, man sagt! Und ich sage dir: Ein Mensch ist unschuldig, solange seine Schuld nicht erwiesen ist! Das merk dir, junger Mann!«

»Ich wollte ihn auch nicht verpetzen«, jammerte Alex. »Mutter hat mich gezwungen. Nach den Klubregeln müssen wir zusammenhalten – einer für alle, und alle für einen. Aber daran hält sich niemand so genau.«

»Na, vielleicht doch. Aber gerade das ist hochinteressant. Nehmen wir an, Alex, daß nicht Nick Miß Maggs' Tod verschuldet hätte, sondern ein anderer aus eurem Klub. Meinst du, daß sich Nick dann durch eure Regeln gebunden fühlen würde?«

»Weiß nicht. Vielleicht.«

»Denk mal scharf nach, Alex. Das alles bleibt unter uns; ich verspreche dir, es soll niemand etwas erfahren. Wenn wir jetzt von Nick absehen – ist da noch irgendeiner in eurer Bande, der sich anders als sonst benimmt?«

»Alle benehmen sich anders. Sie sind nervös, deshalb.«

»Gibt es einen, der noch mehr als die anderen die Nerven verliert – was meinst du?«

»Ich weiß nicht. Gestern sind sie ja alle durchgedreht.«

»Und wer hat die Sache ins Rollen gebracht?«

»Dieser Ralph Ingram. Ach nein, vielleicht war es Jack.«

»Na schön, ist ja egal. Jetzt mach du dir keine Sorgen mehr, du bist ja nun aus der Bande der Schlaumeier endgültig draußen. Es führt zu nichts Gutem, wenn man keinen Respekt vor fremdem Eigentum hat.«

»Sie wußten es also ... Sie wußten, daß ...«

»Du meine Güte! Natürlich kannte ich alle ihre kleinen Kniffe. Das sind Dummejungenstreiche, und du bist doch kein dummer Junge, nicht wahr?«

»Ich weiß nicht, was ich bin. Nur daß ich schrecklich feige bin.« Dabei führte er unbewußt die Hand zu seiner beschädigten Nase.

»Unsinn! Um es mit deiner Mutter aufzunehmen, müßte einer ein Held sein; die ist ja schlimmer als ein Feldwebel. Komm, jetzt gehen wir zu ihr hinein; und erzähl ihr nicht, was ich dir gesagt habe.«

Er warf dem armen Sünder einen Blick zu, der ihn mit frischer Manneskraft belebte.

Kaum hatten die Gäste das Haus verlassen, begab sich Brent eiligst in Mowlems Quartier.

Er hatte mehr oder minder erwartet, ihn unter Verbandmull und Umschlägen zu finden, stellte jedoch zu seiner Erleichterung fest, daß er keinen Schaden erlitten hatte, außer vielleicht an seiner Selbstachtung, was aber nicht sichtbar war. Keith hatte sich nach dem Leidensweg des vorigen Abends erholt. Er war bleich, aber gefaßt.

Brent kam ohne Umschweife auf sein Thema zu sprechen, denn Mowlems Zimmer war keins, in dem man gern verweilt hätte, es sei denn, er bezahle drei Guineeen wöchentlich für dieses Vorrecht. Trotz der Tischdecke aus Chenille und dem Petroleumofen (neuestes Modell) war es ungefähr so gemütlich wie das Sprechzimmer beim Leichenbestatter.

»Ich höre, die jungen Tolpatsche haben Ihnen gestern das Lokal verwüstet«, sagte er.

»Ach?« fragte Mr. Mowlem und gab sich desinteressiert: »Prahlen sie damit in der Stadt?«

»Eigentlich nicht. Sondern – wie man so sagt – ›es ist uns zu Ohren gekommen‹.«

»Ach so, es ist ein Angeber unter ihnen.«

»Hören Sie, Sir, mir persönlich ist die Sache äußerst peinlich. Diese häßliche Erfahrung wäre Ihnen erspart geblieben, wenn ich Ihnen nicht unsinnigerweise von den Jungs erzählt hätte. Es tut mir sehr leid. Sie erstatten natürlich Anzeige?«

»Warum denn? Ich habe getan, was ich mir vorgenommen hatte. Zum ersten Mal in meinem Leben habe ich einer Gruppe von Jugendlichen eine Freude bereitet. Eine wahre Freude.«

»Das ist auch ein Standpunkt. Aber Sie meinen es wohl nicht ernst?«

»Doch. Sie können mich nicht zu einer Anzeige zwingen. Es ist kein ernster Schaden entstanden, und was zerstört wurde, will ich in Ordnung bringen lassen, bevor ich die ganze Anlage und meinen Mietvertrag den Katholiken übergebe. Die sind in ihrer Halle schon furchtbar eingeengt.«

Da war wirklich nichts mehr zu sagen. Aber Sam Brent konnte sich einer gewissen Bewunderung nicht erwehren. Es war eine Geste – es geschah im großen Stil.

»Interessieren würde mich aber«, fuhr Mr. Mowlem fort, »ja, ich würde sogar sehr gern erfahren, wodurch die Jungs derartig außer Rand und Band gerieten. War es etwas, das ich gesagt oder getan hatte? Vielleicht könnten Sie mich darüber aufklären, Herr Wachtmeister?«

»Ja, das könnte ich vielleicht. Jedenfalls trifft Sie keine Schuld.«

»Sie nehmen mir eine Last vom Herzen. Nun, was war es?«

»Wollen Sie es wirklich hören? Sind Sie sicher?«

»Gewiß. Warum denn nicht?«

»Es ist dummes Geschwätz und könnte Sie aufregen.«

»Mich aufregen – nach dem gestrigen Abend? Mensch, reden Sie doch keinen Unsinn.«

»Nun, Sir, ich bin Ihnen wohl eine Erklärung schuldig. Auch wüßte ich nicht, weshalb ich bei einer Sache Diskretion üben sollte, die noch vor Sonnenuntergang die Spatzen von den Dächern pfeifen werden. Also bitte« – und er gab Mr. Mowlem ohne weitere Umschweife den Hauptinhalt von Alex' Mitteilungen bekannt und fügte noch einiges aus seinen eigenen Beobachtungen hinzu. Keith hörte ihn aufmerksam an und gönnte sich ein paar Sekunden zur Überlegung, bevor er sagte: »Sie haben mich also veranlaßt, mich einer Bande von Jungs anzunehmen, in deren Mitte Sie einen Mörder vorzufinden denken?«

»Sie sagten ja, es gäbe keine schlechten Jungs«, erwiderte Brent schroff. »Sie behaupteten, es wäre alles nur auf schlechte Eltern oder ein verderbliches Milieu zurückzuführen.«

»Ich bin auch jetzt noch nicht vom Gegenteil überzeugt.«

»Ach, Mr. Mowlem, weil Sie eben das sind, was ich

einen Schwärmer nennen möchte. Wenn der gestrige Abend Sie nicht kuriert hat, sind Sie überhaupt nicht zu kurieren. Sie werden sich bis zum Jüngsten Tag Ausreden für die Bösartigkeit solcher Lausbuben ausdenken. Die Eltern, die Lehrer, der verregnete Sommer – irgend etwas ist schuld, nur nicht die Burschen selbst.«

»Wieso kommen denn die meisten dieser Jungs aus ein und derselben sozialen Klasse, aus der Klasse der Unterdrückten?«

»Unterdrückten – daß ich nicht lache! Die Lumpen haben noch nie ein so bequemes Leben gehabt! Sie können sich ihren Beruf aussuchen, die Arbeit schwänzen, wenn es ihnen paßt; sie verdienen ein Heidengeld und finden immer wieder irgendeinen Es ... – verzeihen Sie, Sir, irgendeinen wohlwollenden Menschen, wie Sie es sind, der sie mit einer Ausstaffierung versieht, über die ein Gymnasiast grün vor Neid werden könnte. Und aus diesem Himmel auf Erden schleicht sich der Halbstarke heran mit seinem üblen Gesicht, seinen komischen Klamotten und einer Fahrradkette in der Tasche. Es gefriert einem das Blut in den Adern! Und noch viel mehr bei der Vorstellung, wie diese Taugenichtse in zehn Jahren sein werden, wenn sie sich erst voll und ganz entfaltet haben. Unsere Burschen sind Anfänger, aber sie lernen! Wenn ich das alles nicht so auf die leichte Schulter genommen hätte, weil ich ihre Streiche für jugendlichen Übermut hielt, und dachte, sie würden schon mit der Zeit vernünftiger werden, wäre Gertie Maggs heute noch am Leben.«

»Wie wollen Sie dem also beikommen?«

»Ich sagte es Ihnen schon einmal, Sir: Eine gute, im

richtigen Alter verabreichte Züchtigung mit dem Lederriemen ist ein wunderbares Heilmittel. Und wenn es dazu zu spät ist, dann würde ich den Gaunern ihr Geld bis auf den letzten Pfennig wegnehmen und mit ihnen umgehen, wie sie es mit anderen tun. Harte Vergeltung und öffentliche Beschämung. Ich würde sie in den Stock setzen, wie man das im Mittelalter zu tun pflegte.«

»Aha! Eine Brutalität mit einer neuen vergelten!«

»Etwas anderes verstehen die nicht!«

»Und wer ist daran schuld? Sie verstehen nichts anderes, weil sie so verdammt unwissend sind. Wer ist *dafür* verantwortlich?«

»Und hier drehen wir uns im Kreis herum, Mr. Mowlem. Wir beide werden uns über diesen Gegenstand niemals einigen, da könnten wir bis morgen früh debattieren. Zum Glück verlangt das niemand von uns. Im Augenblick interessiert mich eigentlich nur einer von den Burschen, und ich bin durchaus nicht überzeugt, daß das Nick Salter ist. Sagen Sie, Mr. Mowlem, wen würden Sie nach dem gestrigen kleinen Ulk als einen möglichen Kandidaten für die Jugendbesserungsanstalt ansehen?«

Plötzlich kam Leben in Keith Mowlem, und er antwortete sofort: »Einer war mir vom ersten Augenblick an unsympathisch. Wenn es je einen Verbrechertypus gab ... – Ach, Wachtmeister, jetzt haben Sie mich richtig überrumpelt!«

»Los, Sir, helfen Sie mit – beschreiben Sie ihn mir.«

»Seine Augen sitzen nahe beisammen, und er hat jene hinterlistig wirkenden Augenbrauen, die sich auf der Nasenwurzel treffen. Einen sehr unsteten Blick. Komisch –

das Gesicht kam mir irgendwie bekannt vor, obwohl ich, soviel ich weiß, den Jungen noch nie gesehen hatte.«

»Sie haben vermutlich den Vater hinter seinem Ladentisch stehen gesehen. Sie meinen George Fish, den Sohn des Metzgers.«

Als der Wachtmeister später seinem Vorgesetzten die Hauptpunkte dieses Gesprächs meldete, sagte der Inspektor gereizt: »Ich verstehe nicht, weshalb Sie die ganze Zeit hinter den Jungs her sind, wenn Sie doch einen verdächtigen Mann vor der Nase haben. Wer sich weigert, eine Bande von Rowdies, die ihm den liebsten Traum zerstört haben, gerichtlich zu verfolgen, muß selbst ein Betätigungsfeld haben, für das er keine Untersuchung wünscht.«

14

Als Nick am folgenden Tag um ein Uhr ins Büro ging, um, da es Freitag war, seinen Wochenlohn zu holen, merkte er, daß das Päckchen doppelt so schwer war wie sonst; da war ein zweiter Wochenlohn dabei, als Bezahlung für die Kündigungsfrist, und seine Versicherungs- und Arbeitskarten.

»Was soll das heißen?« fragte er die junge Dame am Schreibtisch.

»Ich könnte es Ihnen wirklich nicht sagen«, antwortete sie und spielte mit ihren Nackenlöckchen – eine Geste, in die sie unsagbar selbstverliebt war. »Wenn Sie etwas zu beanstanden haben, gehen Sie am besten zum Chef.«

Der Chef zuckte nicht mit der Wimper; er war ein Mann, dem es nicht schwerfiel, die Dinge beim Namen zu nennen.

»Wenn Sie wissen wollen, warum Sie gehen müssen, junger Mann, dann fragen Sie die Kunden«, sagte er barsch. »Aber wenn Sie es gern in hübscher Verpackung haben wollen, legen Sie sich zurecht, daß es darum ist, weil Sie ohne Beurlaubung einen Tag weggeblieben sind.«

»Ja, zum Teufel, ich konnte doch nicht kommen! Meine Hauswirtin war gestorben, und ich mußte auf die Polizei warten.«

»Wenn das keine genügende Antwort auf Ihre Frage ist, weiß ich nicht, was Sie noch hören wollen.«

Nick schob den Schürzenlatz von den Schultern, schälte sich aus der schmutzigen und ölgetränkten Arbeitshose und ließ beides als Gegengabe im gemütlichen Nestchen des Herrn Chefs auf dem Zementboden liegen.

Für gewöhnlich nahm er seinen Mittagsimbiß in einem Fernfahrerlokal ein, wo er oft mit Ginger und Ben zusammentraf; heute jedoch hatte er kein Verlangen nach fettigen Würstchen, auch nicht nach den forschenden Blicken der anderen Stammkunden.

Er kaufte sich in einem Milchgeschäft ein Päckchen Sandwiches und ging in den Park, um sie dort zu verzehren. Da saß er dann auf einer Bank mit grünen Latten und kaute und grübelte.

Obwohl er so zungenfertig von der Arbeitslosenunterstützung gesprochen hatte und übrigens auch zu deren Bezug berechtigt war – die Kündigung erfolgte anscheinend ohne triftigen Grund –, hatte er keineswegs die Absicht, seinen Anspruch geltend zu machen. Es war eine Frage des Stolzes, wenn er sich auch geschämt hätte, es einzugestehen. Vielmehr wollte er nach der Mittagszeit, wenn die Stadt wieder aufwachte, einen Streifzug durch das Geschäftsviertel machen und sich nach einer passenden Anstellung umsehen.

Sollte da nichts zu bekommen sein, dann würde er zur Arbeitsvermittlung gehen und sehen, was die zu bieten hätten.

Es war kalt im Park, doch der Frühling war auf dem Weg. Nick war für den Frühling noch nicht zu alt; in ihm weckte er noch nicht Hoffnungen, die längst nicht mehr zu erfüllen wären. Saß man auch in der Klemme, so war es doch tröstlich, zu sehen, daß der Frühling seinen gewohnten Lauf nahm und ein Blatt ums andere wachsen ließ, ohne Rücksicht auf die öffentliche Meinung.

Mit der aufsteigenden Lebenskraft rings um ihn regten sich auch seine Lebensgeister. Das hellgrüne Gras verhieß ein üppiges Wachstum. Er sehnte sich nach Fly. Im Geist sah er das anmutige, elegante Tier in weiten Kreisen über den freien Raum dahinjagen wie damals, bei ihrem letzten gemeinsamen Ausgang. Das war an jenem berühmten Sonntag, als Fly beinahe Ed gebissen hätte. Ed – Kits Bruder, ihr Herzblatt. Ha! Das war was gewesen! Er legte ein Bein über das andere und nahm es gleich wieder herunter.

Nicks Beziehung zu seinem jungen Schwager war immer ganz neutral gewesen; sie gehörte nicht in die gleiche Welt wie die freundliche Zänkerei zwischen ihm und Irene. Ja, das war es: Ed lebte in einer anderen Welt. Sein Erfolg in der Schule, seine lautstark angekündigte Wahl eines akademischen Berufs hatten ihn in eine andere Kategorie gehoben. Das ergab eine scharfe Abtrennung von seinen Kameraden, die vielleicht später einmal zur Aufnahme in andere Kreise führen würde – vorläufig verurteilte es ihn zu großer Einsamkeit.

Merkwürdig war jedoch, daß unter dem Druck der Ereignisse Nicks Gefühle für Ed tiefer und vielfältiger wurden. Parallel zu der Eifersuchtsregung, die Kits durchschaubare Bevorzugung ihres Bruders in ihm auslöste, war da noch ein seltsames Aufkommen von Mitleid und menschlichem Verständnis und die Art Beschützerwut, mit der etwa eine Mutter ihrem schwächlichen Kind zu Hilfe eilt.

Armes Kerlchen, dachte Nick, indem er einen Stein mit dem Fuß fortstieß. Dieses pausenlose Büffeln – so etwas hält doch niemand aus! Er schoß einen ärgerlichen Gedanken in die Richtung der beiden Tugendbolde, Mr. und Mrs. Thos. Bone, ab.

Doch mitten in diese altruistische Einstellung fiel eine beklemmende Besorgnis über die eigene Lage. Einige Worte Brents, den er als seinen natürlichen Feind ansah, verfolgten ihn mit der ekligen Hartnäckigkeit unangenehmer Wahrheiten.

»Ach was, der soll mich gern haben!« rief er wild zwei Tauben zu, die sich in seiner Nähe Krumen suchten. »Ich brauche ihm ja nicht zu folgen«, sprach er weiter den führenden Vogel an und warf ihm den Rest seines Sandwichs zu. »Es ist da nicht die Spur eines Beweises, das weiß er selbst ganz genau. Ich darf bloß den Kopf nicht verlieren. Sie können mir nichts tun.« Die Worte eines alten Couplets fielen ihm ein:

»Stock und Stein kann dir die Knochen brechen,
Worte werden dich nie verletzen.«

Gestärkt durch diese – offensichtlich falsche – Feststellung stopfte Nick freudlos grinsend die Sandwichhülle hinter die Parkbank und machte sich auf den Weg in die Stadt.

Die Festwoche rückte näher, und obwohl die Stadtleute, um ihre Profitquote nicht unnötig zu schmälern, bis zum letzten Moment abwarteten, Extrapersonal aufzunehmen, kam doch die Zeit, wo man beim Gedanken, der

Invasion ohne zusätzliche Arbeitskraft gegenüberzustehen, nervös wurde, so daß bereits in den Ecken der Geschäftsauslagen und an anderem Ort die Karten und Zettelchen erschienen, die Aushilfsstellen anboten.

Nick ging zuerst zu einer der beiden anderen Werkstätten der Stadt und fand zu seiner Genugtuung einen an eine Benzinpumpe angeklebten Zettel mit den ermutigenden Worten: »Mechaniker gesucht.«

Nicht, daß er sich besonders wünschte, Mechaniker zu bleiben; daß aber die Möglichkeit dazu bestand, war immerhin tröstlich. Auch ist das Weiterarbeiten in einem Beruf, in dem man seine Fähigkeiten kennt, weniger aufreibend als die Jagd nach einem neuen, zu welchem man als einzige Empfehlung seinen guten Willen mitbringt. Nicks Bewerbung veranlaßte den Chef, aus seinem Winkel hervorzutreten, doch erlosch sein Eifer, als er ihn erblickte, und er sagte kurz: »Die Stelle ist schon vergeben.«

»Warum nehmen Sie dann die Karte nicht weg?« fragte Nick nicht minder schroff und wandte sich mit einem Kopfnicken ab.

Das hatte ihm wohl sein früherer Boß eingebrockt, nahm er an. Wenn das so war, dann hatte es keinen Sinn mehr, sich an Werkstätten zu wenden. Ach was, das war ohnehin eine Drecksarbeit.

Auf seinem Weg zurück ins Stadtzentrum hielt er nach irgendwelchen Gelegenheiten Ausschau. Er versuchte es in drei Geschäften, wo Verkäufer gebraucht wurden, hatte aber kein Glück. Das führte er auf seine schlechte Kleidung zurück. Gewiß, ihm fehlte die Erfahrung, aber brachte es nicht jeder Idiot fertig, etwas einzupacken und über den Ladentisch auszuhändigen? Ja, es mußte sein Aufzug schuld sein; vielleicht sollte er lieber erst nach Hause gehen und den Kragen wechseln.

Aber sein Selbstvertrauen nahm mit jedem Versuch ein wenig ab, und er las im Gesicht der Kaufleute mehr als eine bloße Ablehnung seiner äußeren Erscheinung. Er kannte sie zwar nicht, sie aber schienen ihn zu kennen. Einmal ging alles gut, bis er seinen Namen angab; dann konnte der Mann nicht erwarten, ihn wieder draußen zu haben. Nun, es mußte sich doch noch irgendwo ein Arbeitgeber finden lassen, der weniger heikel wäre. Die ersten Häuser waren reiche und angesehene gewesen; jetzt wandte er sich an die kleinen Läden in den Seitengassen. Hier ging es ihm aber nicht besser, sondern schlechter, weil die Männer, die ihn ausfragten, gröber waren. Sie ließen ihm kaum Zeit, den Mund zu öffnen. Einer sagte: »So einen wie Sie können wir hier nicht brauchen«, und eine alte Frau, deren Warenlager anscheinend aus Bonbonschachteln mit feuchten Flecken, allerlei Lakritzen und einer Kiste verrunzelter Äpfel bestand, drohte ihm mit der Polizei.

»Sie brauchen keinen Gehilfen, Mamachen, einen Leichenbestatter brauchen Sie!« erwiderte er und schlug wütend die Tür hinter sich zu.

Als er zur Hauptstraße zurückkam, sah er, daß der Metzger Fish, Georges Vater, einen kräftigen Jungen suchte, um die Bestellungen auszutragen. Nun, kräftig war er, aber kein Junge mehr, und die Vorstellung, eine gestreifte Schürze umzubinden und auf einem Fahrrad in der Stadt herumgeschickt zu werden, war ihm unerträglich. Der gute George hätte sich totgelacht. Wenn es sich darum handelte, einen Lieferwagen zu fahren – das wäre etwas anderes.

An einem Bretterzaun hingen zwei rivalisierende Plakate, die ihn aufforderten, sich beim Heer beziehungsweise bei der Polizei zu bewerben. Ein etwas älterer Mann im gleichen Seelenzustand hätte wohl draufgespuckt, um seine Wut abzureagieren; Nick blickte nur noch etwas finsterer drein und ging auf seinem Weg zur Arbeitsvermittlung rasch daran vorbei.

Dort saß er dann mit beschämter Miene und wartete, bis er an der Reihe wäre. Nach seinen jüngsten Erfahrungen war er froh, hier eine so völlig unpersönliche Atmosphäre vorzufinden. Im Raum war es still und dunkel, und die Beamten sprachen gedämpft, als ob soeben mehrere reiche Arbeitgeber verschieden wären.

Nick legte seinen Fall dar, beantwortete Fragen und erhielt drei Adressen – drei Häfen, wo er möglicherweise ankern könnte. Der eine war eine kleine Fabrik am Stadtrand, wo man eine Art Hilfsingenieur brauchte; im zweiten, einem großen Haus in der Oldmeadow Road, suchte man einen Chauffeur und Handlanger, und der dritte war die Werkstatt, wo er sich schon vorhin gemeldet hatte. Das erwähnte er lieber nicht. Die Oldmeadow Road, die mit Miß Maggs's letztem Gang in Zusammenhang stand, war ihm unsympathisch, und so schlug er die Richtung zur Fabrik ein. Aber die Aufregungen des Tages hatten ihn jetzt bereits ermüdet, und als er ankam, war er verzagt und fühlte sich schwerfällig und dumm. Wie das bei den meisten Fabriken der Fall ist, schien man erst meilenweit auf Betonstreifen wandern zu müssen, bevor irgendein Ziel erreicht werden konnte. Der Portier führte ihn zum Personalchef, der Personalchef zum Vizedirektor, der Vizedirektor zum Oberingenieur. Der Oberingenieur führte ihn zu den Maschinen, und da sich dort herausstellte, daß Nick bei vielen Fragen die richtigen Antworten schuldig blieb, verabschiedete er ihn, wobei er es ihm überließ, selbst seinen Weg aus dem Gebäude zu finden. Jetzt war da kein Zweifel mehr und Nick hatte nur mehr zwei Wünsche: wieder zu Hause zu sein und eine warme Mahlzeit zu sich zu nehmen. Der trotzige Entschluß, mit jedem Penny seines letzten Lohns zu sparen, ließ ihn von einer Autobusfahrt absehen, und so schleppte er sich mit schmerzenden Füßen und bitter wie ein alter Teeaufguß bis zur Hintertür seines Hauses.

Kaum hatte er sie geöffnet, erhob sich ein schmaler Schatten aus dem Dunkel und warf sich ihm schweifwedelnd entgegen. Nicks Hand fuhr streichelnd über das kurzhaarige, weiche und elastische Fell.

»Kusch, Fly, du dummes Tier! Na also, was gibt's?«

Er tastete nach dem Schalter, und die Spülküche sprang ins Licht, verödet und häßlich, mit ihrem Abwaschbecken voll schmutziger Teller. Er ging in die Küche, dann ins Schlafzimmer. Es war keine Menschenseele im Haus, aber man hatte noch immer ein unbehagliches Gefühl, als läge Mrs. Fitch im oberen Stockwerk und nicht beim Leichenbestatter.

In der Halle hob er einen Briefumschlag auf, der auf der Matte lag; seine Adresse stand darauf in Jacks Handschrift.

»Mein Gott!« dachte er, »jetzt hat mich Kit verlassen! Sie hat Miß Baby mitgenommen und ist ausgerissen.«

Von panischer Angst erfaßt, ging er in die Küche zurück. Dort fand er zu seiner Erleichterung eine abgerissene Papiertüte mit einer weiteren Botschaft:

Bin zu Mutter gegangen. Dein Abendessen ist im Backofen. Kitty.

Das klang weniger endgültig, wenn es auch seine bangen Ahnungen nicht ganz verscheuchte. Als er ohne große Erwartungen den Backofen öffnete, war da eine Schüssel mit einem zerkochten Stück Fisch und blaß ockerfarbenen Kartoffelscheiben, die offensichtlich eine Wiedererwärmung nötig hatten. Hastig schloß er das Essen wieder ein. Er ging ins Zimmer zurück und setzte sich mit dem Brief in der Hand auf das Sofa. Daß darin irgend etwas stünde, das er gern erfahren wollte, war höchst unwahrscheinlich. Schließlich, da er nichts Besseres zu tun hatte, riß er den Umschlag auf und nahm das darin befindliche Blatt heraus. Es war nur eine kurze Mitteilung über das gestrige Spektakel bei Mowlem. Der Schluß lautete:

Ich denke, mit dem Klub ist es jetzt aus. Wenn du willst, daß ich etwas unternehme, laß es mich wissen. Jack.

Was soll schon unternommen werden! Es war ja bloß ein verrückter, kleiner Klub gewesen, den er, zum Zeitvertreib und um von Kitty und dem Baby loszukommen, ins Leben gerufen hatte. Kinderei, wie schon der Wachtmeister sagte, das alte Spiel von Räubern und Gendarmen, und dazu ein wenig Geselligkeit. Nun, jetzt war er futsch, ebenso wie seine Stellung und vielleicht auch seine Frau. Es war ihm völlig egal.

Bei aller Bedeutungslosigkeit war es aber doch etwas, das er selbst erschaffen hatte, und deshalb die Art von Mißerfolg, die am meisten weh tut. Plötzlich war ihm seine ganze Umgebung zutiefst verhaßt: das freudlose, schmutzige Zimmer, die schäbige Einrichtung, der billige Fußbodenbelag und vor allem der Gestank der trocknenden Windeln.

Er rief Fly und legte ihr das Halsband an. Dann schlüpfte er mit seinem Hund durch die Hintertür und ließ sie unverschlossen, wie er sie vorgefunden hatte.

So, das war schon besser – jetzt konnte man wenigstens atmen. Aber er hatte einen Moment lang seine Erschöpfung und seinen Hunger vergessen. Er durfte Fly nur in manche Gasthäuser mitnehmen – dort, wo man ihn kannte –, und gegen die empfand er nach den heutigen Erfahrungen einen heftigen Widerwillen. Aber essen mußte er, und so flogen seine Gedanken zu der einen Stelle, wo er mit Sicherheit auf irgendeinen warmen Bissen rechnen konnte, zum Haus seiner Mutter. Es war noch nicht spät, seine Mutter würde noch nicht im Wirtshaus sitzen, sein Vater dagegen wohl, der stürzte ja schnurstracks hin, sobald es offen war. Der alte Säufer! – kein Wunder, daß er, Nick, keinen Alkohol trank; er hatte in seiner Kindheit die Auswirkungen der Trunksucht zur Genüge kennengelernt, um Alkohol für den Rest seines Lebens zu meiden.

Er ging jetzt selten zu seinen Eltern, obwohl er nach der Militärzeit bis zu seiner Verheiratung dort gewohnt hatte. Seine Mutter ließ ihn nie viel zahlen, das war ein Vorteil, und das wenige, das er ihr gab, war für sie eine kleine Hilfe, wenn der Alte seinen Lohn vertrank.

Trotz aller Unzulänglichkeiten, die ihm wohlbekannt waren, wurde es Nick ein wenig wärmer ums Herz, als er sich dem Elternhaus näherte. Er sehnte sich nach menschlicher Anteilnahme, und seine Mutter besaß, bei all ihren Fehlern, ein verständnisvolles Ohr für erlittenes Unrecht. Er glaubte schon zu hören, wie sie ihn wieder einmal bedauerte – »O Gott, Nick, mein Junge, wie niederträchtig!« – Und richtig sagte sie es bald mit ihrer trägen, gemütlichen Stimme, die zu ihrem übrigen Wesen paßte. Er fand, daß sie noch dicker geworden war. Sie trug niemals ein Korsett, und ihre Taille hatte sich jetzt so sehr erweitert, daß das lose Kleid aus weichem Material, das sie bevorzugte, zum Reißen gespannt war. Es war auch nicht sehr sauber. Sie hatte geschwollene Beine und lächerlich kleine Füße; man mußte staunen, daß sie das Gewicht ihres Körpers tragen konnten. In ihrem stets gutgelaunten Gesicht verschwammen alle Züge im Fett, da war nichts mehr zu sehen als wohlwollendes Gewebe.

»Verhungert kommst du mir vor«, sagte sie.

»Stimmt«, gab er zu.

»Ich werde schon etwas für dich finden. Wie wär's mit Speck und Eiern? Das geht schnell. Es ist zwar das Frühstück vom Alten, aber was soll's?«

»Genau das Richtige.«

»Du setzt dich hierher, und ich mach es dir zurecht. Du kannst erzählen, während ich koche. Was macht denn Kitty? Wieso läßt sie dich so im Stich?«

»Sie ist zu den Bones gegangen. Sie hat mir Fisch und Kartoffeln zum Aufwärmen gelassen, aber darauf hatte ich keine Lust.«

»Das kann ich mir denken. Wie geht's der Kleinen?«

»Sehr gut.«

»Warum bringst du sie nie mit?«

»Ich weiß nicht.«

Natürlich wußte er es sehr wohl. Seine Mutter hatte niemals einen besonders guten Ruf gehabt. In der Schule pflegten ihn die Jungs damit zu necken. Er selbst war der Sache nie auf den Grund gekommen. Hatte die Liederlichkeit der Mutter den Vater zum Trinker gemacht – oder war die Trunksucht des Vaters schuld an der mütterlichen Liederlichkeit? Nun, was würde es ändern? Das Ergebnis war das gleiche. Man konnte es Kitty nicht übelnehmen, daß sie mit keinem der beiden etwas zu tun haben wollte. Aber seine Mutter traf es schon ein wenig hart: nie bekam sie Miß Baby zu sehen. Jetzt brodelte der Speck in der Pfanne; wie die meisten korpulenten Frauen bewegte sich seine Mutter schnell und wendig.

»Der Alte treibt es noch ärger als sonst«, sagte sie, das Zischen übertönend. »Kann seinen Überstundenlohn vertrinken.«

»Ich wußte gar nicht, daß er arbeitet.«

»Jaja, eine Baustelle. Es gibt nie genug Straßenarbeiter.«

»Dann könnte ich das auch tun, nehm ich an, wenn ich nichts anderes bekomme.«

»Du wirst schon etwas finden, mein Junge. Erhalte dir nur deine Kräfte und mach dir keine Sorgen. Ich sorge mich nie – und schau mich an!«

Sie brach zwei Eier auf, goß sie nacheinander in eine Schüssel und von da in die Bratpfanne. »Was hältst du von einem Stück geröstetem Brot dazu?«

»Prima! Kusch, Fly! Da fällt mir ein – sie muß auch hungrig sein.«

»Sieh in der Speisekammer nach, da ist irgendwo ein kleiner Knochen. Den gib ihr. Gut, daß die Katze nicht da ist, sonst würden die Funken sprühen. Katze und Hund – wie ich und der Alte, möchte ich sagen.«

Sie lachte aus heiserer Kehle, während sie die Eidotter mit dem Fett begoß. »So, mein Sohn, das hätte man dir in keinem Gasthaus schneller serviert. Nimm dir Messer und Gabel und schling das hinunter.«

Während er aß, beobachtete sie ihn und zog aus seiner Erscheinung ihre Schlüsse. Wie es auch um ihre Moral bestellt sein mochte, ihr Verstand war noch rege. Der Junge sah übel aus, dachte sie. Sollte er etwas ausgefressen haben, wie es ihr jemand zugeraunt hatte? Nun, bei manchen kam das vor, bei anderen nicht. Sie hatte noch nie jemanden abgeurteilt und würde nicht beim eigenen Sohn beginnen. Man lebte in einer wundersamen Welt, und es kam keiner durch, ohne Fehler zu machen. Und darüber sprechen wollte er bestimmt auch nicht. Das wollte keiner. Am besten, man saß gemütlich beisammen und ließ sich's schmecken. Ein hübscher Mensch war er. Auch sie war einmal hübsch gewesen. Sie überlegte, nicht zum ersten Mal, ob er wohl das Kind ihres Mannes war. Das könnte sein. Oder auch nicht.

Er hatte eben den letzten Bissen geschluckt und tunkte sein Brot in das restliche Fett, als die Schritte seines Vaters zu hören waren. Hand und Arm erstarrten, und sie sah in seinen Augen die gleiche Furcht, mit der er als Kind den Klang vernommen hatte.

Salter senior kam in einem gräßlichen Gemütszustand nach Hause – zu sehr betrunken, um noch fröhlich zu sein, zu wenig, als daß es ihn gelähmt hätte. Der Anblick seines Sohnes, für den er nie sehr viel übriggehabt hatte und der offensichtlich gerade auf seine Kosten gegessen hatte, versetzte ihn in einen Zustand irrsinniger Wut. Salter senior bot entschieden keinen hübschen Anblick: Sein Gesicht war gedunsen, die Nase knollig, das Weiße seiner Augen gelblich und von den Adern durchzogen. Als sein Blick auf Nick fiel, begann er zu schimpfen und zu fluchen.

Seine schweren Arme schlugen wie Flegel durch die Luft.

»Schmeiß ihn hinaus!« brüllte er. »Ich will den jungen Schurken, den Mörder, nicht hier haben! Ein Schandfleck ist er für uns, ja, ein Schandfleck! Ich schäme mich, mich im Wirtshaus zu zeigen. Eine schöne Geschichte! Heute mußte ich früher weg, weil man über ihn sprach. Sie sagen, man muß ihn aus der Stadt verjagen. Weil er das ganze verdammte Festspiel verpatzt ... Und du setzt dir ihn her mit einem Messer in der Hand! Du bist wohl nicht bei Trost! Der schneidet dir die Kehle für zwei Pfennige durch. Das kann er: alte Weiber, die zu dick sind, um sich zu wehren, oder zu lahm, um zu laufen. Schau, daß du hinauskommst, du – du Bastard! Ja, das bist du. Ich verleugne dich.«

»Hör ihm nicht zu, Nick«, kreischte die Mutter, »er weiß nicht, was er sagt!«

»Ach doch – das weiß ich. Hinaus mit dir! Verschwinde! Sonst könnte ein Malheur passieren. Und laß dich hier nicht noch einmal blicken, hörst du?«

Nick war so blaß wie sein Vater purpurrot. Er zischelte zwischen die Zähne durch: »Da kannst du dich drauf verlassen, daß ich nicht wiederkomme!«

»Recht so. Genau das wollte ich hören. Und nimm deinen Köter mit, bevor ich ihn in den Bauch trete!«

»Wenn du Fly anrührst, schlag ich dich halb tot!«

»Warum nicht ganz? Pah! Weil du keinen Schneid hast. Du schaffst es nur bei alten Damen. Hinaus jetzt!«

»Nick, mein Junge«, jammerte die Mutter.

Die Tür fiel krachend ins Schloß.

»Schimpf und Schande ist das«, sagte Salter senior, »eine gottverdammte Schande!«

Kitty war vor ihm heimgekommen und im Begriff, Miß Baby in die Wiege zu legen. Die ganze Abscheulichkeit des Tages kochte in ihm, und er fuhr sie wütend an: »Wo, zum Teufel, hast du gesteckt?«

Sie blickte erschreckt auf. »Ich habe es dir doch aufgeschrieben, zu Hause«, sagte sie mit herausfordernder Miene. »Gibt's einen Grund, warum ich nicht gehen sollte?«

»Du gehörst hierher. Dein Platz ist bei mir, nicht drüben, bei dem verfluchten Mörder. Nach allem, was ich für dich und deine Familie getan habe ... Nun, und hast du ihn gesehen? Hast du Ed gesehen?«

»Ja. Dazu bin ich ja hingegangen. Ich mußte ihn mit eigenen Augen sehen.«

»Hast du ihm etwas gesagt?«

»Nein, natürlich nicht.«

»Ich weiß nicht, ob ich's durchhalten kann. Sie sind alle

gegen mich, jeder einzelne Mensch. Alle hassen mich. Das dreckigste alte Schwein in der Stadt schämt sich, mich zu kennen. Überleg dir das mal. Oh, Kit, Kit, verlaß mich nicht!«

Er fiel auf die Knie und klammerte sich an ihre Röcke wie ein Kind bei seiner Mutter. Sie strich ihm gleichsam gedankenlos über das Haar, und doch lag in der Bewegung eine Art traurige Bereitschaft, als erkenne sie nun, bei aller Unwissenheit, den eigentlichen Sinn der Ehe.

15

Am folgenden Nachmittag stattete Irene den Salters einen Besuch ab. Sie stand auf der Schwelle, sah heute weniger nach Irene als nach Reen aus und fragte leise: »Wo ist Nick?«

»Auf Arbeitssuche. Der Werkstattmann hat ihn hinausgeschmissen. Na, und was suchst du hier? Ich staune, daß du deinen kostbaren Ruf aufs Spiel setzt und dich bei unsereinem sehen läßt.«

»Ach, Kit, hör auf damit. Sei nicht so dumm und laß mich hinein. Heute ist doch das Begräbnis von der Alten. Es kann nicht sehr lustig für dich sein, ganz allein dazusitzen und darüber zu grübeln.«

Sie ging rasch an ihrer Schwester vorbei in die Küche und begann in aller Ruhe, Hut und Mantel abzulegen.

»Mach dir's nur recht bequem«, bemerkte Kit unfreundlich.

»Warum nicht, bei der eigenen Schwester?«

»Oh, Reen!«

Kittys Panzer schmolz, und die beiden fielen einander in die Arme.

»Nun«, sagte Irene, die sich von dieser Zurschaustellung eigener Schwäche rasch erholte und nach der Puderdose griff, um einen etwaigen Schaden gleich wieder auszumerzen – »wir brauchen es ja nicht so tragisch zu nehmen. Aber ich merk schon: wir müssen zusammenhalten.«

»Hat Mutter dich geschickt?«

»Nein. Du könntest auch mir einmal ein anständiges Gefühl zutrauen.«

»Ach, Reen, ich bin ja so unglücklich, daß ich meistens gar nicht mehr weiß, was ich rede. Was soll ich nur tun?«

»Du mußt eben Nick seine Suppe allein auslöffeln lassen. Da gibt's nichts.«

»Aber wenn er es nicht war? Er sagt, er hat es nicht getan.«

»Ich sage ja nicht, daß er die alte Fitch umgebracht hat. Soviel ich weiß, hatte sie einen Anfall und ist freiwillig ins Jenseits gewandert. Was mich nach all dem Radau nicht wundert. Nein, es ist das mit Gertie Maggs, das mir nicht einleuchten will.«

»Reen, schwörst du mir, daß du kein Wort verrätst, wenn ich dir jetzt etwas erzähle?«

»Ich mag nicht in irgendwelche verdächtigen Geschichten verwickelt werden.«

»Wenn Nick die Wahrheit sagt, sind wir aber alle darin verwickelt. Er sagt, es war Ed.«

»Was! Der war doch gar nicht hier!«

»Nein, ich meine die Maggs. Nick sagt, er war mit Fly spazierengegangen, und da sah er ihn davonlaufen, nachdem er es getan hatte. Er sagt, deshalb hat er von mir verlangt, daß ich behaupte, er war hier bei mir – damit er nicht gegen Ed aussagen muß . . . Ach, ich weiß, es klingt verrückt, wahrscheinlich lauter Lügen, mit denen er mich foppt, damit ich ruhig bleibe und den Mund halte.«

»Wart mal!« sagte Irene scharf. »Ganz so verrückt ist das nicht! Jetzt erzähl *ich* dir etwas, was ich bisher noch keinem Menschen gesagt habe. In der Nacht nach der berühmten Party war ich auf halbem Weg nach Hause, und plötzlich hab ich's mit der Angst gekriegt. Ich hörte, wie jemand hinter mir hertrabte, und das war kein Vergnügen, glaub mir! Zuletzt holte er mich ein, und mir blieb die Spucke weg – es war Bruder Ed!«

»Nick meint, er gleitet am Abzugsrohr hinunter, wenn ihr alle glaubt, daß er in seinem Zimmer sitzt und lernt.«

»Da hat Nick ausnahmsweise einmal recht. Ed sagte es mir geradeheraus. Und dann war er ganz komisch und sagte, er ist auch nicht anders als die übrigen Jungs und er muß sich auch einmal unterhalten. Er drohte, durchzubrennen, wenn ich ihn verrate. Ganz heftig wurde er – ich war starr vor Staunen.«

»Wo war er denn gewesen?«

»Im Kino – was sagst du dazu? Bei einem X-Film. Du meine Güte! Mutter schnappt über, wenn sie das erfährt.«

»Reen, meinst du, das könnte es sein? Daß Ed nicht mehr ganz richtig im Kopf ist, von dem vielen Büffeln bei seinen Büchern? Einmal sagte er mir, daß er furchtbare Kopfschmerzen hat.«

»Vielleicht. Ich hatte ihn auch noch nie so gesehen. Ich stell mir Ed immer so ein bißchen wie einen Weichling vor, weißt du, gescheit und was noch alles, aber kein richtiger Mann. Denk doch nur, was er kürzlich mit dem Hund, der Fly, aufgeführt hat ... O Gott! Kitty, ja, er war's! Hast du nicht gehört, wie man davon geredet hat, daß ein Hund riecht, wenn einer Angst hat?«

»Nick sagt auch, daß er jetzt dadurch Gewißheit hat.«

»Aber was machen wir mit Mutter? Es war schon

schlimm genug mit Nick. Was wird sie erst für ein Theater aufführen, wenn es Ed war? Das überlebt sie nicht.«

»Und Vater! Er kann sich nicht dauernd taub stellen. Ach, mir wär doch lieber, es wäre Nick gewesen«, sagte Kitty. Jetzt weinte sie mit vor den Augen gehaltenen Händen. »Wirklich, Reen, es wäre mir lieber.«

»Sei doch nicht so widerlich, Kitty Salter!« schrie Irene zornig. »Du verdienst keinen Mann, wenn dir dein Bruder lieber ist. Wenn die Geschichte wahr ist, finde ich, daß Nick sehr edel gehandelt hat, indem er Ed schützte. Er verdient eine Auszeichnung.«

»Eine Auszeichnung – ja! Wahrscheinlich ein blaugeschlagenes Auge, wenn sich Vater die Ohren ausspülen läßt. Nick hat seinen Posten verloren, und alle sind gegen ihn, und mir scheint, Baby und ich werden sehr bald auf die Straße gehen und um ein Stück Brot betteln müssen.«

»Dabei ist ein Baby eine Hilfe«, sagte Irene. »Aber Jessamyn sieht etwas zu dick und gesund aus.«

»Du bist ein ganz grausames, herzloses, falsches Frauenzimmer«, schrie ihre Schwester und vergaß momentan ihre Tränen.

»Ich hab's doch nicht ernst gemeint. Aber paß mal auf, Kit, es hat keinen Sinn, einfach wie ein angestochener Luftballon zusammenzuklappen. Man muß etwas tun.«

»Wenn schon einer von beiden verdächtigt werden muß, dann lieber Nick. Ich will es nicht erleben, daß Ed eingesperrt wird – niemals!«

»Es sind da noch andere, die es ebensogut gewesen sein könnten. Du – wie wär's, wenn ich die Sache ein wenig verdrehte? Das würde die Leute vorläufig hinhalten. Wetten, sie vergessen die ganze Geschichte, wenn sie erst mit den Vorbereitungen zum Festspiel beginnen?«

»Aber was kannst du tun?«

»Ich habe da meine Methoden. Wart nur, du wirst schon sehen. Schaden kann es ja nicht. Und es geschieht ihm auch ganz recht«, sagte sie noch grinsend, »so ein unverschämter Kerl!«

Irene war bei ihrer Arbeit. Mrs. Seymours Haar wurde gewaschen und in Wellen gelegt. Was die Frisur betraf, waren Irene und Jane Seymour so eng verbunden wie ein feudaler Lehnsmann mit seinem Herrn. Irene war Mrs. Seymours »Fräulein«, Mrs. Seymour war Irenes »Dame«.

Irene hegte für Mrs. Seymour eine große Bewunderung, nicht wegen deren Haar, das hübsch und leicht zu behandeln war, sondern auf Grund der Art, wie Mrs. Seymour mit ihrem Namen umging. Für sie war es weder Irene noch Irène – es war Renée. Und wie wunderbar natürlich sie das aussprach! Irene versuchte manchmal vor ihrem Schlafzimmerspiegel, ihr die Mimik nachzumachen – »Runny, Runny, Runny«, wiederholte sie, bis der eigene Unsinn sie zum Kichern brachte. Nein – vergebliche Mühe, sie würde es nie zusammenbringen.

Aber wenn es um das Haar ging, dann war das etwas anderes. Hier war sie die Meisterin! Jane verließ sich auf ihr Urteil, und es wurden viele und aufregende Frisuren gemeinsam ausprobiert, obwohl der junge Mr. Seymour, was man auch tat, niemals den geringsten Unterschied bemerkte.

Heute jedoch war Renée ganz anders als sonst; sie arbeitete unsicher, ungeschickt, steckte ihrer Kundin mit fieberhaften Bewegungen die Haarnadeln in Ohr und Schädel, bis sogar die gutmütige Jane sich zu einem Protest genötigt sah.

Daraufhin brach Irene in Tränen aus.

Zum Glück befand sich die Kabine, in der sie arbeitete, am Ende des Lokals; mindestens vier Waschbecken standen zwischen ihr und Madame Simone.

Jane guckte erschreckt in den Spiegel, bemüht, die Ursache dieser Verzweiflung zu erkunden.

»Renée, was ist denn los, um Himmels willen?« fragte sie teilnahmsvoll. »Ist Ihnen nicht gut?«

»Ach, Mrs. Seymour, lassen Sie die anderen nichts merken. Ich bin gleich wieder in Ordnung. Ja, wirklich.«

»Aber *erzählen* Sie es mir doch. Vielleicht kann ich etwas für Sie *tun*.« Sie war überzeugt, daß es sich um irgendeine Krise in einer Liebesgeschichte handelte, und da ihre eigenen Erinnerungen an derlei köstliche Qualen noch nicht sehr weit zurücklagen, brachte sie der Sache ein genießerisches Interesse entgegen.

Irene zog ein Tüchlein aus der Tasche ihres Nylonmantels und betupfte ihre Augen.

»Was werden Sie von mir denken, Mrs. Seymour ... ! Ich muß jetzt Ihr Haar fertigmachen. O Gott, ob das nicht heute eine Pfuscherei wird?«

»Machen Sie sich keine Sorgen. Aber ich glaube, diesmal wählen wir lieber eine ganz *einfache* Frisur. Erst beruhigen Sie sich ein wenig. Ich gehe heute nirgends hin, also macht es mir nicht viel aus. Ich werde Ihnen jetzt die Haarnadeln reichen, und Sie erzählen mir Ihren Kummer.«

»Oh, Mrs. Seymour, verzeihen Sie mir mein Benehmen. Ich weiß gar nicht, was über mich gekommen ist. Tatsächlich. Es geht nicht mich persönlich an, sondern die Familie. Bei uns zu Hause sind wir in einem furchtbaren Zustand, meine Mutter und ich. Wegen Nick, meinem Schwager.«

»Warum? Ist er krank? Was fehlt ihm?«

»Ich dachte, Sie müßten davon gehört haben. In der ganzen Stadt heißt es, daß er Miß Maggs umgebracht hat.«

Sie sah im Spiegel, wie sich Mrs. Seymours Gesicht mit einem Schlag veränderte. Der Ausdruck sanften Mitgefühls erstarrte zu einer Maske erschreckten Abscheus.

»Ich hätte es nicht sagen sollen!« jammerte Irene und ließ die Nadel fallen, die sie zwischen Daumen und Zeigefinger hielt. »Jetzt hatte ich ganz vergessen, daß sie ja aus Ihrem Haus kam, als sie ermordet wurde. Ich wollte Sie doch nicht aufregen! Ach bitte, Mrs. Seymour, lassen Sie uns das Ganze wieder vergessen.«

»Meine liebe Renée, seien Sie nicht so *kindisch*, Sie können ja nichts dafür. Nur hat es mir die Sache wieder so sehr gegenwärtig gemacht, die ich am liebsten vergessen möchte.«

»Aber er war es nicht, Mrs. Seymour! Je mehr ich daran denke, um so sicherer bin ich, daß er es nicht getan hat. Er war nur gerade außer Haus, als es geschah – das heißt, die Leute nehmen es an. Aber meine Schwester Kitty sagt, daß er überhaupt nicht ausgegangen war. Sie wohnen unter der alten Mrs. Fitch, die kürzlich gestorben ist – nun, und diese Mrs. Fitch hatte überall herumgeschwatzt und behauptet, daß sie ihn heimkommen hörte, kurz nach der Zeit, wo . . . Sie wissen schon. Die Alte war ja halb verrückt, aber Sie wissen, wie die Leute sind. Und weil Kitty seine Frau ist, glaubt ihr niemand.«

»Was sagt Nick selbst?«

»Nur, daß er nicht ausgegangen war.«

»Nun, dann ist das ja erledigt, nicht wahr?«

Jane reichte ihr eine weitere Haarnadel, und Irene steckte sie mechanisch an die richtige Stelle.

»Erledigt wird es erst sein, wenn man herausfindet, wer es wirklich gewesen ist.«

»Ja, das ist wohl anzunehmen«, sagte Jane mit seltsam veränderter Stimme.

»Da sind andere in der Stadt, bei denen es wahrscheinlicher wäre als bei Nick.«

»Oh, glauben Sie?«

»Dieser Ralph Ingram zum Beispiel.«

Für Mrs. Seymour war das offensichtlich eine neue Eingebung.

»Sie meinen Mrs. Ingrams Sohn, den, der im roten Wagen herumfährt?«

»Ja. Der könnte alles mögliche anstellen, mich würde es nicht im geringsten überraschen. Ich will nichts gegen Ihre Freunde sagen, Mrs. Seymour, aber Rafe hat einen schauderhaften Ruf. Kein Mädchen ist vor ihm sicher. Mädchen aus allen Gesellschaftsschichten noch dazu.«

»Sie wollen doch nicht sagen ... Sie glauben doch nicht, daß *er* Maggsy überfallen haben könnte?«

»Das würde zu ihm passen.«

»Aber Miß Maggs war doch kein junges Mädchen.«

»Es war ja finster.«

»Ein furchtbarer Gedanke!«

»Aber für uns ist es ebenso furchtbar, wenn die Leute Nick beschuldigen. Oh, es ist schrecklich, Mrs. Seymour. Wenn ich zur Arbeit oder abends wieder nach Hause gehe, glaube ich, jeder starrt mich an und denkt sich: ›Das ist die Bone, die Schwägerin von Nick Salter. Ob die das wohl alles weiß?‹«

»Mir geht es auch so«, vertraute ihr Jane an, indem sie traurig ihr Spiegelbild betrachtete, denn jetzt war ihr Haar auf Klammern gewickelt und sie sah aus wie eine gebadete Maus. »Wenn ich Caroline im Kinderwagen durch die Stadt schiebe, meine ich zu hören, wie jeder sagt: ›Das ist die Frau, die Miß Maggs um ein Uhr nachts allein nach Hause gehen ließ.‹ Maggsy selbst hätte weder Sie noch mich gerügt, dazu war sie viel zu gütig ... Ach Gott, ich wollte, es wäre schon alles in Ordnung, dann könnten wir es vielleicht allmählich vergessen.«

»Ich auch!« stimmte ihr Irene inbrünstig zu, während sie das Haarnetz befestigte und Wattepfropfen einfügte, um die Ohren ihrer Kundin zu schützen.

»Ich habe so furchtbare Schuldgefühle«, sagte Jane, ihr Spiegelbild anklagend. »Elsie Brent hatte mir von Miß Maggs erzählt, und es war *herrlich,* jemanden für Caro zu haben, auf den man sich verlassen konnte. Aber, wissen Sie, wir haben sie einfach aufgenommen und sie manchmal auch ein wenig geneckt, aber niemals haben wir uns die Mühe gemacht, Näheres über sie zu erfahren. Und jetzt ist es zu spät.«

Irene rückte den Trockenapparat heran.

»Was nützt alle Berühmtheit, wenn man tot ist?« bemerkte sie.

Sie schaltete »heiß« ein, brachte Mrs. Seymour ein paar neue Illustrierte und überließ sie ihrem Schicksal.

Mrs. Seymour blätterte flüchtig durch die Seiten. Aber das Gespräch hatte ihre Gedanken in düstere Bahnen gelenkt. Was hatte es für einen Sinn, gegen Runzeln anzukämpfen, wenn das Grab nicht minder das Ende wohlgepflegter Damen war als dasjenige der Frauen, die sich nichts aus vitaminreichen Hautsalben machten? Sooft sie beim Rennen die Gräfin Littlego erblickte, kam die ihr vor wie ein Knochengerüst auf einem Jagdstuhl.

Was war das wohl für ein Junge, dieser Nick? Sie dachte über ihn nach. Man müßte ihn eigentlich einen jungen Mann nennen, er hatte doch Frau und Kind. Und warum sollte sie die Vorstellung, er könnte Maggsys Mörder sein, so erschrecken und entsetzen, wo sie doch sogar Geoffrey verdächtigt hatte? Die arme Kitty – oder wie sie eben hieß –, Jane wußte genau, wie ihr zumute sein mußte.

Jetzt schweiften ihre Gedanken in eine andere Richtung ab. Sie verkehrte gesellschaftlich mit den Ingrams, obwohl die einer anderen Generation angehörten. Die Ingrams waren Cousins, und manche Leute führten Ralphs absonderliches Wesen darauf zurück. Zwar sah er nicht aus, als wäre bei ihm etwas nicht in Ordnung. Das schöne blonde Haar, und gebaut wie ein Gardist! Aber es gab Gerüchte. Nicht jeder konnte sich rühmen, in zwei Gymnasien gewesen zu sein und doch mit sechzehn Jahren den Studiengang bereits absolviert zu haben. Manchmal sah es aus, als wollten die Ingrams, *père* und *mère*, nichts mehr von ihm wissen; man sah sie nie mehr zu dritt, gewissermaßen als Familie, auftreten. Und als wünschte er, dies mangelnde Verlangen nach der Gesellschaft seines Sohnes irgendwie auszugleichen, überhäufte Ingram senior ihn auch weiterhin mit kostbaren Geschenken, wie zum Beispiel dem roten Wagen.

Jetzt entsann sie sich. Mr. und Mrs. Ingram waren bei jener besonders gelungenen Party gewesen, die so katastrophale Folgen hatte. Ja, daran erinnerte sie sich genau, weil Yvonne Ingram wieder einmal so ein schlampiges Kleid angehabt hatte; wie alle ihre Sachen sah es aus, als käme es geradewegs aus einem Ramschverkauf – dabei, weiß Gott, stammte es wahrscheinlich aus Paris! Es war seltsam, wie alles, was sie trug, diesen eigenartigen Charakter annahm. Sie selbst und Geoffrey brachen zwar erst spät auf, waren aber durchaus nicht die letzten. Sie entsann sich noch genau, Mrs. Ingram in ihrer alten Vorhangspitze gesehen zu haben, wie sie sich auf einem langen, absonderlich modernen Möbelstück zurücklehnte, als mache sie sich's für die Nacht bequem.

Ah, gut, hier hatte sie nun doch noch eine Geschichte gefunden, die sie lesen und alles darüber vergessen wollte. Nur waren diese Geschichten leider alle ziemlich gleich – wahrscheinlich kannte sie diesen Tratsch auch schon.

Gerade jagte sie den Fortsetzungen auf verschiedenen Seiten nach, als Irene zurückkam, um sie vom Trockenapparat zu befreien.

Irene hatte ihren Schwermutsanfall nun überwunden und war wieder ganz Salon-Fräulein. Sie entfernte die Wickler aus Janes Haaren und erklärte sich vom Ergebnis hochbefriedigt.

»Also, ich muß schon sagen«, bemerkte sie, indem sie Janes Haar bürstete und die Löckchen zurechtrückte, »es ist wirklich schön geworden.« Sie kicherte. »Vielleicht bringe ich die künstlerische Wirkung besser heraus, wenn ich aufgeregt bin. Ich hole Ihnen jetzt einen Handspiegel.«

»Ja, es ist *sehr* hübsch geworden«, fand auch Jane. »Und jetzt machen Sie sich keine Sorgen mehr, Renée, ich bin überzeugt, es wird alles wieder gut. Sie müssen nur *vollkommene* Ruhe bewahren.«

Die junge Mrs. Seymour trat aus Madame Simones Salon, machte ein paar Schritte und blieb zögernd auf dem Gehsteig stehen.

Im gleichen Augenblick ertönte eine Hupe hinter ihr; sie drehte sich erschreckt um, und da stand ein grellroter Wagen, und am Steuer saß Ralph Ingram.

»Darf ich Sie nach Hause fahren, Mrs. Seymour?«

Sie warf einen scheuen, hilfesuchenden Blick um sich – da war niemand außer einem Mann mit einem Kohlenkarren.

Zugleich meldete sich eine erwachsene Seite ihres Wesens zum Wort – was war sie doch für eine Gans, wenn sie sich am hellen Tag vor einem Jüngling aus ihrem eigenen Kreis, von dem sie, außer gerüchteweise, nichts Böses wußte, fürchtete! Es lag ihr daran, möglichst schnell nach Hause zu kommen, um die Putzfrau zu entlassen; infolge von Renées Nervenanfall hatte die Frisiersitzung länger als gewöhnlich gedauert.

Ralphs kühne Augen beobachteten sie einigermaßen erheitert.

»Ach, ich bitte Sie«, sagte er, »es ist nicht so gefährlich, wie es aussieht. Ich verspreche Ihnen, nicht im Renntempo zu fahren.«

»Wie komme ich hinein?«

»Durch die Tür. Wir besitzen derlei kultivierte Behelfe.«

Er beugte sich seitwärts und öffnete den Schlag.

Sie fand keine Antwort mehr, also stieg sie ein. Der Motor lief noch. Ralph schaltete, und sie fuhren mit Getöse ab.

Kaum saß sie neben ihm, befielen sie ihre Ängste von neuem. Er war so groß und so männlich, sogar die auf dem Lenkrad ruhenden Hände vermittelten den Eindruck übermäßiger Männlichkeit. Sie suchte krampfhaft nach irgendeinem belanglosen Gesprächsstoff und brachte schließlich ein paar gestotterte Worte hervor: »Ich ... ich m-möchte Sie nicht von Ihrem Weg abbringen.«

»Unsinn. Nicht der Rede wert, Sie wohnen doch kaum weiter als wir. So ein Glück habe ich nicht oft.« Er schoß einen Blick aus dem Augenwinkel auf sie ab – für ihre blühende Phantasie fühlte es sich an wie ein Druck auf ihr Knie.

»Ich ... ich war beim Friseur«, sagte sie idiotischerweise. Etwas anderes war ihr nicht eingefallen.

»Ich weiß. Ich sah Sie herauskommen. Ich kenne eines der Mädchen, die dort arbeiten. Irene – Reen für ihre Freunde«, sagte er mit einem lüsternen Blinzeln.

»Ach, Renée. Das ist die, von der ich mich immer frisieren lasse.«

»Das spricht für sie, wenn ich mir die Bemerkung erlauben darf. Sie sehen fabelhaft aus! Und der rosige Teint dazu, und was man nur will ... Sie sehen nicht wie eine verheiratete Frau aus, eher wie ein ganz junges Mädchen.«

»Ich bin aber verheiratet, sehr verheiratet«, erwiderte sie hastig. »Nicht nur das, ich bin sogar Mutter.«

»Nun, die Reife einer Frau wirkt noch erregender; glauben Sie das nicht auch?«

»Ich verstehe wirklich nicht, wovon Sie sprechen.«

»Ich glaube schon«, sagte er nach einer Pause.

Das ist furchtbar, dachte Jane. Das ist schon kein Spaß mehr. Warum habe ich ihn nicht gleich geschnitten? – Aber schweigen war noch schlimmer als reden. »Ich glaube, wir sind einander noch nicht begegnet«, sagte sie unbeholfen, »obwohl ich natürlich Ihre Eltern recht gut kenne.«

»Ich ziehe nicht viel mit den Alten herum. Da weiß ich mir manches Interessanteres. Dies hier zum Beispiel.«

In ihrer Bemühung, ihn auf ein anderes Thema zu bringen, platzte sie mit der Bemerkung heraus: »Das ist die Straße, wo die arme Miß Maggs verfolgt und umgebracht wurde.«

Seine großen Hände krampften sich auf dem Lenkrad zusammen, und er sagte in einem Ton, der ganz anders klang als bei seinem verliebten Getändel: »Wer sagt, daß sie hier verfolgt wurde? Es kann sie jemand knapp vor der Stadt getroffen haben.«

»Hier biegen Sie ein, nicht wahr? Lassen Sie mich aussteigen, ich gehe dann das letzte Stück zu Fuß.«

»Was? Soll ich das Vergnügen Ihrer Gesellschaft zwei Minuten früher als nötig entbehren? Ich denke nicht daran!«

»Ich fühle mich irgendwie verantwortlich, weil Miß Maggs in jener Nacht meine Kleine hütete. Es war der Abend der Party bei Goodwins. Ihre Eltern waren auch dort.«

»Ja, sie gehen, glaube ich, hübsch viel aus.«

»Sie sah ich nicht.«

»Ich wußte nicht, was ich dadurch versäumte. Das nächste Mal rufen Sie mich an, dann werde ich zur Stelle sein – Jane.«

Ihr Gesicht war schon vorher durch das Wehen des Trockenapparats rosig angehaucht gewesen, jetzt war es purpurrot. Sie sagte kein Wort mehr – sie hätte keines herausgebracht –, bis der Wagen an ihrer Einfahrt vorbeischoß. Da packte sie seinen Arm im Dufflecoat und kreischte: »Stehenbleiben!«

Er fuhr noch zirka fünfzig Meter weiter, verlangsamte dann die Fahrt und kehrte an einer breiteren Straßenstelle um. Dann fuhr er im Schneckentempo und frech grinsend zu ihrem Tor zurück.

»Ich wollte den Wagen gleich in meine Richtung zur Heimfahrt stellen«, sagte er, während er anhielt, ausstieg und ihr die Tür öffnete. »Ich hoffe, Sie hatten nichts dagegen.«

Beim Aussteigen zitterten ihr die Knie, und ihr Mund war so ausgetrocknet, daß sie kaum den konventionellen Dank über die Lippen brachte.

Als Geoffrey Seymour an diesem Abend nach Hause kam, wußte er sofort, daß seine Frau irgend etwas angezettelt haben mußte. Wie den meisten Frauen in einem solchen Fall stand ihr die Verschwörung ins Gesicht geschrieben. Aber er hatte einen schweren Tag hinter sich, sein erster Buchhalter war krank, und so brauchte er zwei aufmunternde Gläschen vor dem Abendessen und das Abendessen selbst, bevor er so weit war, sich zu erkundigen.

»Nun, was gibt's?«

»Geoff, du wirst jetzt richtig *wütend* werden, aber ich kann dir nicht helfen.«

»Schieß los«, sagte er stoisch.

Es war wunderbar, es war eine Erlösung, sich das Ganze von der Seele reden zu können! Sie gab ihm einen anschaulichen Bericht über den unheilvollen Vormittag, mit besonderer Betonung der Heimfahrt.

»Klingt nicht besonders spannend«, war sein Kommentar.

»Aber Geoff, es war nicht sosehr, was er sagte, als die *gräßliche* Art, wie er es sagte. Als ob er ... Ach, ich weiß nicht, aber ich bin überzeugt, daß er sexuell anormal ist.«

»Hm. Und was hast du daraufhin getan?«

»Ich rief die Goodwins an und stellte Eve ein paar Fragen. Ganz diskret, natürlich.«

»Ach ja, natürlich.«

»Sie sagt, die Ingrams sind damals erst nach zwei aufgebrochen. Yvonne Ingram saß auf dem scheußlichen Sofa mit hochgezogenen Beinen und war einfach nicht fortzubringen. Eve sagt, sie erinnert sich daran besonders deutlich, weil sie am nächsten Tag viele Einkäufe zu besorgen hatte und deshalb schon gern schlafen gegangen wäre.«

»Ich sehe nicht ein, was das für eine Bedeutung haben soll.«

»Ja, verstehst du denn nicht? Bei den Ingrams schläft kein Personal. Niemand kann sagen, ob Ralph zu Hause war oder nicht. Nach meiner Erfahrung mit ihm könnte ich beschwören, daß die Wahrscheinlichkeit, er hätte der armen Maggsy nachgestellt, nicht geringer ist als bei dem unglücklichen Jungen, dem Nick. Sie mußte an der Ecke seiner Straße vorbei.«

»Nun – und?«

»Man sollte es jemandem melden.«

»Jetzt hör mich einmal an, Jane. Ich gedenke nicht, mich da hineinziehen zu lassen, und dabei bleibt es. Wenn du nicht aufpaßt, wirst du dich plötzlich mitten in einem Verleumdungsprozeß wiederfinden. Du läßt dich von dieser Geschichte völlig beherrschen; wenn du dich jetzt nicht zusammenreißt, wird es sich zu einer fixen Idee entwickeln. Du hast mich so lang gequält, bis ich zum Bürgermeister ging – wo ich mir ziemlich dumm vorgekommen bin. Jetzt laß es endlich gut sein. Wir haben, Gottlob, nichts mehr damit zu tun, und wollen uns so verhalten, daß es auch dabei bleibt.«

»Willst du einen unschuldigen Jungen verurteilen lassen für etwas, das er nicht getan hat?«

»Wir wissen nicht, was er getan oder nicht getan hat. Nach allem, was ich von diesem Salter gehört habe, ist das ein Bursche, der sich zu helfen weiß. Ralph Ingram ist der Sohn eines einflußreichen Mannes und unser Nachbar. Es liegt nichts gegen ihn vor, außer daß du sagst, er hätte sich dir gegenüber zudringlich benommen.«

»Nicht: ich *sage* es; sondern es war so.«

»Dann brauchst du nichts anderes zu tun, als ihm in Zukunft aus dem Weg zu gehen. Wenn er im Ort berüchtigt ist, muß man um so mehr darauf bedacht sein, kein Gerede in Umlauf zu setzen, welches ihn mit Maggsys Tod in Zusammenhang bringen könnte. Gerade sprachst du davon, daß ein Unschuldiger verurteilt wird, und bist im Begriff, es selbst zu tun. Du hast schon genug Unheil angerichtet, indem du die Goodwins anriefst. Weiß Gott, was für Ideen du Eve in den Kopf gesetzt hast. Jetzt aber halt den Mund, Jane. Ich verbiete dir, diesen Unsinn weiterzutreiben.«

»Ich werde den Geboten meines Gewissens folgen«, sagte Jane würdevoll.

»Dann komm aber später nicht jammernd zu mir, wenn du dir die Finger verbrannt hast!«

16

»Was glaubst du, mit wem ich heute ein langes Gespräch hatte?« fragte Elsie Brent.

»Woher soll ich das wissen?« sagte Sam müde, während er sich eines seiner schweren Stiefel entledigte. Elsie führte dauernd viele endlose Gespräche, mit ihm wie mit anderen Leuten. Er wunderte sich gelegentlich, wo sie bei aller Hausarbeit und ihren Funktionen in der Kirchengemeinde die Zeit dazu hernahm.

»Es war die junge Mrs. Seymour. Sie besuchte mich mit dem Baby. Das Häschen wächst prächtig!«

»Ich dachte, ihr beide sprecht nicht mehr miteinander, seit die arme Gert dahin ist.«

»Nun ja, aber ich konnte doch eigentlich nichts dafür, nicht wahr? Und denk dir, Sam, sie kam auch im Zusammenhang damit zu mir. Sie erzählte mir etwas, und ich sollte es dir weitersagen.»

»Schön, dann sag's mir, ich habe ja nichts dagegen. Nur gib mir Zeit, mich hinzusetzen, um das Gewicht von den Füßen loszuwerden. Ich bin heute den ganzen Tag herumgelaufen.«

Elsie ließ sich nicht zweimal bitten. Sie berichtete genießerisch den Hauptinhalt von Janes Reden, schmückte ihn da und dort nach eigener Phantasie aus und schloß mit den Worten: »Also solltest du besser der Sache nachgehen, wenn du es nicht schon getan hast.«

»Merkwürdig«, sagte Sam grübelnd. »Ich dachte, die ganze Stadt war bereit, Nick Salter zu lynchen – ein Jammer, wenn sie enttäuscht würde. Gerade hatte ich eine Unterredung mit dem Inspektor. Den Verdacht gegen Mr. Geoffrey Seymour und den armen Teufel Keith Mowlem hat er nun ad acta gelegt, und jetzt hat ihn jemand – rat mal wer? – über Mrs. Ingrams Kleinen aufgeklärt. Nun, mir ist es egal. Mir ist gleich, was er unternimmt, solange ich es verwerten kann. Wo wir den Druck ansetzen, ist egal, wenn er nur stark genug ist; früher oder später kommt das Ganze doch zum Platzen.«

»Ich weiß nicht, wie du das meinst, Sam.«

»Alle für einen, und einer für alle – oder heißt's umgekehrt? Ralph Ingram mag schuldig sein oder auch nicht, es spielt keine Rolle. Beweise haben wir keine, und wenn wir dem Taugenichts ein paar Minuten die Hölle heiß machen, habe ich nichts dagegen, verdient hat er sie. Wenn er es nicht getan hat, so weiß einer seiner Kumpane, wer es wirklich war, und er gerät in eine verzwickte Lage. *Ich* werde mich nicht an Master Ralph heranwagen – wo sein Vater die halbe Grafschaft in der Tasche hat! Wenn der Inspektor losziehen will, bitte, das ist seine Sache.«

»Aber, Sam, es kann nicht recht sein, gegen einen unschuldigen Jungen loszuziehen.«

»Sie sind alle unschuldig, bis sie der Schuld überführt sind. Ich dachte, du wolltest endlich Ergebnisse sehen.«

»Das schon. Mrs. Grabtree erzählte mir von einem Brief, den sie heute früh von den beiden Miß Gants erhielt. Die erkundigten sich, ob sie keine Gefahr liefen, wenn sie herkämen. Seit zehn Jahren kommen sie pünktlich wie die Uhr. Ich verstehe gar nicht, was die Leute alle haben.«

»Dasselbe wie du, wenn du dich gern abends von mir nach Hause bringen läßt. Das Leben ist eben noch wertvoller als die Dichtung, vergiß das nicht!«

»Aber ein paar Jungs! Ihr könntet die meisten von ihnen unter Beobachtung stellen. Zehn Mann würden genügen, und es brauchten nicht einmal Polizeibeamte zu sein.«

»Und wenn es doch keiner der Jungs war?«

»Du hast es von Anfang an behauptet, Sam.«

»Einen Eid würde ich nicht darauf ablegen. Es haben sich schon klügere Leute als ich getäuscht ... Aber, du lieber Himmel, ich glaube, ich habe recht. Ich hab sie auch schon ganz schön nervös gemacht. Jetzt wäre ihnen lieber, sie hätten ihren Klub nie gegründet. Wo sie hinkommen, stoßen sie auf mich. Dieser Ginger, zum Beispiel, geht schon hoch, wenn er mich sieht. Fish, der Sohn vom Metzger, hat aufgehört, seine Uhr zu tragen: Er weiß, daß ich weiß, daß er sie geklaut hat. Ich bin jetzt für die ganze Blase eine Art Schutzengel geworden.«

»Ich höre, Nick Salter hat seinen Posten verloren.«

»Ja. Ein Schlag für das Mädchen.«

»Auch für ihn, Sam, wenn er nichts getan hat.«

»So was kann ihm gar nicht schaden. Wenn er unschuldig ist, wird er zur Abwechslung endlich das Leben kennenlernen, wie es wirklich ist, anstatt es für einen Tummelplatz für Halbstarke zu halten.«

»Du scheinst nicht zu glauben, daß er es getan hat?«

»Ich würde es nicht glauben, wenn seine Frau es nicht

glaubte. Sie muß es doch wissen, nicht wahr? Du wüßtest gleich Bescheid, wenn ich etwas ausgefressen hätte.«

»Das ist nicht dasselbe. Wir sind seit Jahren verheiratet. Man muß einander erst kennenlernen.«

»Dann kann ich nur sagen, Kittys Unterricht wird jetzt beschleunigt.«

»Aber Sam, wenn er es getan hat, ist sie doch in Gefahr.«

»Nicht, solange sie schweigt. Sie ist die beste Verteidigungslinie. Wenn sie sich entschließt, mit der Sprache herauszurücken, werde ich schon auf sie aufpassen, darauf kannst du dich verlassen. Und jetzt hör auf, an den ganzen Kram zu denken.«

»Arme Gert!« sagte Elsie traurig. »Sie wollte niemals Aufmerksamkeit erregen. Sie wäre ganz außer sich, wenn sie wüßte, wie viele Unannehmlichkeiten sie verursacht.«

Ralph saß in seinem Wagen vor dem hinteren Eingang des Hotels, hupte leise und wartete auf Tony, den er abholen wollte. Auf dem Gesicht des blonden Jungen lag der gewohnt hochmütige Ausdruck, doch war da hinter der Fassade irgend etwas zusammengebrochen. Bald tauchte sein Kumpan aus der Hütte auf, in der er mit dem Polen untergebracht war, einer improvisierten Wohnstätte, die herangezogen wurde, um ein Zimmer mehr für die Festspielgäste zu erübrigen. In seinen weißen Regenmantel gehüllt und mit einer ausgiebigen Menge Pomade auf dem Haar, schlüpfte Tony in den Wagen seines Freundes; der Beobachtung durch das Küchenpersonal war er sich stolz bewußt und hatte das Glück, dessen höhnisch gemeine Randbemerkungen nicht zu hören.

Ralph betätigte wortlos den Anlasser, bahnte sich vorsichtig seinen Weg durch die Ausfahrt und in die High Street und fuhr hinaus ins Grüne.

Tony saß an das Leder geschmiegt, ließ die müden Kellnerfüße rasten und wähnte sich im Himmel. War es zu glauben, daß er, bei seiner Herkunft – nichts als Dreck und Faustschläge und jedes Jahr ein neues Kind –, daß einer wie er nun neben dem Sohn einer großen Kanone, seinem besten Freund, saß, in einem Wagen, der gute zweitausend Pfund gekostet haben mußte? Jaja, mein Junge, die bösen Zeiten sind vorbei! Jetzt ging es aufwärts, eine Sprosse nach der anderen: Schuhputzer, Handlanger im Vorratsraum, Kellner, Oberkellner und weiter, bis zur höchsten Stufe in einem West-End-Restaurant, wo einen alle großen Herren beim Vornamen nennen. Ralph war sein Held, sein Vorbild. Man brauchte nur aufzupassen und es Ralph nachzumachen, dann hatte man's geschafft!

Heute aber mußte Ralph etwas wurmen. Nachdem er fünfzehn Kilometer weit ins Freie gefahren war, trat er plötzlich wütend auf die Bremse, wich von der Straße ab, fuhr über einen hohen Furchenrain wie über einen Wellenkamm und blieb mit kreischenden Reifen vor der Hecke stehen.

»Nanu, Mensch, was ist los?« fragte der aus seinen Träumen gerissene Tony. »Fast hättest du uns umgeschmissen.«

»Weltuntergang – sonst nichts«, sagte Ralph theatralisch. »Mein alter Herr ist über mich hergefallen!«

»Was, dein Vater?«

»Dieser Inspektor, der Laffe, hatte die Unverschämtheit, mich in die Maggs-Geschichte verwickeln zu wollen.«

Jetzt war Tony hellwach. Hatte es ihm einen Schlag versetzt, als der Wagen auf den Straßenrand kletterte, so war das noch gar nichts, verglichen mit diesem neuen Schock.

»Der Mann ist verrückt!«

»Nun, und was kann ich tun? Ich habe nicht den Schatten einer Chance!«

»Willst du damit sagen, daß dein Vater dich im Stich läßt?«

»Er kann schwerlich beschwören, daß ich zu Hause war, wenn er selbst nicht da war. Weder er noch Mutter. Ich war allein. Man hätte das ja ein bißchen vage halten können, nur hat irgendein gefälliger Idiot die Information beigesteuert, daß meine Eltern erst um zwei Uhr eine Party verlassen haben. Wie sollte ich das wissen?«

»Aber wenn dich jemand beschuldigt, muß es ja ein Motiv geben!«

»Zum Überfluß hat eine dreckige Ausländerin, die bei irgendwelchen Juden am Ende der Straße in Dienst ist, eine Anzeige gegen mich erstattet, ich hätte ihr nachgestellt und sie mit unanständigen Anträgen belästigt.«

»Ist es wahr?«

»Ich dachte, die Französinnen haben das gern. Und der glorreiche Einfall vom Inspektor ist, daß ich die Maggs, die ungefähr gleich groß und gleich schwer war, mit ihr verwechselt habe. Mein Gott – die Maggs!«

»Jeder weiß, daß der Kerl nur darauf aus ist, jemanden

zu verhaften. Man setzt ihm zu, damit alles vor den Festspielen in Ordnung kommt. Es hat nichts zu bedeuten.«

»Nichts zu bedeuten! Ist dir klar, was mit dem Mann geschieht, den sie dafür schnappen?«

»Aber es w-war Nick. Es m-muß Nick gewesen sein. Das wird dir jeder sagen. Sogar Ginger und Mac und Ben wollen seit dem Abend in seiner Wohnung nichts mehr von ihm wissen. Und jetzt noch die Fitch! Geschieht ihm recht, ich hab k-kein Mitleid mit ihm. Es mußte kommen, er war zu eingebildet. D-dich wollte er gar nicht im Klub haben!«

»Der verdammte Klub! Es mußte alles ans Licht, und als mein Vater hörte, daß ich mich mit einer Bande von Laufburschen rumgetrieben habe – ich kann dir sagen, er wäre fast in die Luft gegangen.«

»Kommt es dir so vor?« sagte Tony verletzt.

»Nun, was anderes sind sie ja nicht.«

»Du wärest aber doch gern ihr Boß gewesen!«

»Vielleicht wollte ich das einmal. Zum Teufel, Tony, deshalb brauchst du nicht so gekränkt dreinzuschauen! Wir zwei sind doch Freunde, nicht?«

»Ich würde alles für dich tun, Rafe. Ich schwör's dir. Ich würde für dich in den Tod gehen.«

»Nun, wir brauchen deshalb nicht rührselig zu werden. Du hast recht: Ich darf mich nicht von einem Schlaumeier der Grafschaftspolizei ins Bockshorn jagen lassen. Ich wollte doch meinen Alten in guter Stimmung erhalten, bis ich zum Militär käme. Hör mal, könntest du mir nicht ein Alibi verschaffen? Du könntest sagen, du warst bei mir zu Hause.«

»Ich habe aber doch schon gesagt, daß ich mit dem Polen zusammen war.«

»Könntest du das nicht zurückziehen? Ich würde es für dich tun.«

»Das geht doch nicht.«

»Nun, überleg es dir noch. Ich hätte nicht wenig Lust, einen Katzensprung nach Paris zu machen, bis sich der Sturm gelegt hat. Ich habe einen Paß und eine Menge Bargeld.«

»Ach, ja«, sagte Tony begeistert, »gehen wir zusammen! Arbeit finden wir leicht, die haben dort nie genug Kellner.«

»Arbeit!« wiederholte Ralph übellaunig. Das Wort hatte für ihn gar keinen Anreiz. Er sagte noch hochmütig: »Wo immer ich hingehe und wie sich unsere Beziehung auch entwickeln mag, nehme ich doch an, daß mein Vater die Anständigkeit haben wird, mich zu unterhalten. Schließlich habe ich ja nicht darum gebeten, auf die Welt zu kommen.«

Im gleichen Augenblick hatte Ralph Hawkesley Ingrams Vater eine Unterredung mit seiner Frau. Mrs. Ingram trug wie gewöhnlich ein sehr elegantes Kleid und brachte es fertig, darin schlampig auszusehen, wenn auch noch nicht mit ihrer Putzfrau zu verwechseln. Ingram *Père* hatte eine stramme Offiziershaltung und – was seiner Base vom Schicksal nicht gegönnt worden war – ein schönes Gesicht. Nichtsdestotrotz wiesen die beiden eine Familienähnlichkeit auf wie zwei Seiten ein und derselben Medaille.

Er sagte: »Nun, das Geld ist weg. Unzweifelhaft.«

»Ist es weg, dann hat es keinen Sinn mehr, sich darüber zu ärgern. Du gehst immer fahrlässig mit dem Geld um, dann mußt du eben die Folge tragen. Kein anderer Mensch läßt zweihundert Pfund in einer unverschlossenen Schublade liegen.«

»Das liegt da für den Notfall.«

»Dann entstand wahrscheinlich ein Notfall – nur nicht gerade bei dir.«

»Was meinst du damit, meine Liebe?«

»Wußte Ralph, wo sich das Geld befand?«

»Ich habe es ihm nicht verheimlicht. Mein Gott, ich will doch hoffen, daß mein eigener Sohn kein Dieb ist!«

Einen Augenblick herrschte Schweigen, dann sagte sie kühl: »Wir wissen eigentlich nicht recht, was er ist – meinst du nicht auch?«

»Ich weiß es. Er ist ein Junge, dem die mütterliche Obhut gefehlt hat, der durch deine Vergnügungssucht und die Unzulänglichkeit deines mütterlichen Instinkts verdorben wurde.«

»Wenn er verdorben wurde, dann ist deine Schwäche daran schuld, deine abgöttische Liebe, und daß du nie imstande warst, ihm etwas zu verweigern.«

Sie starrten einander böse ins Gesicht; durch die Heftigkeit ihrer Gefühle kam die Familienähnlichkeit verstärkt zum Ausdruck. Dann senkte sie den Blick und sagte in einem Ton, aus dem alle Erregung gewichen war: »Laß uns nicht streiten, Everard. Wir wollen uns gegenseitig keine Vorwürfe machen wegen einer Sache, die weder deine noch meine Schuld ist. Jeder Stamm hat seine Versager.«

»Nimmst du an«, fragte er im gleichen gemäßigten Ton, »daß er eine wehrlose Frau ermordet hat und nun Angst bekam und beabsichtigt, mit diesen zweihundert Pfund über den Kanal zu entfliehen?«

»Ich hielte es für möglich.«

»Dann soll er gehen!« schrie er mit rauher Stimme. »Er soll nur gehen – ich will nichts mehr mit ihm zu tun haben!«

17

Kittys Gedanken vollzogen eine seltsame Kehrtwendung. Sie wendeten sich von den naheliegenden Ängsten ab und konzentrierten sich mit aller Kraft auf eine wilde Wut gegen einen höchst unangemessenen Gegenstand.

Weil er mit jener unheilschwangeren Party in Zusammenhang stand und auch weil sie versucht hatte, ihn spielen zu lassen, während eine Tote im Haus lag, nahm für Kitty der Plattenspieler, den Ralph Ingram dem Klub geschenkt hatte, eine Bedeutung an, die im Ausmaß seinen riesenhaften Dimensionen entsprach. Ihr erschien er wie die Verkörperung allen erlittenen Unrechts, wie ein geducktes, bösartiges Ungeheuer, das sich gegen ihren Willen in ihrer Küche einquartiert hatte. Sie hatte durchaus nicht vor, ihr Leid schweigend zu ertragen, und ihre Klagen waren ebenso laut wie andauernd, so daß Nick, der selbst nervös war, schließlich zu einem verzweifelten Protest gereizt wurde: »Wenn du nicht aufhören kannst, über das elende Klimperwerk zu lamentieren – warum sagst du den Burschen nicht, sie sollen es fortschaffen? Heute haben die den Nachmittag frei; du könntest es nicht besser treffen. Nur mich laß damit in Ruhe, ich will keinen der Halunken jemals wiedersehen.«

»Ja, das werde ich tun«, sagte Kitty. »Ich will das Ding nicht hier behalten. Sie müssen es woanders hinbringen.«

Damit stürzte sie aus der Wohnung und überließ es Nick, mit Miß Baby, so gut er konnte, fertig zu werden.

Sie ging geradewegs zum Eisenhändler, bei dem Ginger arbeitete, und zog ihn unter dem Vorwand, sich Nägel zeigen zu lassen, in die dunkelste Ecke des Ladens, wo er sie anhören sollte. »Es ist nur schwer, weißt du, weil wir doch keinen Platz dafür haben«, wandte Ginger ein, indem er sich den roten Kopf kratzte.

»Dann müßt ihr ihn eben versteigern. Ich sag dir, ich will ihn nicht mehr in meiner Küche haben.«

»Da hast du schon recht, aber er gehört mir nicht. Ich meine, irgendwie gehört er noch immer Ralph Ingram. Hör zu, ich werde mit Tony sprechen. Wenn er glaubt, daß Ralph nichts dagegen hat, komme ich nachmittags mit ein paar anderen zu euch, und wir schleppen ihn mit einem Handwagen ab. Das heißt, wenn ... nun ...«

»Na, was?«

»Wir möchten nicht mit Nick zusammentreffen, es wäre uns peinlich.«

»Er sehnt sich auch nicht nach euch«, erwiderte Kitty. »Glaub ja nicht, daß das nur von eurer Seite aus so ist! Komm gegen drei; ich werde es einrichten, daß er nicht zu Hause ist, dann tut es niemandem weh.«

»Okay. Nicht, daß wir etwas gegen Nick hätten, wir müssen alle selber aufpassen. Brent schaut uns auf die Finger, daß man schon ganz zappelig werden kann. Wir haben kein Lust, als Mitwisser geschnappt zu werden.«

»Wenn du glaubst ...«, begann Kitty heftig.

»Nein, Madame«, sagte Ginger laut, »wir führen keine Glasnägel; nein, leider, auch in Zukunft nicht.«

Diese außerordentlich seltsame Bemerkung veranlaßte den Boß, plötzlich hinter einer Mattenrolle aufzutauchen. Er und Kitty starrten einander erstaunt an, dann flüchtete sie aus dem Laden.

Aber kurz nach drei Uhr klopfte es tatsächlich an ihrer Tür. Sie machte auf und sah die Jungs wie Schafe zusammengedrängt auf der Schwelle stehen: Ginger selbst, Mac, Tony, Jack und Ben. Von einem Handwagen fehlte jede Spur.

»Wir konnten keinen bekommen«, sagte Ginger, da er ihren spähenden Blick auf die Straße bemerkte. »Aber ich glaube, wir können es schaffen. Tony sagt, wir dürfen ihn zur Auktion anbieten. Er meint, Ralph will ihn nicht zurückhaben. Und wir können ihn nirgends unterbringen.«

»Dann kommt herein. Nick ist mit Fly im Park.«

Sie schlurften hinter ihr ins Haus; dann standen sie verlegen und linkisch in der Küche und musterten den Gegenstand, den sie abholen wollten.

»Hm – größer als ich dachte.«

»Schön blöd werden wir ausschauen, wenn wir mit dem Zeug auf dem Gehsteig hin und her torkeln«, sagte Ben.

»Wollen mal sehen, wie schwer er ist.«

»Du meine Güte! Der wiegt eine Tonne!« sagte Jack, indem er einen wirkungslosen Hebeversuch anstellte.

»Achtung! Paß auf meine Zehen auf!«

»Ich meine, wir warten damit, bis wir uns einen Karren verschaffen können«, sagte Jack.

»So leicht laßt ihr mich nicht damit sitzen!« rief Kitty.

Ihre Stimme war schrill geworden, und sie sahen sie einigermaßen besorgt an.

»Hör mal, Kit«, sagte Ginger besänftigend, »du brauchst dich nicht aufzuregen. Wir kommen wieder. Ehrenwort! Er ist nur schwerer, als wir dachten. Ein Tag mehr wird dir nicht weh tun – füttern mußt du ihn ja nicht!«

»Ganz egal. Ich sagte dir doch schon, ich will ihn hier nicht mehr sehen. Er ist mir verhaßt, er hat uns nichts als Unglück gebracht.«

Ihre Stimme hob sich wieder, brach ab, und sie begann zu weinen. Sie versuchte gar nicht, die Tränen zurückzuhalten, blieb aber dabei seltsam herausfordernd neben den Burschen stehen.

»Geht nur!« sagte sie schluchzend. »Zieht ab! Nick hat ganz recht: Eine elende Bande seid ihr! Lauter feige Hunde!«

»Du lieber Gott!« stieß Ginger hervor. »Was erwartet er von uns?«

Jetzt geschah etwas Merkwürdiges. Sie wandten sich ab – offenbar konnten sie Kittys unverhüllte Verzweiflung nicht mit ansehen – und begannen, deren Lage zu besprechen, als wäre sie gar nicht dabei.

»Das muß man ihr lassen«, sagte Ben ernsthaft, »sie hat von Anfang an zu ihm gehalten.«

»Nun, sie ist doch schließlich seine Frau«, sagte Max.

»Ein Grund mehr, sie zur Vernunft zu bringen. In ihrem eigenen Interesse.«

»Das nützt jetzt nichts mehr. Schau dir nur an, in was für einem Zustand sie schon ist. Am besten, wir lassen sie in Ruhe.«

»Wenn ihr mich fragt, sollte sie überhaupt nicht mehr hier sein. Sie gehört nach Hause, zu ihrer Mutter.«

»Sie ist in Gefahr! Wer weiß, wann's bei Nick wieder losbricht!«

»Halt's Maul!« kreischte Kitty plötzlich und versuchte, in den vertraulichen Kreis einzubrechen, den sie um den Plattenspieler bildeten. Vor Zorn versiegten ihre Tränen. »Er hat es nicht getan! Ich sage euch: Er hat Gertie Maggs nicht umgebracht!« Und da sie schwerfällig und stumm stehenblieben, brüllte sie sie wütend an: »Nick hat niemanden getötet, und – wenn es euch interessiert – ich weiß, wer es gewesen ist!«

Das erschütterte ihre Haltung. Die Köpfe drehten sich scharf in ihre Richtung, als hingen sie alle an einem Faden, den sie an sich gezogen hätte.

»Wenn du es weißt, solltest du es sagen«, murmelte Ginger, dessen Blässe scharf von seinem flammenden Haar abstach. Alle warteten straff und gespannt auf ihre nächsten Worte.

Sie aber erkannte ihren Fehler, fast noch bevor sie ihn begangen hatte. Nein, ein solches Wissen mußte man für sich behalten! Sie überlegte scharf und schnell und benützte, um ihre Indiskretion zu vertuschen, eine List.

»Wie wäre es nun«, fragte sie langsam mit einem kühnen und unerforschlichen Blick, »wenn ich sagte, es war einer von euch?«

»Die Frau ist übergeschnappt«, sagte Mac. »Wozu stehen wir da herum? Gehen wir?«

»Ihr wollt mir doch das ... das Ding da nicht hierlassen?« Ihre Augen traten hervor wie bei einer Besessenen.

»Kaum zu glauben«, sagte Ginger, »vor dem Bündel Brennholz hat sie mehr Angst als vor Nick!«

»Wir kommen irgendwann wieder und holen es«, sagte Jack unsicher. »Es ist nicht fair, ihr das Ding im Haus zu lassen, wenn es sie so aufregt.«

»Wir könnten es hinauftragen und im Zimmer von der Alten stehenlassen, wenn wir hinein können. Es ist doch nicht abgesperrt, was, Kitty?«

»Der Schlüssel steckt«, rief Tony, der hinaufgelaufen war, um nachzusehen.

»Nein, nein!« schrie sie, von panischem Schrecken erfaßt. »Ich lasse euch nicht in die Wohnung einer Toten. Das gehört sich nicht! Ach, zieht schon ab, alle, und laßt mich in Ruhe. Ich wollte, ich hätte euch gar nicht erst gefragt.«

Daraufhin verließen sie sie mit einem Schulterzucken; sie hatten es eilig, wieder draußen zu sein.

Kaum waren sie fort, schloß sich das Haus wieder so unbarmherzig lautlos um Kitty wie am Tag nach der Party. Aber Bruchstücke ihrer Sätze waren zurückgeblieben und tauchten immer wieder in ihrem Gehirn auf, wie die endlosen Lautketten auf einer gesprungenen Grammophonplatte.

»... sie ist schließlich seine Frau ...« – »Grund mehr, sie zur Vernunft zu bringen ...« – »Das nützt jetzt nichts mehr ... – »Sie ist in Gefahr ...« – »Sie ist schließlich seine Frau ...« – »Zur Vernunft bringen ...«

Nick saß indessen allein auf einer Bank im Park, sah zu, wie sein Hund die Freiheit genoß, und grübelte in düsterer Stimmung über die allgemeine Lage. Auch ihm wurde – wie seiner Frau – nunmehr eine Erziehung aufgezwungen, und die hatte ein ganz anderes Tempo als damals in der Schule. Innerhalb weniger Wochen hatte er den Druck der öffentlichen Meinung kennengelernt, die Last persönlicher Verantwortung und die Schwierigkeit, ein Gleichgewicht aufrechtzuerhalten, wenn mehrere Loyalitätsgefühle einen in entgegengesetzte Richtung trieben. Es war ihm anfangs gar nicht eingefallen, daß er in eine Lage geraten könnte, bei der es ihm nicht möglich wäre, sobald er es nur wünschte, jeden gegen ihn gerichteten Verdacht zu entkräften. Jetzt wurde ihm völlig klar, daß, sogar wenn er beschließen sollte, die Wahrheit bekanntzugeben, ihm niemand mehr glauben würde. Kam es zu einer Stichwahl zwischen ihm und Ed, so hatte Ed alle Trümpfe in der Hand. Erst einmal war die alte Fitch nicht in seinem Haus gestorben. Diesbezüglich war Nick nicht einmal sicher, daß Kitty seine Geschichte akzeptiert hätte; manchmal glaubte er es, dann, wenige Minuten später, war er vom Gegenteil überzeugt. Wer würde ihm glauben, wenn ihm sogar die eigene Frau mißtraute?

Sie hielt zu ihm – und das war immerhin etwas. Oder vielleicht doch nicht? Er war arbeitslos, dürfte es wohl einige Zeit bleiben, und die Notwendigkeit, die staatliche Unterstützung in Anspruch zu nehmen, erwies sich immer eindeutiger, sooft er die Hand in die Tasche steckte. Und da war das Kind. Zum ersten Mal begann er Miß Baby nicht mehr wie eine belebte fleischige Masse anzusehen, sondern wie einen im Werden begriffenen Menschen. Er mußte sich eingestehen, daß Miß Baby einen recht armseligen Start ins Leben bekäme, wenn sie in einer Stadt aufwachsen sollte, wo jeder ihren Vater für einen Mörder alter Damen hielt. Über einen armseligen Start wußte er Bescheid. Nun, dann mußten sie eben die Stadt verlassen, das war die einzige Lösung. Würde Sam Brent ihn fortlassen? Natürlich, er konnte ihn ja nicht daran hindern. Würde Kitty mitgehen, wenn es dazu käme? Und wie sollten sie sich ohne Geld in einem fremden Ort durchschlagen? Abgesehen von seinen Fahrten übers Land, damals, beim Militär, hatte er die eigene Stadt nie verlassen, und was er zu jener Zeit gesehen hatte, bedeutete für die momentane Lage keine Ermutigung. London? Für einen Provinzjungen seines Bildungsgrades war die Vorstellung erschreckend. Der Gedanke, mit Frau und Kind in einem armen, übervölkerten Bezirk einem Zimmer nachzujagen, ließ sein Blut erstarren. Vielleicht könnte Kitty mit dem Kind vorerst zurückbleiben, bis er etwas gefunden hätte – Arbeit und ein Dach über dem Kopf. Nötigenfalls konnte sie zu den Bones zurückgehen. Schließlich hatte er einiges für die Familie getan. Aber wenn das geschehen sollte, dachte er grimmig, dann habe ich mich endgültig von ihnen verabschiedet. – Ach nein, warum denn? Es ist meine Familie, ich lasse mich nicht hinausjagen.

Wieder war im Lehrbuch eine neue Seite erreicht. Er begann, Frau und Kind als eine Ausweitung der eigenen Person anzusehen und nicht mehr nur als eine Last und Hemmung in seinem individuellen Dasein. Nun faßte er den Entschluß, dies alles, je früher, desto besser, mit Kitty zu besprechen; in dieser Absicht rief er Fly und machte sich auf den Heimweg.

Wenn etwas Wahres an dem weitverbreiteten Aberglauben ist, hätten dem jungen Mann, während er auf seiner Bank saß, die Ohren klingen müssen, denn kaum einen Kilometer entfernt beschäftigten sich mit ihm die Gedanken – wenn schon nicht die Zungen – von mindestens hundert Menschen.

Eine Gruppe von sechs Ehrenmännern, die sich »Freunde der Festwoche« betitelten, hatten eine dringende öffentliche Versammlung einberufen. Sie wurde in der Sporthalle abgehalten, und da hatten sich infolge des freien Nachmittags und weil sie Grund zur Klage zu haben glaubten, die Geschäftsleute und Hoteliers des Städtchens eingefunden. Mitten unter diese kräftigen Männer mengte sich eine Anzahl eintonig farbloser Damen, die Einzelzimmer vermieteten, sowie einige Rentner männlichen Geschlechts, die überall anzutreffen sind, wo Unterhaltung kostenlos geboten wird.

Wie bei allen Entrüstungssitzungen war zwar wenig getan, dafür um so mehr geredet worden. Man war zum Ergebnis gelangt, daß gewisse Stellen sehr zu tadeln waren – was aber unternommen werden sollte, um Abhilfe zu schaffen, davon hatte niemand eine klare Vorstellung. Es kam eine Fülle von belanglosen Punkten zur Sprache, und ein alter Herr stand schon fünf Minuten auf dem Podium, bevor man entdeckte, daß er seiner Mißbilligung der Art, wie im letzten Krieg die Bürgerwehr geleitet wurde, Ausdruck zu geben wünschte.

In dieser unzufriedenen Stimmung löste sich endlich die Versammlung auf. Die Teilnehmer begannen, durch die Doppeltüren hinauszuströmen, und erreichten die

High Street gerade, als Nick aus seinem freiwilligen Exil wieder auftauchte. Er war zwar den meisten persönlich fremd, doch erkannten ihn zwei oder drei unter den ersten, die herauskamen, und brachen, von ihrer privaten Überzeugung angetrieben, einvernehmlich in ein empörtes Geheul aus.

»Da ist er! Da ist der junge Halunke, der an allem schuld ist!« schrie der Schlächter Fish.

Nick, der in seine eigenen Gedanken vertieft gewesen war, sah auf; angefeuert durch die laufenden Menschen, die er für die Vorhut einer riesigen, auf ihn losstürzenden Horde hielt, schoß er, einfach um ihnen zu entrinnen, in die Richtung seines Hauses – wie ein Kaninchen in sein Loch.

Seine Flucht, der Anblick des rennenden Jungen – für sie ein Beweis seines Schuldbewußtseins – weckte atavistische Instinkte, wie sie auch im Herzen des kühlsten und stumpfsten britischen Bürgers schlummern. Vom voluminösen Fish angeführt, polterten sie schreiend hinter ihm her.

Alle Frauen, mit Ausnahme der ganz männlichen Typen, blieben zurück, dafür schlossen sich andere Männer, die nachgekommen waren, den Führenden an. Der Klang schwerer Stiefel und Schuhe auf der Zementstraße trieb Nick zu größerer Anstrengung an. Er lief schneller – sie liefen schneller. Oberhalb der geschlossenen Geschäftslokale erschienen Köpfe an den Fenstern. Kleine Jungs tauchten aus dem Nichts auf, belebten die Jagd mit ihren schrillen Schreien und eiferten die Männer gesetzten Alters zu einer weiteren Zurschaustellung ihres Wagemutes an.

Weiter ging es im Galopp mit klopfenden Herzen und

ächzenden Bäuchen, während Nick seinen Vorsprung behielt und sein Hund Fly hingegeben und mühelos voranlief.

Ein entgegenkommendes Auto hielt kreischend an, und seine bestürzten Insassen drehten fieberhaft an den Fensterkurbeln, um besser zu sehen und zu hören, was da vorging.

Leichenblaß stürmte Nick weiter und vermied nur knapp, über einen Stock zu stolpern, den ein unternehmungslustiges Kind ihm vor die Füße warf.

Sie rasten weiter.

Endlich war Rettung in Sicht. Nick warf sich keuchend gegen seine eigene Gartentür, rannte durch den Vorgarten, stieß die unversperrte Tür auf, zwängte sich und Fly durch, schob beide Riegel vor und wurde von der verblüfften Kitty dabei angetroffen, wie er Mrs. Fitchs berühmte Kette vorlegte.

Die enttäuschte Menge hatte inzwischen das Gartentor erreicht und brach bei seinem Verschwinden in ein Wutgeheul aus. Nun scharte man sich unter seltsamen Schreien und wilden Flüchen um den Eingang.

Dann legte jemand in die große, schwielige Hand des Mannes namens Fish einen Gott weiß wo aufgelesenen Ziegelstein. Fish zielte sorgfältig und warf ihn mit voller Kraft in die mittlere Schreibe des vorderen Fensters. Das Glas fiel klirrend zu Boden und hinterließ ein zackiges Loch.

Die Menge stieß einen Seufzer rein animalischer Befriedigung aus: »Aaaaaaaaaah!«

Dem Ziegelstein folgten ein Dutzend wundersame

Wurfgeschosse, darunter ein Taschenmesser und ein Schlüsselbund. Wie sie jemals die Gegenstände zurückerhalten sollten, bedachten sie nicht – sie warfen einfach, was sie in den Taschen fanden. Eine Anzahl kleiner Brüche und Sprünge belohnte ihre Anstrengung, aber es erfolgte nichts mehr auch nur halb so Gelungenes wie jener erste prächtige Schmiß.

Und in diese Ansammlung erbitterter Menschlichkeit drängte sich ein kleiner, gedrungener Mann, schob die Leute mit den Handflächen auseinander und bahnte sich seinen Weg, bis er mit dem Rücken gegen die angelehnte Gartentür zu stehen kam, wobei die roten Gesichter der Hitzköpfe beinahe das seine berührten – der einzige Mann bei Vernunft in einer Horde von Irrsinnigen.

Sam Brent.

»Was geht hier vor?« brummte er, wie das seit undenklichen Zeiten die traditionelle Frage des Polizisten ist.

Mit einem Schlag wurden alle wieder normal, besser gesagt, sie fielen in das entgegengesetzte Extrem. Ihr Gesichtsausdruck verwandelte sich äußerst komisch: Die Kampflust wich dem Ausdruck von Männern, die mitten in einer Dummheit ertappt worden waren. Die im Tumult an die Spitze geraten waren, scharrten mit den Füßen und wollten den Rückzug antreten, während die Nachhut, die sie daran hinderte, sich durch völlige Reglosigkeit bemühte, möglichst unauffällig zu bleiben – auch das ein atavistischer Instinkt.

»Ihr solltet euch schämen«, sagte der Wachtmeister streng, als ermahnte er ein paar Rotzbuben. »Glaubt ja nicht, daß ich nicht weiß, was das hier werden sollte! Ich will ja auch nicht bestreiten, daß es allerhand Provokation gegeben hat. Aber ihr dürft euch erinnern, daß hinter diesen Türen eine junge Frau mit einem Kind auf dem Arm steht. Auch habt ihr vielleicht vergessen, daß nach dem Gesetz unseres Landes ein Mann so lange unschuldig ist, bis seine Schuld bewiesen wurde.« Er verstummte, dann sagte er noch: »Und jetzt verschwindet, bevor ich anfange, Gesichter zu erkennen.«

Der Wink genügte vollauf. Die Menge zerstreute sich, zerschmolz rascher als der Schnee.

Nach wenigen Minuten stand Brent ganz allein vor dem Haus der verewigten Mrs. Fitch. Er grinste unfroh, drehte der Straße seinen breiten Rücken zu und schritt über die Fliesen zum Eingang, um die Belagerten zu beruhigen.

18

Brent kam von einer stürmischen Unterredung mit dem Chefinspektor, welche sich über den ganzen Vormittag erstreckt hatte. Das heißt, stürmisch war sie nur von einer Seite gewesen; Sams Benehmen seinem Vorgesetzten gegenüber war immer untadelig. Bei solchen Gelegenheiten zeigte er sich von der trägen, stumpfen Seite, ganz das geduldige Tier, das sogar für eine Entgegnung zu dumm ist, es sei denn in seiner ureigenen Sprache. Nur in seinen Gedanken blieb er der wahre, der scharfsinnige und undisziplinierte Sam, trotz allem andersartigen äußeren Verhalten.

Der Inspektor war wütend. Nachdem er, wie er in seiner Naivität meinte, seinen zuletzt Verdächtigten in einen Zustand erbärmlicher Unterwerfung versetzt hatte, hatte dieser unqualifizierbare Ralph sich plötzlich gegen den Inquisitor aufgelehnt und ein Alibi vorgelegt, das zwar wahrscheinlich falsch war, sich jedoch nicht widerlegen ließ.

»Mir war doch berichtet worden«, sagte der Inspektor (wobei der unfreundliche Ton bedeutete: ›durch Sie‹), »daß dieser Bursche, der Kellner Tony, einen Gewährsmann hatte, den Kerl, der den Schweinestall mit ihm bewohnt.« Hier schweifte er ab, um seiner ungeschminkten Meinung über die Wohnstätte, die Tony mit dem Polen teilte, Ausdruck zu geben.

»Jetzt sagt aber der Ingram, er sei den ganzen Abend zu Hause gewesen, und zwar mit jenem Tony. Er hätte das zuerst nicht angeben wollen, weil seine hochwohlgeborene Frau Mama gegen eine gastliche Aufnahme des *plebs* sei. Er behauptet, er hätte seinen bescheidenen Freund in dem höllischen Kasten, in dem er da herumfährt, zum Hotel zurückgebracht, und ihn Punkt halb zwei vor der Tür abgesetzt. Offenbar bleibt die Hütte Tag und Nacht unverschlossen, so daß der Junge jederzeit hinein kam. In die Nähe des Flusses seien sie überhaupt nicht gekommen, sondern durch die Parallelstraße, dort wo die Bones wohnen, in die Stadt gefahren, und sie hätten auf ihrem ganzen Weg keinen einzigen Menschen gesehen. Nun, es kann ja so gewesen sein.«

»Wie passen die Aussagen der beiden zusammen?«

»Entweder ist Master Tony gut gedrillt worden, oder es stimmt. Es scheint unsere zwei Gecken nicht im geringsten zu stören, daß alles, was sie früher behauptet haben, wenn wir den neuen Roman glauben sollen, sich als ein ganzes Lügengewebe erweist. Für die jetzige Generation existiert die Wahrheit anscheinend überhaupt nicht; sie sagen einfach, was ihnen gerade ratsam erscheint.«

Mit Hitler fing das an, dachte der Wachtmeister. Was er bedächtig aussprach, war: »Da haben Sie nicht unrecht, Sir.«

»Ja. Und ich sage Ihnen noch etwas. Dieser Tropf, der Pole, ist ebensowenig fähig, eine glaubwürdige Aussage hervorzubringen, wie sein Bett von Ungeziefer rein zu halten. Ich bin mit dem Schutzmann zu ihm gefahren, in der Absicht, ihm zu klarem Denken zu verhelfen, aber es ist mit ihm absolut nichts anzufangen. Sooft er meinte, daß ich ein ›Ja‹, hören wollte, sagte er ›ja‹. Stellte ich zwei Minuten später die gleiche Frage, konnte er ebensogut wieder anders antworten.«

Armer Teufel! dachte Brent. Und sagte: »Nicht gerade, was wir einen verläßlichen Zeugen nennen würden, Sir.«

»Pah! Also ist jetzt dieser jugendliche Schweinehund wieder entlastet und kann ungestört herumlaufen und mit seinen unanständigen Anträgen alles, was Weiberröcke trägt oder auch nicht, belästigen.«

»Ein Warmer ist er, glaube ich, nicht, Sir.«

»Ach was, wen interessiert das? Da sitzen wir nun, Brent, knapp vor dem verdammten Zweigroschenfestspiel, und haben noch immer keine Verhaftung vorgenommen. Wissen Sie, was das bedeutet?«

Scotland Yard, dachte der Wachtmeister. Dir zum Verdruß!

Doch tat ihm der Inspektor ehrlich leid. Er war eigentlich ein anständiger Kerl, genau das richtige Gehirn, um durch die Prüfungen zu kommen, wenn auch den jetzigen, besonderen Possen vielleicht nicht unbedingt gewachsen. Also sagte Sam, was er tatsächlich glaubte: »Ich habe so eine Ahnung, daß wir jetzt bald am Ziel sein werden, Sir. Könnten Sie die Leute nicht noch zwei Tage hinhalten? Wir sind auf der richtigen Spur. Es ist nur mehr eine Frage der Zeit.«

»Ich höre, es hat gestern beinahe einen Volksaufstand gegeben.«

»Ach, nicht der Rede wert. Es ging ein bißchen lebhaft

zu, infolge der Versammlung – Sie wissen ja –, und bei den Salters wurden ein paar Scheiben eingeschlagen. Das Fenster ist jetzt mit Brettern verschalt, und ich habe, da ich wußte, daß Sie es billigen würden, bei der Polizei ersucht, daß man einen Mann in Uniform vor die Tür stellt, hauptsächlich damit er uns auf dem laufenden hält.«

»Wissen Sie zufällig, wer die Anführer waren?«

»Sie zerstreuten sich, bevor ich sie richtig sehen konnte«, gestand der Wachtmeister mit reumütiger Miene, als werde er hier bei einer Nachlässigkeit ertappt.

»Wie steht's mit Salter? Wird er mürbe?«

»Wenn Sie gestatten, werde ich ihn mir heute wieder vornehmen. Es geht ihm nicht sehr gut – soviel kann ich wohl sagen.«

»Glauben Sie, daß er es getan hat?«

»Das habe ich von Anfang an nicht geglaubt, Sir. Ich glaube nur, daß er etwas weiß. Wenn ich ihn weiterbearbeite, wird es nicht mehr lange dauern, bis er mit der Sprache herausrückt. Er hat es momentan nicht leicht – ohne Arbeit und unter allgemeinem Verdacht.«

»Wenn er ein Totschläger ist, riskieren wir viel, wenn wir die Frau bei ihm lassen; ich hoffe, das ist Ihnen klar.«

»Er wird wahrscheinlich nichts anstellen, solange ein Polizist vor seiner Tür steht. Damit würde er doch nur den Kopf in die Schlinge legen ... Verzeihung, Sir, immer wieder vergesse ich, daß wir die Todesstrafe abgeschafft haben.«

Es wurde natürlich noch einiges besprochen, aber dies waren die Hauptpunkte der Unterredung. Brent war müde, doch so gelassen wie eh und je, und begab sich nach

Hause zu einem wunderbaren Mittagessen – Leber mit Speck – mit seinem Weib Elsie. Elsie konnte ihm nicht genug von der riesigen Menge Leber erzählen, die ihr vom Metzger ausgehändigt worden war, obwohl sie doch nur ein Pfund verlangt und bezahlt hatte.

»Ich schätze, Fish muß etwas auf dem Herzen haben«, sagte sie. »Ich erlebe es zum ersten Mal, daß er mir zuviel auswiegt. Vielleicht macht er sich über seinen abscheulichen Sohn Sorgen. Was denkst du, Sam, ob nicht . . .«

»Wenn ich esse, denke ich gar nichts«, sagte Sam.

Er verbrachte dann, wie beabsichtigt, einen Großteil des Nachmittags bei den Salters. Doch kam er – obwohl er in der ihm eigenen hartnäckigen Art auf sie eindrang – nicht viel weiter und gewann nur die Überzeugung, daß Nick auf Flucht eingestellt war. Beide Salters, stellte er fest, sahen schlecht aus. Besonders die Frau schien ihm dem Zusammenbruch nahe. Ihre Antworten ergaben kaum einen Sinn, und Sam begann ernstlich zu zweifeln, ob es wohl richtig sei, sie noch weiterhin bei Nick zu lassen. Der gestrige Spaß hatte die beiden heftig erschreckt, und wer weiß, ob der vor ihrer Tür aufgepflanzte Polizist ihr Unsicherheitsgefühl nicht noch verschärfte.

Was den Jungen betraf, so wurde Brent aus ihm nicht schlau. Zweifellos befand er sich mitten in einer Entwicklungsphase. Aber in welche Richtung? Die beiden standen so offensichtlich am Rande eines Nervenzusammenbruchs, daß sogar der unerschütterliche Brent schon das bloße Verweilen in ihrer Gesellschaft äußerst anstrengend fand. Am Ende ging er matt und entmutigt nach Hause.

Er trank seinen Tee, schlief ein Weilchen und wollte sich gerade behaglich hinsetzen und einen Detektivroman aus der Leihbibliothek lesen, in dem die Polizei so phantastisch vorging, daß es ein reines Vergnügen war, als Elsie ihm zuzusetzen begann, er möge ihr helfen, den Rest aus dem Inhalt von Gertie Maggs' Schreibtisch zu sortieren.

Obwohl er dazu nicht die geringste Lust verspürte, war er weise genug, sich widerspruchslos zu fügen.

»Es wird dich zerstreuen«, bemerkte Elsie. »Außerdem kann ich es allein nicht schaffen. Es regt mich auf. Nimm du die untere Schublade, und ich räume inzwischen den Oberteil aus. Heb die Lade heraus, dann kannst du es, wenn dir die Füße wehtun, im Sitzen machen. Leg zwei Zeitungsblätter auf dem Fußboden aus, und mach zwei Haufen: was aufgehoben und was weggeworfen werden soll.«

Der arme Sam nahm die Aufgabe halb schlafend in Angriff. Er arbeitete langsam. Nichtsdestotrotz wuchs der Stapel fortzuwerfender Dinge ständig an, während die Gegenstände, die verschont werden sollten, vorläufig durch ihre Abwesenheit glänzten. Seine beim Schreibtisch sitzende Frau gab von Zeit zu Zeit einen kleinen Seufzer oder ein Stöhnen von sich; Sam brachte es höchstens zu einem Knurren. Als er wieder einmal ohne jede Begeisterung ins Innere der Lade griff, die tief und noch immer entmutigend voll war, brachte er ein Päckchen zusammengebundener Briefe zum Vorschein, die seinen müden Augen sehr gelb und kritzelig beschrieben vorkamen. Da er schon ähnliche Korrespondenzbündel gefunden hatte, die an Gerties Mutter gerichtet waren und keinen anderen als einen Erinnerungswert besaßen, schenkte er dieser letzten Entdeckung vorerst nur eine höchst oberflächliche Beachtung.

Dann aber richtete er sich jählings mit dem Päckchen in der Hand auf und rieb sich energisch die Augen. Er starrte auf seine Beute und löste mit zitternden und vor Nervosität ungeschickten Fingern die verblaßte, doppelt verknotete Schleife.

Im gleichen Augenblick wandte sich Elsie scharf nach ihm um und rief: »Sam, hier ist ein an dich gerichteter, unfrankierter Umschlag. Was meinst du . . .«

Sam sagte nichts als: »Mein Gott!« Er war ein Mann, der des Herren Namen – außer wenn er auf der Zeugenbank saß – nur selten in den Mund nahm, und so war denn Elsie auch entsprechend entrüstet.

»Sam!«

»Hier sind mindestens fünfhundert Pfund«, sagte Sam, indem er ehrfürchtig das Bündel betastete.

»Was? Red keinen Unsinn, Sam. Es sind doch keine Banknoten, bloß irgendwelche alte Briefe. Du brauchst eine Brille, wie ich, das sage ich dir schon lang.«

»Bloß irgendwelche Briefe«, sprach er ihr nach. »Alte Briefe von dem Mann, um den sich das ganze Festspiel dreht. Arme, alte Gert! Sie mußte alles entbehren und fast verhungern, und dabei lagen die ganze Zeit diese Briefe auf dem Grund ihrer Schublade. Nun, jetzt gehören sie dir, Elsie. Du wirst noch berühmt, mein Kind.«

»Sam, Sam, ich weiß nicht, was du da zusammenschwatzt«, sagte seine Frau ärgerlich. »Hast du mich nicht gehört? Ich sage dir, daß in einem der Fächer ein von Gert selbst an dich adressiertes Kuvert lag. Hör auf, mit dem alten Zeug zu spielen, und sieh dir dies hier an.«

»Du albernes Weib, kannst du nicht unterscheiden, was wichtig ist und was nicht? Diese Briefe können ein Vermögen wert sein! Jeder einzelne trägt seine Unterschrift. Weiß der Himmel, was drinsteht. Ich könnte mir sogar vorstellen, daß es Liebesbriefe sind.«

»Und dieser Brief ist von Gert an dich. Ich sage dir: Er ist wichtiger, als was du da gefunden hast. Gert war meine beste Freundin, und wenn sie dir geschrieben hat, ist es schon das mindeste, daß du ihren Brief liest. Gib mir das Bündel und nimm ihn und mach ihn auf.«

Er ließ sich widerstrebend das Paket abnehmen, und sie überreichte ihm dafür den billigen blauen Umschlag mit der Anschrift: »Sam Brent, 15, Coke Lane.« Verärgert riß er den Brief mit dem Daumen auf und entfaltete ein auf beiden Seiten beschriebenes, einzelnes Stück Papier. Sein Blick streifte darüber. Er drehte es hastig um, drehte es wieder und las den Anfang noch einmal. Als er das getan hatte, stand er augenblicklich auf, faltete das Blatt wieder zusammen und verwahrte es sorgfältig in seiner Brieftasche. Dann sagte er mit einer veränderten Stimme: »Bring mir meine Schuhe, Elsie, ich muß nochmals ausgehen. So schnell du kannst.«

Sie holte ihm ohne ein Wort der Widerrede seine Schuhe und seinen Mantel und fragte, während sie ihm bein Anziehen half, ganz vorsichtig: »Wohin gehst du, Sam?«

»Geradewegs zurück zu den Salters. Du, meine Liebe, hattest recht, wie gewöhnlich; das war tatsächlich wichtiger. Nun sind es drei Wochen, seit ich hin und wieder in diesem Zimmer sitze, und da – man hätte bloß die Hand auszustrecken gebraucht –, da war ein Privatbrief von Gert an mich, der mir den Namen ihres Mörders angibt.«

Nachdem er aus dem Haus gegangen war, setzte sich Elsie Brent wieder an den Schreibtisch, den ihr ihre alte Freundin vermacht hatte, und die von einem toten Dichter vor langen Jahren an Gertie Maggs' Ur-Ur-Großmutter geschriebenen Briefe blieben unbeachtet auf dem Fußboden liegen.

19

Miß Baby war zu Bett gebracht worden, und die Salters befanden sich allein in ihrer widerlich nach trocknenden Windeln riechenden Küche. Doch waren sie über derlei nebensächliche Sorgen längst hinaus. Sie saßen in einer Art verzweifelter Lethargie trübsinnig da, und es verstrich immer wieder einige Zeit, ohne daß ein Wort gesprochen wurde. Nachdem Brent fortgegangen war, hatte Kitty Tee gekocht und den Brotlaib und ein noch ungeöffnetes Päckchen Margarine auf den Tisch gelegt. Die gebrauchten Tassen zeigten, daß der Tee getrunken worden war; das Essen blieb unberührt.

Endlich riß sich Nick mit einem Ruck aus dieser gefährlichen Erstarrung und fragte mit gewollter Heiterkeit: »Nun, Kit, wie sollen wir es machen? Ziehen wir aus oder nicht?«

»Was? Was sagst du?« fragte sie schwerfällig; anscheinend konnte sie sich nur mit größter Mühe auf seine Worte konzentrieren. In ihren auf ihn gerichteten Augen lag ein unsteter Blick.

»Ich frage, ob du mit mir von hier fort willst. Wir müssen uns doch entschließen, verstehst du das nicht?«

»Das geht doch nicht. Mr. Brent würde uns nicht weglassen.«

»Er kann uns nicht daran hindern. Als er hier war, habe ich ihm, ohne daß er es merkte, auf den Zahn gefühlt. Er hat mehr oder minder zugegeben, daß man niemanden ohne richtigen Tatbestand festhalten kann.«

»Was ist ein richtiger Tatbestand?«

»Ach, Kitty, sei nicht so dumm. Es ist das, was die Leute sicher wissen.«

»Aber sie wissen doch sicher, daß du Miß Maggs umgebracht hast. Warum sollten sie uns sonst die Fenster einschlagen?«

»Also sagen wir: was bewiesen werden kann – wenn dir das besser gefällt. Und das kann nie bewiesen werden, weil es nicht wahr ist. Wir können Ed nicht verraten, und wenn wir's täten, würde es auch nicht viel nützen. Am besten, wir gehen fort, so weit wie nur möglich, und vergessen die ganze Geschichte.«

»So weit können wir gar nicht kommen, daß ich vergessen könnte, daß ich einen Mörder in meiner Familie habe – ob das nun du bist oder Ed. Kein einziger Ort auf der Welt liegt dazu weit genug weg.«

Es klang wie von einem durch Leid geradezu erdrückten Menschen, aber ohne Groll. Nick wurde es zuviel, er konnte es einfach nicht mehr ertragen. Plötzlich überkam ihn der leidenschaftliche Wunsch, alle Gefühle wieder an ihren richtigen Platz zu rücken, wo sie hingehörten, auf eine Ebene, auf der er sie verstand und wo man Freude daran hatte. Er sprang auf und rief:

»Wir wollen das Grammophon aufdrehen, Kit. Laß uns eine hübsche, lärmende Platte abspielen, das wird uns aufheitern.«

Sie fuhr jählings auf und stand kampfbereit vor ihm. »Berühr das verdammte Zeug nicht! Untersteh dich –

oder ich geh mit dem Brotmesser auf dich los!« Schon lag ihre Hand auf dem hölzernen Griff.

»Halt! Laß das sein! Setz dich her und beruhige dich.«

Sein Ton war scharf wie das Messer.

So plötzlich wie sie losgestürzt war, fiel sie auf ihren Stuhl zurück und hüllte sich wieder in Schweigen.

»Hör mal, Kit«, fragte er unsicher, »fühlst du dich vielleicht nicht wohl?«

»Ach! Mir geht's wunderbar – denk doch, bei meinen Aussichten ...«

»Kit, du glaubst doch wohl nicht, daß den Verstand verlierst, was?«

»Wie fühlt man sich dabei?« fragte sie höflich.

»Ich weiß nicht. Es fiel mir auf, wie Brent hier war. Du konntest ja gar keine vernünftige Antwort geben. Du denkst nicht richtig.«

»O doch, denken kann ich schon. Das ist es eben. Die ganze Zeit muß ich denken.Und ich sag dir etwas, Nick: Ich denk so klar, wie man nur denken kann. Alles ist scharf wie das Messer und wie die Glaskanten im Nebenzimmer.» Sie zuckte heftig zusammen. »Es ist nur, daß ich es nicht überwinden kann. Mir scheint, ich bin zu müde, um es dir zu erklären. Ich könnte schlafen, noch und noch.«

»Du meinst doch nicht, daß du sterben möchtest?«

»Damit ich endlich Ruhe hab. Du brauchst dich nicht zu sorgen, ich habe mir gedacht, Miß Baby nehme ich auch mit. Miß Baby auch ...« wiederholte sie träumerisch. »Das wird die dort oben einmal aufrütteln.«

»Um Himmels willen, Kit!« Er starrte sie entgeistert

an. Sie entgleitet mir – sie wird verrückt, dachte er in höchster Aufregung. Was soll ich nur tun? Er packte ihren Arm und schüttelte ihn heftig.

»Kit! Kit! Reiß dich zusammen! Gib dir doch etwas Mühe! Warte, ich mache uns noch einen Tee. Du bekommst einen starken, der wird dir guttun. Ich setz das Wasser auf.«

Sie wurde plötzlich und auf ebenso beunruhigende Art wieder normal.

»Ja, ich könnte eine Tasse vertragen«, sagte sie. »Spül die Tassen nur ein bißchen unter dem Wasserhahn aus. Oh, Nick, in was für eine schauderhafte Patsche wir geraten sind!«

Er warf noch einen raschen, besorgten Blick auf sie und eilte hinaus. Und gerade als er ein Zündholz anrieb, klopfte es leise an der Hintertür.

»Was ist das?« hörte er sie schreien. »Da sind sie wieder! Was macht der verfluchte Schutzmann vor der Tür, wenn er sie nicht einmal davonjagen kann?« Ihre Stimme war schrill vor Schrecken.

»Bleib du nur sitzen. Vielleicht ist es Brent, ich werde nachsehen. Kusch, Fly, geh in deine Kiste, bist mein braver Hund.«

Er drehte den Schlüssel und öffnete nur einen Spalt. Es gab eine kurze Pause, während er hinausblickte; dann hörte sie, wie er sagte: »Zieh ab! Solche, wie du einer bist, haben hier nichts zu suchen.«

Sie rief sofort: »Ist es Ed? Wer ist es, Nick?«

»Nur Tony.«

»Ach so. Laß ihn herein; er holt den Plattenspieler.«

Sie hörte seine mürrische Frage: »Stimmt's?«

»Ja.«

»Dann komm herein. Geh in die Küche und besprich es mit Kitty. Ich mach gerade Tee.«

Jetzt trat er in die beleuchtete Küche, der junge Tony, und sie sah, daß er seinen alten Regenmantel trug, den, welchen er schon besaß, bevor er sich den großartigen weißen kaufte. Aber die schönen Handschuhe hatte er an – da konnte man sich auf ihn verlassen! –, kanariengelbe Handschuhe, wie es sich für einen Stutzer gehört.

Einen Augenblick stand er geblendet und wortlos auf der Schwelle und blinzelte wie eine Eule. Er fühlte sich nicht wohl, hatte sie das Gefühl, und er schien auch irgendwie aufgeregt zu sein. Vielleicht fragte er sich, wie man ihn empfangen würde. Nun ja, man mußte schon schneidig sein, um den Kopf geradewegs in die Löwenhöhle zu stecken. Sie hätte ihm das gar nicht zugetraut.

»Hoffentlich habt ihr jetzt beschlossen, was ihr damit machen wollt«, sagte sie barsch.

»Womit?«

»Mit dem Plattenspieler, natürlich.«

»Ach so. Ralph sagt, er wird einen Lastwagen herschicken. Morgen. Ist dir das recht?«

»Je früher, desto besser.«

»Sei nicht böse, daß ich so spät komme. Früher ging's nicht. Ich mußte bis nach dem Abendessen warten.«

»Nun, wenn du schon da bist, trinkst du vielleicht mit uns eine Tasse Tee.«

»Jaja, gern.«

»Nick, noch eine Tasse!«

»Ich ... ich habe euch das mitgebracht.« Damit griff er in die Tasche und holte ein Bündel Pfundnoten heraus. »Da. Nimm das. Zwanzig müssen es schon sein.«

Sie streckte nicht die Hand danach aus, sondern rief mit schwacher Stimme: »Nick!«

Nick steckte den Kopf durch die Türe. »Ja? Was ist los?«

»Sieh mal, was er uns bringt. Geld. Zwanzig Pfund.«

»Ein Geschenk, mein Lieber. Etwas zur Entschädigung, nach all den Unannehmlichkeiten.«

»Also ich muß doch sagen, darauf war ich nicht gefaßt«, sagte Nick verlegen. »Brauchen könnte ich's schon. Sagen wir, du leihst mir das Geld.«

»Nein, es ist ein richtiges Geschenk. Unter Freunden, was?«

»Nun ja, wenn du meinst ... Kannst du es aber auch wirklich entbehren?«

»Ich bitte dich! Wo das herkam, gibt's noch mehr. Einer für alle, und alle für einen, hat es doch geheißen.«

»Der verdammte Klub! Vielen Dank. Nimm du's, Kit.«

Ihre Hand kam wie in Hypnose hervor und schloß sich um die Banknoten. Sie sagte nichts.

»Da! Das Wasser kocht, ich gieß jetzt den Tee auf. Wir wollen das mit einem Trunk feiern.« Nick verschwand froh und glücklich in der Hinterküche – er war schon wieder ganz der alte. Tony und Kitty blieben zurück und blickten einander unverwandt an. Sie sprachen nicht. Jetzt kam Nick mit dem Tablett. Er begann, den Tee einzuschenken, hielt aber inne, als er dessen Farbe sah.

»Aha, der muß erst ziehen«, sagte er. Dann bemerkte

er: »Ich will aber dein Geld nicht unter falschen Voraussetzungen nehmen. So wie die Dinge jetzt stehen, kann es sein, daß wir verschwinden müssen.«

»Ach, Quatsch. Bleib du nur, wo du bist, das flaut ja alles wieder ab. Ich habe solche Sachen schon oft in den Zeitungen verfolgt. Erst ist der Teufel los und ein großes Gerede. Dann beruhigt man sich; es kommt etwas Neues, und das Ganze wird vergessen. Sobald das Festspiel beginnt, wird alles in Butter sein – du wirst sehen.«

»Vielleicht hast du recht.«

»Ich hab recht, ich weiß es. Was ich sagen wollte – ich möchte eigentlich ganz gern zu euch ziehen. Den Polen, das Vieh, habe ich jetzt satt. Wenn ich die Wohnung von der alten Fitch haben könnte, die wäre gerade, was ich brauche. Ich würde weiter im Hotel arbeiten und nur zum Schlafen herkommen. Hast du was dagegen?«

»Überhaupt nicht, wenn du die Wohnung bekommen kannst. Ich weiß nicht, wen du fragen mußt.«

»Du wirst doch nicht in einem Zimmer schlafen wollen, wo eine alte Frau gestorben ist?« fragte Kitty und starrte ihn ungläubig an.

»Warum nicht? Bei alten Frauen ist's am besten, wenn sie tot sind, nicht wahr, Nick?« Er blinzelte ihm zu.

»Mag schon sein, wenn man's richtig überlegt«, sagte Nick. Ohne Kitty anzuschauen füllte er die erste Tasse.

»Könnte ich vielleicht das Zimmer sehen? Nur einen Blick, um zu wissen, in was für einem Zustand es ist. Ich nehme an, es müßte hergerichtet werden.«

»Warum nicht? Wir gehen auf einen Sprung hinauf, während der Tee auskühlt. Du brauchst nicht mitzukommen, Kit, wenn du so heikel bist. Ich schätze, es kommt daher, weil sie das alte Klappergestell entdeckt hat. Ein Schock – kannst du dir ja vorstellen!«

»Oh, durchaus!« – Das war ganz Ralph in Ton und Ausdruck. »Geh du voran, ja?«

Damit gingen sie aus dem Raum, und Kitty folgte ihnen bis zum Fuß der Treppe. Sie blieb schweigend stehen und beobachtete die beiden, wie sie, Nick als erster, hinaufstiegen. Als sie Tony von hinten sah, in seinem alten Regenmantel, schoß ihr der Gedanke durch den Kopf: Das könnte Ed sein.

Und so offenbarte sich ihr, bedingt durch die momentane Überempfindlichkeit ihres Gehirns, durch den besonderen Blick jener, die am Rande des Nervenzusammenbruchs schwanken, durch jene scharf umrissene Denkklarheit, die sie sogar selbst in sich wahrnahm, mit einem Schlag die ganze Wahrheit.

Sie vernahm die Stimmen über ihrem Kopf wie im Traum. Als aber dann der Schlüssel zum zweiten Mal im Schloß gedreht wurde und sie Nicks protestierende Stimme und seine an die Tür trommelnden Fäuste hörte, war das etwas, das sie bereits erwartet hatte. Sie ging in die Küche zurück und horchte auf die Schritte des über die Treppe Herunterkommenden.

Als er in der Tür auftauchte, war sie bereits bis zur anderen Seite des Tisches gelangt. Die beiden standen sich gegenüber, und sie bemerkte den Glanz seiner Augen und seinen kurzen Atem. Er schloß die Tür und lehnte sich mit dem Rücken dagegen.

In ihr war Angst, eine große Angst, zugleich aber auch

ein alles beherrschendes Gefühl der Erleichterung. »Es war nicht Nick, und es war nicht Ed – du warst es«, sagte sie.

Er sah aus wie vom Blitz getroffen. »Willst du damit sagen, daß du es nicht wußtest?«

»Nein, erst jetzt weiß ich es.«

Er lachte kurz und bellend auf. »Zu spät, Kitty, jetzt ist alles geplant. Ich bin eigentlich gar nicht mehr hier. Ich sitze mit Ralph, fünfzehn Kilometer weit, in seinem Wagen. Er liefert mein Alibi und ich seines – so ist es doch gerecht, nicht wahr? Ich erledige dich und schlüpf durch die Hintertür hinaus. Nick zerschlägt das Schloß und kommt gerade rechtzeitig hier herein, um es auszubaden. Ein feiner Kerl, der Nick. Man hätte sich's gar nicht besser ausdenken können. Nett von dir, mich mit einem Messer zu versorgen!«

Und damit schoß seine Hand im gelben Handschuh vor, schnell wie eine Schlangenzunge, und eroberte, was ihr zur Notwehr hätte dienen können. Er ging um den Tisch, rasch und ungeduldig, seine ganzen Kräfte richteten sich auf die Durchführung seines Vorhabens.

Und geradewegs von der Tür der Spülküche her kam aus der Luft Jupiters Blitzschlag, der gelbe Strahl, und fiel über Tonys erhobenen Arm her. Der stieß einen unbeschreiblichen Schmerzensschrei aus, und das Messer entfiel seiner Hand.

Es vibrierte noch immer auf der Tischplatte, als man ein Hämmern an der Hintertür hörte und dann die wohlgemute Stimme Brents, der diesen Eingang benutzte, um einem Gespräch mit dem Wachmann zu entrinnen. »Ich bin's«, kündigte er an. »Brent.«

»Kommen Sie herein, Mr. Brent«, schrie Kitty. »Kommen Sie schnell!«

Elsie lag schon im Bett, als Sam zurückkam. Aber sie schlief nicht – ah, beileibe nicht! »Nun«, sagte sie, »hast du ihn erwischt?«

»Jaja, ich habe ihn erwischt«, antwortete Sam, indem er sich seines Rocks entledigte und die Hosenträger abstreifte.

Er war der Meinung, daß besondere Leistungen besondere Belohnungen verdienten und daß er heute – mit oder ohne Schnarchen – ein Recht auf seinen Platz im ehelichen Bett hatte.

Nach längerem Schweigen fragte Elsie: »Was geschieht mit der armen Frau und dem Baby?«

»Wie? Ach so. Es war nicht Nick, sondern Tony. Du weißt ja – der Junge vom Hotel.«

»Aber, Sam . . .«

»Es ist eine lange Geschichte . . .« Er zog eine Unterhose von den Beinen, die beinahe ebenso lang war. »Offenbar konnte er es nicht erwarten, bis er aus den Trinkgeldern reich geworden wäre, und mußte sich zweihundert schöne Scheine aus Mr. Ingrams Schreibtischlade holen. Die arme Gert sah ihn mit seiner Beute über die Gartenmauer flüchten, und das war ihr . . .« Zum Glück erstickte die dicke Wolle des Unterhemds, das Sam gerade über den Kopf zog, das letzte unselige Wort.

»Kein Mensch hat das Recht, sein Geld so herumliegen zu lassen«, kommentierte seine Frau zornig. »Und andere damit in Versuchung zu bringen!«

»Master Ralph dürfte mit all dem überschüssigen Geld geprahlt haben, und eine so günstige Gelegenheit wollte sich Tony nicht entgehen lassen. Als Gert ihn aber ertappte, konnte er den Gedanken nicht ertragen, daß Ralph es erfahren würde und damit die wunderbare Freundschaft zum Teufel wäre. Ich werde die Jungs nie verstehen. Ich schätze, es ist ganz gut, daß wir keine Söhne haben.«

»Aber sie deshalb umzubringen!«

»Er behauptet, das war nicht seine Absicht. Er hätte nur auf sie gewartet, um ungestört mit ihr sprechen zu können. Dann sei sie so lange nicht gekommen, und das hätte ihn aufgeregt. So sei das gewesen. Wo ist mein Nachthemd?«

»Ich habe es dir hier warm gehalten. – Wenn es Tony war, dem du nachstellen wolltest, warum sagtest du dann, du gehst zu Salters? Ich habe mich um das Kind halb tot gesorgt.«

»Ich war auch dort. Weißt du, weil doch Nick in dem berühmten Klub der Boß ist, dachte ich, er würde mir wahrscheinlich nützlich sein können.«

Fiel ihm doch nicht im Traum ein, zu dieser nächtlichen Stunde das ganze Drum und Dran zu erklären. Natürlich müßte er Elsie einiges wissen lassen, bevor es zur Verhandlung käme, sie würde es ihm sonst nie verzeihen. Jetzt aber hieß es schlafen. Außerdem war er sich ja selbst noch nicht ganz im klaren. Vielleicht hätte er Tony das erste schwere Verbrechen noch verziehen, aber diesen zweiten Streich – den wahrlich nicht! So kam es aber immer. Der erste Fehltritt führte zum zweiten, der zweite zum dritten, und jeder war schlimmer als der vorangegangene.

Warum aber meinte Nick, er müßte Tony schützen? Das war die wirklich verblüffende Frage. Ach, die Jungs! Nun, für Nick war es eine Lehre gewesen. Auf ein Haar hätte er seine Frau verloren und wäre des Mords an ihr angeklagt gewesen. Schon bevor Sam den Hund völlig von Tonys Handgelenk losgebracht hatte, war Nick die Treppe heruntergestürzt gekommen, und da hätte leicht nichts anderes zwischen ihm und den Geschworenen stehen können als ein aufgebrochenes Schloß. Wer hätte ihm die Geschichte geglaubt, wenn er neben einer neuen Leiche und mit zwanzig Pfund gestohlenem Geld angetroffen worden wäre? Was jeder bereits erwartete, wäre dann eben geschehen – das war alles. Und Kitty! Brr! Sam sah noch das in der Tischplatte steckende Messer vor sich. Er erschauerte unwillkürlich und freute sich mit dankbarem Herzen des warmen Nachthemds, das sich so behaglich auf den müden alten Knochen anfühlte.

Während er ins Bett stieg, sagte er noch gähnend: »Wenn die alte Gert mit ihrem Brief hierher getrottet wäre, statt ihn für die Post aufzuheben und dann zu vergessen, wäre das ganze Theater nicht gewesen, und sie wäre am Leben geblieben und hätte ihre Geschichte erzählen können.«

Weder Sam noch seine Frau sollten jemals erfahren, daß Miß Maggs beschlossen hatte, ihren Brief überhaupt nicht aufzugeben; von dieser Ironie des Schicksals zu wissen, blieb wenigstens ihnen wie auch Tony erspart. Jetzt fiel Sams Kopf auf das Kissen. Köstlich ... wunderbar ... Ein gutes Bett war ihm lieber als jede Beförderung im Polizeidienst.

Zwei Minuten später sagte Elsie: »Sam, gerade habe ich mir etwas ausgedacht. Ich werde Gerties altes Häuschen den Salters vermieten. Dann kann ich das Kind im Auge behalten, während es aufwächst, Sam!«

Aber der war fest eingeschlafen.

Die Gedächtnishalle war bis auf den letzten Platz besetzt – das war zumindest, was der ortsansässige Reporter soeben in seinem Notizbuch festgehalten hatte.

Die Stühle, die mit fortschreitendem Abend immer härter werden sollten, standen in so dichten Reihen hintereinander, daß, wer lange Beine hatte, bereits seine zukünftigen Leiden ahnte. In der ersten Reihe aber, die den Honoratioren vorbehalten war, hatte man es besser.

»Mehr Gäste denn je«, äußerte sich der Polizeipräsident seinem Sitznachbar gegenüber, der zufällig Pater O'Connor von der katholischen Kirche war; er gehörte zwar nicht zu dessen Gemeinde, aber die beiden standen auf Grußfuß, und auf seine Duldsamkeit hielt er sich etwas zugute.

»Wir haben von uns reden gemacht«, bemerkte Pater O'Connor nüchtern dazu. »Ganz zu schweigen von den berühmten Briefen. Und seitdem Sie Ihren Verbrecher verhaftet haben, können unsere Besucher wenigstens mit körperlicher Unversehrtheit rechnen – es sei denn, daß sie von einem Autobus niedergestoßen würden. – Übrigens, was soll mit ihm geschehen?«

»Das hängt vom ärztlichen Gutachten ab. Ich stelle mir vor, er wird für einige Zeit aus dem Verkehr gezogen, er kommt eben da- oder dorthin.«

»Armer Kerl!«

»Sparen Sie sich Ihr Mitgefühl für die, die es verdienen, Pater. Wir haben hier nur gewissermaßen die kleinen Wellen, aber in den großen Städten sind diese unlenksamen Jugendlichen eine richtige Landplage, eine wahre Bedrohung der öffentlichen Sicherheit. Wenn es nach mir ginge, würde ich sie samt und sonders hinter Schloß und Riegel setzen.«

»Der Gedanke ist Ihnen wohl nie gekommen, daß das einfach die Prügelknaben sind für die derzeitigen Zustände auf der ganzen Welt?«

Der Polizeipräsident warf ihm einen glasigen Blick zu und hätte zweifellos gebührend erwidert, doch entstand gerade in diesem Augenblick auf dem Podium eine Bewegung, und der Vorsitzende erhob sich.

»Meine Damen und Herren«, sagte er, als der Begrüßungsapplaus verhallte, »wieder einmal sind wir hier versammelt, um das Andenken des Mannes zu ehren, der diese kleine Stadt in ganz England berühmt gemacht hat und dessen dichterische Eingebung weit über unsere Küsten gereicht und die ganze Weltkultur umfaßt hat.

Bevor ich Ihnen den Redner vorstelle, der die heutige Veranstaltung, die erste in der Reihe unserer alljährlichen Festspiele, einleitet, möchte ich die Gelegenheit ergreifen, um alle hier Versammelten an das erhabene Ideal zu erinnern, in dessen Namen der Dichter gewirkt hat.

Selbst ein Mann bescheidener Herkunft, war er von einem leidenschaftlichen Glauben an die menschliche Brüderlichkeit beseelt. Er vertrat die Meinung, daß jeder, ohne Rücksicht auf Abstammung oder Lebensumstände, genauso wie die Höchststehenden im Lande, als ein Vertreter der Würde des Menschen und des ihm innewohnenden Wertes anzuerkennen ist. Denn er war zutiefst überzeugt, daß in jedem von uns – und sei er noch so unbedeutend, erschiene es noch so unglaubhaft – der kostbare Samen seelischer Größe wohnt.

Meine Damen und Herren, wir haben die Verpflichtung, mehr noch: Wir genießen das Vorrecht, eines Dichters Traum in die Wirklichkeit zu übertragen.«

Er machte eine kurze Pause. Offenbar war da kein einziger, der ihm nicht zustimmte.

Er strahlte. Jetzt hob er die Hand. »Und nun habe ich die Ehre und das Vergnügen, Ihnen den hervorragenden Kritiker und Schriftsteller, Mr. Jeremia Oddbody, vorzustellen, welcher ...«

Guy Cullingford im Diogenes Verlag

Constance Lindsay Taylor, geboren 1907, publizierte jahrelang unter dem Namen Guy Cullingford erfolgreiche Kriminalromane, bis sie ihr sorgfältig gehütetes Pseudonym preisgab. Die Schriftstellerin lebt in der Nähe von London.

»Guy Cullingford hat interessante, ungewöhnliche Kriminalromane geschrieben, deren typisch englische Atmosphäre jeden, sogar jeden Engländer, überzeugt. Wenn man Guy Cullingford etwas als Fehler anlasten wollte, dann höchstens, daß ihre Schilderungen so unterhaltend sind, daß man über ihnen Verbrechen und Opfer aus den Augen verlieren kann...«
Twentieth Century Crime and Mystery Writers

Post mortem
Roman. Aus dem Englischen von
Helmut Degner und Peter Naujack

Wenn Wünsche töten könnten
Roman. Deutsch von Irene Holicki

Der Zauberer von Soho
Roman. Deutsch von Irene Holicki

Frauen gemeinsam sind stark
Roman. Deutsch von Nikolaus Stingl

My Unfair Lady
und andere Geschichten
Deutsch von Irene Holicki

Margaret Millar im Diogenes Verlag

»Margaret Millar beweist in ihren Krimis ein psychologisches Gespür für die Abgründe menschlichen Denkens und Handelns hinter den bürgerlichen Fassaden. Ohne Schnörkel, ohne jemals langatmig zu werden, erzählt sie spannende und beklemmende Geschichten, die den Leser nicht loslassen.« *Radio Bremen*

»Margaret Millars Blick ist so scharf wie der von Patricia Highsmith; noch entschiedener enthält sie sich jeden Effektes, jeder Extravaganz.«
Die Zeit, Hamburg

Die Feindin
Roman. Aus dem Amerikanischen von Elizabeth Gilbert

Liebe Mutter, es geht mir gut…
Roman. Deutsch von Elizabeth Gilbert

Ein Fremder liegt in meinem Grab
Roman. Deutsch von Elizabeth Gilbert

Die Süßholzraspler
Roman. Deutsch von Georg Kahn-Ackermann und Susanne Feigl

Von hier an wird's gefährlich
Roman. Deutsch von Fritz Güttinger

Fragt morgen nach mir
Roman. Deutsch von Anne Uhde

Der Mord von Miranda
Roman. Deutsch von Hans Hermann

Das eiserne Tor
Roman. Deutsch von Karin Reese und Michel Bodmer

Nymphen gehören ins Meer!
Roman. Deutsch von Otto Bayer

Fast wie ein Engel
Roman. Deutsch von Luise Däbritz

Die lauschenden Wände
Roman. Deutsch von Karin Polz

Banshee die Todesfee
Roman. Deutsch von Renate Orth-Guttmann

Kannibalen-Herz
Roman. Deutsch von Jobst-Christian Rojahn

Gesetze sind wie Spinnennetze
Roman. Deutsch von Jobst-Christian Rojahn

Blinde Augen sehen mehr
Roman. Deutsch von Renate Orth-Guttmann

Wie du mir
Roman. Deutsch von Renate Orth-Guttmann

Letzter Auftritt von Rose
Roman. Deutsch von Nikolaus Stingl

Stiller Trost
Roman. Deutsch von Klaus Schomburg

Celia Fremlin im Diogenes Verlag

»Celia Fremlin ist neben Margaret Millar und Patricia Highsmith als wichtigste Vertreterin des modernen Psychothrillers hierzulande noch zu entdecken.«
Frankfurter Rundschau

Klimax
oder Außerordentliches Beispiel von Mutterliebe. Roman. Aus dem Englischen von Dietrich Stössel

Wer hat Angst vorm schwarzen Mann?
Roman. Deutsch von Otto Bayer

Die Stunden vor Morgengrauen
Roman. Deutsch von Isabella Nadolny

Rendezvous mit Gestern
Roman. Deutsch von Karin Polz

Die Spinnen-Orchidee
Roman. Deutsch von Isabella Nadolny

Onkel Paul
Roman. Deutsch von Isabella Nadolny

Ein schöner Tag zum Sterben
Erzählungen. Deutsch von Ursula Kösters-Roth

Gibt's ein Baby, das nicht schreit?
Roman. Deutsch von Isabella Nadolny

Parasiten-Person
Roman. Deutsch von Monika Elwenspoek

Zwielicht
Roman. Deutsch von Ursula Kösters-Roth

Die Eifersüchtige
Roman. Deutsch von Barbara Rojahn-Deyk

Unruhestifter
Roman. Deutsch von Monika Elwenspoek

Der lange Schatten
Roman. Deutsch von Peter Naujack

Wetterumschwung
Geschichten. Deutsch von Barbara Rojahn-Deyk, Ursula Kösters-Roth und Isabella Nadolny

Gefährliche Gedanken
Roman. Deutsch von Irene Holicki

Sieben magere Jahre
Roman. Deutsch von Monika Elwenspoek

Patricia Highsmith im Diogenes Verlag

»Die Highsmithschen Helden, gewöhnt an die pflaumenweiche Perfidie und hämisch-sanfte Tücke des Mittelstandsbürgertums, trainiert aufs harmlose Lügen und Verstellen, begehen Morde so, als wollten sie mal wieder Ordnung in ihre unordentlich gewordene Wohnung bringen. Da gibt es keine moralischen Skrupel, die bremsend eingreifen, da herrscht nur die Logik des Faktischen. Meist sind es Paare, enttäuschte Liebhaber, Beziehungen, die in der Sprachlosigkeit gestrandet sind, sich nur noch mittels Mißverständnissen einigermaßen arrangieren, ehe das scheinbar funktionierende Getriebe einen irreparablen Defekt bekommt. Diese ganz normalen Konstellationen sind es, übertragbar auf alle Gesellschaften, die die Autoren und Filmer im deutschsprachigen Kulturraum so faszinieren. Denn Patricia Highsmith findet für ihre seelischen Offenbarungseide immer die schauerlichsten, alptraumhaftesten Rahmen, die ihren ›Beziehungskisten‹ den rechten Furor geben.
Die Highsmith-Thriller sind groteske, aber präzise Befunde unserer modernen bürgerlichen Gesellschaft, die an Seelenasthma leidet.«
Wolfram Knorr/Die Weltwoche, Zürich

Der talentierte Mr. Ripley
Roman. Aus dem Amerikanischen von Barbara Bortfeldt

Ripley Under Ground
Roman. Deutsch von Anne Uhde

Ripley's Game
oder Ein amerikanischer Freund
Roman. Deutsch von Anne Uhde

Der Junge, der Ripley folgte
Roman. Deutsch von Anne Uhde

Ripley Under Water
Roman. Deutsch von Otto Bayer

Venedig kann sehr kalt sein
Roman. Deutsch von Anne Uhde

Das Zittern des Fälschers
Roman. Deutsch von Anne Uhde

Lösegeld für einen Hund
Roman. Deutsch von Anne Uhde

Der Stümper
Roman. Deutsch von Barbara Bortfeldt

Zwei Fremde im Zug
Roman. Deutsch von Anne Uhde

Der Geschichtenerzähler
Roman. Deutsch von Anne Uhde

Der süße Wahn
Roman. Deutsch von Christian Spiel

Die zwei Gesichter des Januars
Roman. Deutsch von Anne Uhde

Kleine Geschichten für Weiberfeinde
Eine weibliche Typenlehre in siebzehn Beispielen. Deutsch von Walter E. Richartz. Zeichnungen von Roland Topor

Kleine Mordgeschichten für Tierfreunde
Deutsch von Anne Uhde

Der Schrei der Eule
Roman. Deutsch von Gisela Stege

Tiefe Wasser
Roman. Deutsch von Eva Gärtner und Anne Uhde

Die gläserne Zelle
Roman. Deutsch von Gisela Stege und Anne Uhde

Ediths Tagebuch
Roman. Deutsch von Anne Uhde

Der Schneckenforscher
Elf Geschichten. Deutsch von Anne Uhde. Mit einem Vorwort von Graham Greene

Leise, leise im Wind
Zwölf Geschichten
Deutsch von Anne Uhde

Ein Spiel für die Lebenden
Roman. Deutsch von Anne Uhde

Keiner von uns
Elf Geschichten
Deutsch von Anne Uhde

Leute, die an die Tür klopfen
Roman. Deutsch von Anne Uhde

Nixen auf dem Golfplatz
Erzählungen. Deutsch von Anne Uhde

Suspense
oder Wie man einen Thriller schreibt. Deutsch von Anne Uhde

Elsie's Lebenslust
Roman. Deutsch von Otto Bayer

Geschichten von natürlichen und unnatürlichen Katastrophen
Deutsch von Otto Bayer

Meistererzählungen
Deutsch von Anne Uhde, Walter E. Richartz und Wulf Teichmann

Carol
Roman einer ungewöhnlichen Liebe. Deutsch von Kyra Stromberg

Als Ergänzungsband liegt vor:

Über Patricia Highsmith
Zeugnisse von Graham Greene bis Peter Handke. Mit Bibliographie, Filmographie und zahlreichen Fotos. Herausgegeben von Franz Cavigelli und Fritz Senn

Magdalen Nabb im Diogenes Verlag

»Magdalen Nabb ist die geborene Erzählerin, ihre Geschichten sind von überwältigender Echtheit.«
Sunday Times, London

»Die gebürtige Engländerin und Wahlflorentinerin Magdalen Nabb muß als die ganz große Entdeckung im Genre des anspruchsvollen Kriminalromans bezeichnet werden. Eine Autorin von herausragender internationaler Klasse.«
Herbert M. Debes / mid Nachrichten, Frankfurt

»Nie eine falsche Note. Bravissimo!«
Georges Simenon

Tod im Frühling
Roman. Aus dem Englischen von Matthias Müller. Mit einem Vorwort von Georges Simenon

Tod im Herbst
Roman. Deutsch von Matthias Fienbork

Tod eines Engländers
Roman. Deutsch von Matthias Fienbork

Tod eines Holländers
Roman. Deutsch von Matthias Fienbork

Tod in Florenz
Roman. Deutsch von Monika Elwenspoek

Tod einer Queen
Roman. Deutsch von Matthias Fienbork

Magdalen Nabb & Paolo Vagheggi:
Terror
Roman. Deutsch von Bernd Samland